Chinz

Ruhe sanft

Kommissar Kittys zweiter Fall

Buch

Eine Aktion der Tierschutzorganisation PETA endet noch medienwirksamer als beabsichtigt: Zwischen den hundert fast nackten Menschen auf der Domplatte, die ermordete Tiere nachstellen, liegt wirklich ein Toter.

Kittys Privatleben wird völlig umgekrempelt, als er bei der Versorgung seines dementen Vaters helfen muss.

Autor

Chinz, 1968 in Köln geboren, wohnt heute in Varel.

Er arbeitet als Krankenpfleger, lebt als Musiker und Schriftsteller und bezeichnet sich selbst als gut gelaunten Melancholiker.

Bisher erschienen:
- „Alzagra", Roman
- „Die Brücke" (Kommissar Kittys erster Fall), Krimi
- „Fast zu spät" (Das Schweigen der Glascontainer), Roman

Chinz

Ruhe sanft

Kommissar Kittys zweiter Fall

Roman

Tiff & Toff Taschenbuch 004

Die Deutsche Nationalbibliothek verzeichnet diese Publikation in der Deutschen Nationalbibliografie;
detaillierte bibliografische Daten sind im Internet über
http://dnb.dnb.de
abrufbar.

© 2015 by Chinz und Tiff & Toff – Verlag
Hullenwiesenstraße 8
26316 Varel
www.TiffundToff-Verlag.de

Herstellung und Verlag:
BoD – Books on Demand, Norderstedt
ISBN: 978-3-7412-6634-8

für Günni

Wer aber verzweifelt stirbt, dessen ganzes Leben war umsonst.
Theodor W. Adorno

Prolog:

Frau Röber warf Annika einen dankbaren Blick zu, drückte noch einmal schwach ihre Hand und sah dann erwartungsvoll Richtung Decke. Ein zufriedenes Lächeln breitete sich auf ihrem Gesicht aus und blieb dort, auch nachdem sie aufgehört hatte zu atmen.

Annika betrachtete eine Weile das friedliche Bild. Welch ein Lärm und helles Licht, wenn man auf die Welt kommt, in ein lautes und hektisches Leben. Da sollte doch wenigstens der Abschied still und entspannt sein. Der Übergang in die große, zufriedene Ruhe nach dem Tod.

Es müsste sein wie bei der Geburt: Wer eine natürliche Geburt will, wer die Kraft und den Körperbau dafür hat, gerne. Aber die, die ein zu kleines Becken haben, deren Kind falsch liegt... - Welch ein Fortschritt war der Kaiserschnitt! Wann würde ein geplanter Schnitt, ein geplantes Ende endlich auch für den Tod möglich sein? Ein Kaisertod.

Annika wusste, dass sie richtig gehandelt hatte, aber sie wusste auch, als sie die Tür hinter sich aufgehen hörte, dass die Personen, die gerade herein kamen, das nicht so sehen würden... Hoffentlich war Frau Röber schon ganz im Jenseits angekommen, gleich würde es wieder laut werden.

Was jetzt? Schnell die Insulinspritze verschwinden lassen? Nein. Es gab nur noch eins zu tun:

Mit einer sanften Bewegung der ganzen Hand schloss Annika Frau Röbers Augen, strich ihr noch einmal über das Haar, drehte sich um und sah, wie Frau Röbers Sohn und Schwiegertochter sie entsetzt anstarrten...

- 1 -

Kitty lag auf seinem Sofa und hatte immer noch ein wohliges Gefühl in allen Gliedern, besonderes in einem. Nadine saß am Tisch und sortierte ihre selbstgeschnitzten Figuren auf dem Schachbrett. Das Lächeln auf ihrem Gesicht entflammte zum Strahlen, wenn sie zwischendurch zu Kitty schaute. Auch wieder dieses Funkeln in den Augen. Hatte sie immer noch nicht genug?

Nicht, dass Kitty keine Lust mehr hatte, aber er machte sich doch langsam ernstlich Sorgen. Er war noch zwei Tage krankgeschrieben, weil er sich einen Ermüdungsbruch im linken Fuß zugezogen hatte, als er sieben Kilometer gejoggt war, obwohl er vorher jahrelang fast gar keinen Sport getrieben hatte. Nun schien sich da gerade die vierte Runde Sex innerhalb von 18 Stunden anzubahnen, nachdem er vorher jahrelang keinen ernsthaften Verkehr gehabt hatte... Gab es auch einen Ermüdungsbruch im Penis? Kitty würde heute Abend Nico fragen, der zu außergewöhnlichen Fragen eigentlich immer eine Antwort wusste.

„So, Herr Kommissar! Was hältst du davon?"

Kitty hatte Mühe, auf den zwar wohlig warmen, aber etwas geschwächten Beinen, bis zum Tisch zu gehen. Nadine sah ihn mit ihren grünen Augen unter der kupferroten Haarmähne gespannt an.

Die weißen Figuren kannte Kitty zum Teil schon. Die rothaarige Dame hatte Hut, Kleid und Top wieder angezogen, auf den Pferden saßen Nadines Kinder. Der König war neu und sah sehr nach Nadines Lieblingskomponisten Beethoven aus. Die Läufer als Briefträger und Pizzabote, und die Türme sahen

Kittys Canton-Lautsprechern dermaßen ähnlich, dass er für einen Moment lang glaubte, Musik aus ihnen zu hören. Die Bauern waren Gartenzwerge mit langen roten Zipfelmützen und verschiedenen Gegenständen in den Händen, von der Gießkanne bis zur Harke.

Die schwarzen Figuren waren komplett neu: Der König war eindeutig Sherlock Holmes mit Schirmmütze und Pfeife; als „Dame" stand neben ihm Dr. Watson; die Läufer musste sich Kitty etwas näher ansehen, dann erkannte er seine beiden Arbeitskollegen Nico und Britta; die Pferde sahen verdächtig nach Kittys Hund Teddy aus und die Türme waren die beiden Türme des Towers. Als Bauern acht englische Polizisten mit Helm und Schlagstock.

„Es ist perfekt! Du bist genial! Danke!"

„Du hast zwar die schwarzen Figuren, aber weil du beim letzten Mal verloren hast, darfst du diesmal anfangen."

Kitty setzte einen Polizisten zwei Felder vor und umarmte Nadine, die sich zum Glück überhaupt nicht nach hartem Holz anfühlte. Fest schon, aber gleichzeitig weich, geschmeidig und warm. Möglicher Ermüdungsbruch hin oder her, da regte sich wieder was.

„Oh, ist der kleine Sherlock schon wieder aufgestanden?"

Nadines Augen funkelten.

„Ich weiß gar nicht, wofür ich mich dauernd wieder anziehe..."

„Ich hatte nicht darum gebeten..."

Kitty war froh, dass die Straßenbahn direkt vor dem *Café Krümel* hielt. Die Muskeln in seinen Beinen waren durch Pudding ersetzt worden. Er war sich bloß nicht sicher welche Geschmacksrichtung.

Nico saß hinten links an einem der vielen großen Fenster zur Zülpicher Straße und unterhielt sich mit einer hübschen blonden Bedienung, die ihr Tablett auf dem Tisch abgestellt hatte. Auch der Rest des Cafés sehr hübsch. Viel Grün durch Pflanzen und Bäumchen, viel Holz durch Tische und Theke, viel leckerer Alk auf dem großen Holzbrett hinter der Theke.

Nico winkte und strahlte Kitty an:

„Hallo Kitty! Machst du uns zwei Bier?"

Die Blonde bei ihm lachte, nahm das Tablett mit den leeren Gläsern und stand auf.

„Ne, Nico, das lass mich mal lieber machen."

Sie nickte Kitty freundlich zu, als sie auf ihn zukam.

„Für mich bitte erst mal einen Tee!", sagte Kitty, ebenfalls freundlich nickend.

„Gerne. Schwarz?"

„Habt ihr Pfefferminz?"

„Ja."

„Dann bitte Pfefferminz, einen Kandis und etwas Milch."

„Mach ich. Für dich vielleicht auch einen Tee, Nico?"

„Hast du Hängema-Tee?"

„Du bekommst gleich Sperrstun-Tee!"

Nico schaute Kitty skeptisch an, während er aufstand und ihm die Hand schüttelte.

„Hallo, Herr Kommissar. Einen Tee also? Und pünktlich bist du auch noch. Muss ich mir Sorgen machen?"

Sie setzten sich.

„Ja, Nico. Alles ist aus! Das unstete Leben ist vorbei. Ich werde solide, fahre nicht mehr betrunken und will noch morgen einen Bausparvertrag abschließen. Ich bin wirklich verliebt."

„Das freut mich für euch beide! Was macht dein Fuß?"

„Danke. Dem geht es gut. Ich mach mir momentan mehr Sorgen um ein anderes Körperteil... Kann man so einen Ermüdungsbruch eigentlich auch im..., also im..."

„Im Begattungsorgan vielleicht?"

„Im was?"

„Man kann auch männliches Glied sagen. Außerdem sind in Deutschland noch gebräuchlich: Freudenspender, Gemächt, Johannes, Lümmel, Pillermann, Pimmel, Rammelstecken..., übrigens mein Favorit..."

„Jaja, schon gut. Den meinte ich... Du sagst nicht wirklich Rammelstecken zu deinem..., äh..."

„Zu meinem Schnidelwutz, Schnipi, Schwanz, Zauberstab, Zipfel? Nein. So hab ich ihn noch nie genannt. Ich habe bisher keine wirklich schöne deutsche Bezeichnung gefunden. Schnippeltrillerich ist ganz lustig, aber nicht wirklich passend. Jedenfalls nicht bei mir..."

„Wie nennst du denn deinen?"

„Den kleinen Nick."

„Nein!"

„Manchmal schon. Ich spreche ja selten mit oder über ihn. Am besten gefallen hat mir, als eine junge Italienerin ihn mal ‚tronchetto della felicità' genannt hat. Francoise sagte immer ‚baguette magique'. Fand ich auch nett. Nicht so begeistert war ich, als eine Schwedin ihn ‚gurka'... Langweil ich dich?"

„Nein."

„Ach ja, zu deiner Frage: Du glaubst gar nicht, was deinem Snikkel..., äh, das ist Holländisch, aber nur beim Geschlechtsverkehr..., für Geschlechtsverkehr gibt es übrigens auch eine tolle Bezeichnung im Schwedischen..."

„Nico!"

„Sorry. Nein, einen Ermüdungsbruch gibt es im Köttsticka nicht, übrigens auch keinen Penisbruch. Der wird zwar manchmal so genannt, ist aber eigentlich eine Ruptur. Sehr unangenehm das. Ich könnte dir Fotos zeigen, danach willst du erst mal nie wieder knullen..."

„Deswegen hast du dich in die virtuelle Welt zurückgezogen?"

„Herr Kommissar! Ich nutze meinen Joystick deutlich mehr als du deinen! Werde also lieber nicht übermütig, nur weil du in einer Nacht mal ein bisschen aufgeholt hast und dein Rompeculitos etwas erschöpft in den Baumwollseilen hängt... Wie willst du eigentlich wieder zu Kräften kommen, wenn du nur Pfefferminztee trinkst?"

„Und diese Ruptur...?"

„Das hättest du gemerkt. Das gibt einen Knall und dann ist der Blutkörper gerissen und es gibt eine riesige Schwellung und Blaufärbung... Also, wenn du dir nicht sicher bist, kannst du mal eben die Hose runterlassen..."

Und mit einem Blick zu Pascale, die gerade Tee und Bier brachte:

„...falls es dir nicht recht ist, dass ich gucke, kann ja Pascale..."

„Nico!"

„Meine Güte. Seit der Tee trinkt, ist er eine richtige Spaßbremse! Aber passt auch. Ich wollte eigentlich etwas Ernsthaftes mit dir besprechen. Deine Intuition funktioniert doch hoffentlich immer noch, auch wenn du in einigen Bereichen ein neuer Mensch zu sein scheinst?"

Kitty zuckte mit den Schultern.

„Ich nehme es an."

„Ich wollte dich nämlich bitten, mal kurz mit ins Krankenhaus zu kommen. Eine sehr gute Freundin von mir, ein älteres Ömchen, liegt dort, und ich mache mir ein bisschen Sorgen um sie. Ich will gar nicht mehr verraten, damit du nicht voreingenommen bist, würde nur gerne wissen, was du von ihrer Tochter hältst und ich weiß zufällig, dass die gleich zu Besuch kommen wird... Würdest du?"

„Klar."

„Danke."

Die beiden saßen eine Weile schweigend da und tranken. Nico schaute Kitty mehrmals an, als erwarte er eine Frage von ihm, aber Kitty starrte nur versonnen lächelnd in seinen Tee und wärmte sich die Hände an der Tasse.

„Also gut, wenn du mich so direkt fragst... Du wolltest ja wissen, woher ich dieses gute Gedächtnis habe."

Kitty schrak aus seinen angenehmen Träumen hoch.

„Ja? Oh. Ja. Das hatte ich ganz vergessen."

Nico grinste. „Ja, genau darum geht es. Ich nehme an, du hast immer noch nichts von *Alzagra* gehört?"

„Nein."

„Das ist ein Medikament gegen Demenz, das gerade in der Erprobung ist. Ein Freund von mir hat an der Studie teilgenommen und es hatte erstaunliche Wirkung bei ihm. Er hat jetzt ein besseres Gedächtnis als jemals zuvor."

„Und das Medikament nimmst du jetzt auch?"

„Nein. Es wirkt nur bei Dementen und da auch nur bei einer bestimmten Variante, aber ich experimentiere ja öfter mal mit Chemikalien, Drogen und halt auch Medikamenten, wie du wahrscheinlich weißt."

„Nein. Das wusste ich nicht."

„Du hast nichts davon mitbekommen?" Nico schüttelte ungläubig den Kopf.

„Du meinst, die Salbe, die ich dir neulich, nach der Prügelei mit Prinke, aufs Gesicht geschmiert habe und die, mit Verlaub und aller eigentlich nicht gebotenen Bescheidenheit gesagt, ein Wunder bewirkt hat, gäbe es so in der Apotheke zu kaufen?"

„Tja. Ich hab da ehrlich gesagt nicht drüber nachgedacht."

„O weh! Der Herr Kommissar... So eine Begabung, aber nie bei der Sache. Erst war er zu glücklich mit Marie, dann zu depressiv, um etwas mitzubekommen und jetzt schlimmer verliebt als jemals zuvor. Gibt es bei dir eigentlich auch einen Normalzustand?"

„Keine Ahnung."

„Also. Ich habe ja mal ein paar Semester Pharmakologie studiert, weil... Ich glaube, das führt zu weit. Jedenfalls hat mein Freund eine Bekannte, die auch beeindruckende Erfolge mit Alzagra hatte, aber das Medikament nicht gut vertrug. Da habe ich ein bisschen mit dem Wirkstoff experimentiert und ihn etwas verträglicher optimiert und nach einem Selbstversuch merkte ich ein paar Tage später, dass das... Das ist ja nicht wahr! Beate!"

Nico war aufgestanden und ging fröhlich lächelnd auf eine kleine, dunkelhaarige Frau zu, die gerade das Café betreten hatte. Sie lächelte auch, als sie ihn sah und die beiden umarmten sich herzlich. Nico führte sie zum Tisch, stellte sie einander vor und dann setzte sich Beate zu ihnen. Die beiden erzählten über frühere Zeiten und Beate war sehr beeindruckt, was Nico noch alles von ihren Treffen wusste.

Kitty hatte keine Ahnung, wie lange er angenehm geträumt hatte, als Beate aufstand und sich verabschiedete. Nico half ihr in die Jacke und begleitete sie bis vor die Tür.
Als er sich wieder zu Kitty setzte, sagte er schuldbewusst:
„Sorry! Aber Beate wohnt jetzt in England und ich habe sie seit drei Jahren nicht gesehen."
„Ist sie eine von deinen Rumpelkuli-Bekanntschaften?"
„Rompeculitos! Ich verbitte mir solche despektierlichen Namen für einen meiner besten Mitarbeiter, Herr Kittel! Da könnte ich Sie ja gleich Kitty nennen! Aber ansonsten: Ja. Und eine ganz Besondere. Aber ich fürchte für die Geschichte haben wir jetzt keine Zeit mehr. Über mein Gedächtnis unterhalten wir uns dann später."
„Aber nicht vergessen."
„Das dürfte kein Problem sein! Pascale, können wir bitte zahlen?"

- 3 -

Kitty stieg zu Nico in dessen blauen Mazda MX5.
Sie waren kaum einen Kilometer weit gefahren, als ein schwarzer Audi TT hinter ihnen erst hell und dann laut hupte...
„Der muss ja Druck auf der Blase haben. Ich fahr doch schon 55."
Nico schüttelte den Kopf. Der Audi scherte auf den Bürgersteig aus und überholte rechts.

„Den sollten wir... Ach du Scheiße!"

Der Audi war inzwischen wieder auf der Straße, hatte aber ein so hohes Tempo, dass er nicht mehr rechtzeitig vor dem Zebrastreifen zum Stehen kam, auf dem ein kleiner Junge schreckensstarr stehen geblieben war. Er bremste mit quietschenden Reifen, versuchte noch auszuweichen, traf aber mit dem Heck den Jungen, der zwei Meter durch die Luft flog und dann regungslos liegen blieb. Mit der vorderen Stoßstange traf er einen Opel Astra auf der Gegenfahrbahn und drückte diesen auf den Bürgersteig gegenüber, wo der Opel wiederum eine betagte Mitbürgerin auf den benachbarten Rasenstreifen schob, sehr zum Schaden der linken Hüftendoprothese der 83-jährigen AOK-Versicherten. (Was ein allwissender Erzähler halt so alles weiß...)

„Guck du nach der Oma, ich schau nach dem Jungen."

Nico parkte quer vor dem Kind, stieg aus und holte seine große Tasche aus dem Kofferraum. Die Opelfahrerin, offensichtlich nicht ernsthaft verletzt, war ausgestiegen und lief zu dem am Boden liegenden Jungen. Der Fahrer des Audis saß immer noch in seinem TT, trug immer noch seine Sonnenbrille und blickte hektisch um sich. Den Motor hatte er beim Unfall abgewürgt, aber als er Kitty auf sich zukommen sah, ließ er ihn wieder an und setzte schnell zurück. Hätte die Opelfahrerin den Jungen nicht schnell zur Seite gerissen, hätte er ihn jetzt endgültig überfahren. Auch Kitty musste zur Seite springen, als der Audi nun wieder im Vorwärtsgang davonbrauste.

Nico warf Kitty die Schlüssel für den Mazda zu: „Hier, schnapp ihn dir! Ich kümmer mich um die Verletzten."

Kitty hasste Kölns enge und verstopfte Straßen, aber heute waren sie mal nützlich. Vier Straßen weiter sah er den Audi schon, der hinter einer Straßenbahn festhing, die wiederum wegen eines suboptimal geparkten Lieferwagens nicht weiter konnte. Auch Rückwärtsfahren war ihm nicht mehr möglich und ein kurzer Fluchtversuch zu Fuß endete nach wenigen Metern, da er auf einem Hundehaufen ausrutschte und unsanft mit dem Steiß auf dem Scheiß landete. Kitty gab sich bei der Festnahme alle Mühe, den Bürgersteig mit Hilfe der Jacke des Audifahrers komplett vom Hundehaufen zu befreien...

Nachdem die herbeigerufenen Streifenkollegen den leicht nach Alkohol riechenden Unfallflüchtigen abgeführt hatten, fuhr Kitty zu Nico zurück.

Der Junge war bereits zum Krankenhaus abtransportiert worden, der Opel wurde auf einen Abschleppwagen gehievt und die Seniorin wurde in einen Krankentransportwagen gehoben.

„Können Sie mich vielleicht mitnehmen?"

Der Sanitäter sah die Opelfahrerin mit müden Augen an: „Sind Sie mit der Person hier verwandt?"

„Nein, aber mein Auto ist nicht mehr fahrtüchtig, und ich wollte auch gerade ins Krankenhaus, um..."

„Wir sind kein Taxi."

„Aber, wäre es denn nicht möglich..."

Der Sanitäter war schon eingestiegen. Nico schaute Kitty an; der nickte.

„Können wir Sie vielleicht mitnehmen?"

Die junge Frau drehte sich überrascht um, sah sie dankbar an, nickte und stellte sich vor. Sie hieß Antje Flieder und war Rechtsanwältin.

Als sie vor dem Mazda standen, fiel ihnen auf, dass es nur ein Zweisitzer war.

„Ups. Das tut mir leid. Ich lade öfter mal Damen zum Mitfahren ein, habe dann aber nicht diesen störenden Polizisten dabei. Kitty, deiner Linie schadet es bestimmt nichts, wenn du eben zu Fuß..."

„Ich habe einen Ermüdungsbruch."

„Ach ja. Vielleicht im Kofferraum?"

Antje schüttelte lachend den Kopf.

„Lasst man gut sein! Danke für den guten Willen. Ich fahr dann wohl doch Taxi..."

„Nix! Versprochen ist versprochen. Wenn wir das Dach aufmachen, passe ich bequem zwischen die Sitze."

„Das ist verboten."

„Mir kann nichts passieren: Ich sitze zwischen einem Polizisten und einer Rechtsanwältin."

Die Autofahrt war für alle Beteiligten sehr angenehm. Antje und Nico unterhielten sich angeregt und Kitty genoss es, sein heimliches Lieblingsauto zu steuern und davon zu träumen, mit Nadine über den Highway zu fahren.

- 4 -

Auch Antje musste auf die große Innere Station in der zweiten Etage. Als die drei den Flur betraten, sahen sie ein Paar aufgeregt aus einem Zimmer stürzen.

„Hilfe! Schnell, ein Arzt! Und die Polizei! Hilfe!"

„Hallo! Ich bin Arzt. Er ist Polizist. Was ist denn los?"

Nico wartete die Antwort nicht ab, sondern ging an ihnen vorbei ins Zimmer. Er brauchte nicht nach Puls oder Atmung zu schauen. Die Frau im Bett hatte dieses völlig entspannte und zufriedene Gesicht, das nur Tote haben konnten.

Die Frau, die neben der Leiche saß, sah durchaus auch zufrieden aus. Eigentlich ein schönes, friedliches Bild, doch der Friede dauerte nicht lange, denn nun kamen ein Arzt und eine Schwester ins Zimmer gestürzt.

„Schnell, holen sie den Notfallwagen und lassen sie ein Team anrufen! Und Dr. Bonnart soll auch kommen! Los!"

Die Schwester lief wieder aus dem Zimmer und Nico wandte sich an den Arzt:

„Entschuldigen Sie, wenn ich mich einmische. Aber ist das wirklich nötig? Diese Frau ist deutlich über achtzig Jahre alt, offensichtlich sehr krank gewesen und jetzt friedlich entschlafen. Wissen Sie, ob sie eine Patientenverfügung hatte?"

Der Arzt schien ihn überhaupt nicht wahrzunehmen:

„Alle raus hier! Wir müssen reanimieren. Sofort raus hier!"

Die Reaktion der im Zimmer Anwesenden war für Dr. Verheugen in keiner Weise zufriedenstellend. Die Frau neben dem Bett blieb mit einem verärgerten Ausdruck im Gesicht sitzen, streichelte der Toten über die Haare und sprach beruhigend auf sie ein:

„Es ist alles gut. Ich werde das nicht zulassen. Du darfst dort bleiben. Hör nicht auf ihn."

Auch Nico ging nicht raus, sondern zu der Frau am Bett:

„Entschuldigen Sie. Mein Name ist Nico Tessler, ich bin Arzt. Wissen Sie, ob ihre Freundin eine Patientenverfügung hatte?"

Die Frau schüttelte den Kopf:

„Hallo Nico! Ich heiße Annika. Nein, das weiß ich nicht; aber ich weiß ganz sicher, dass sie weder von Apparaten am Leben erhalten, noch jemals wiederbelebt werden wollte. Sie war lebenssatt und zufrieden und wollte nur endlich von ihren

Schmerzen befreit werden und da habe ich ihr mit dieser Spritze..."

„Ich befehle Ihnen, sofort das Zimmer zu verlassen!!!"

Dr. Verheugen versuchte vergeblich, etwas Ähnliches wie Autorität auszustrahlen. Statt leerer wurde das Zimmer immer voller. Die Schwester war jetzt mit dem Notfallwagen angekommen und auch Kitty und die Kinder der Toten standen inzwischen im Raum. Diese redeten wild auf Kitty ein:

„Sie sind doch Polizist. Diese Person hier, Frau Plettenberg, hat unsere Mutter ermordet!"

Dr. Verheugen hatte hektische rote Flecken im Gesicht: „Ich werde Sie alle anzeigen, wenn sie nicht sofort das Zimmer verlassen!"

Nico fragte die Schwester: „Wissen Sie, ob hier eine Patientenverfügung vorliegt?"

Die Schwester sah nur ratlos zu Dr. Verheugen, aber von der Tür her rief der Sohn:

„Ja. Es liegt eine Patientenverfügung vor. Die müsste doch in der Mappe sein!"

Kitty war froh, dass ihn keiner etwas fragte, er verstand nur wenig von dem, was hier vor sich ging, spürte aber eine ähnliche Anspannung in der Luft, wie kurz vor einer Schießerei.

„Es ist mir völlig egal, ob sie eine..."

„Das sollte Ihnen aber nicht egal sein, junger Mann!"

Jetzt kam auch noch Antje in das Zimmer.

„Wenn hier wirklich eine Patientenverfügung vorliegt, die Wiederbelebungsmaßnahmen ausschließt, dann würden Sie sich mit einer trotzdem durchgeführten Reanimation strafbar machen und zwar nach Paragraph..."

Dr. Verheugen starrte sie mit offenem Mund ratlos an, inhaltlich konnte er nicht widersprechen, er versuchte es mit Lautstärke:

„Wer sind Sie überhaupt und was erlauben Sie sich?!? Ich bin hier der Stationsarzt und fordere Sie alle noch ein letztes Mal auf..."

„RUHE!!!" Mit einer durchdringend lauten Stimme, die man dieser kleinen zarten Person nicht zugetraut hätte, hatte Frau Plettenberg den Raum tatsächlich zur Ruhe gebracht..., aber nur für einen kurzen Augenblick, dann redeten oder schrien wieder alle durcheinander.

Kitty hätte am liebsten mit der Pistole einen Warnschuss in die Luft abgegeben. Dann herrschte meistens Ruhe. Aber das ging natürlich nicht in einem geschlossenen Raum und er hatte ja auch weder Pistole noch einen Dienstausweis dabei. Der half sonst auch manchmal. Aber er war heute nur Privatperson und hatte, so musste er sich eingestehen, keine wirkliche Ahnung davon, was hier ablief. Da er Nico für fast unfehlbar hielt und Dr. Verheugen ihm schon beim ersten Kennenlernen, vor ein paar Tagen, unfähig erschienen war, war ihm klar, wer wahrscheinlich Recht hatte, aber nicht warum. Da half auch keine Paragraphenangabe.

Auch seine Intuition schien etwas überfordert zu sein. Er hatte sonst immer ein Gefühl dafür, wer schuldig war und wer nicht. Die Kinder der Toten hatten behauptet, dass die Frau, die neben dem Bett saß, ihre Mutter umgebracht hätte und tatsächlich hatte sie doch eben schon fast ein vollständiges Geständnis abgelegt, aber wenn Kitty das Zimmer auf sich wirken ließ, dann sagte ihm sein Gefühl, dass diese Frau, Nico und Antje die einzigen im Raum waren, die nicht am Tod der Frau schuld waren. Stattdessen der Arzt, die Schwester und die Kinder... Alle auf einmal?

Kitty schüttelte den Kopf. Nun ja, er war nicht im Dienst. Vielleicht funktionierte seine Intuition deswegen nicht... Was Kitty spürte war, wer hier am meisten seiner Hilfe bedurfte. Er setzte sich neben Frau Plettenberg auf die Bettkante und nahm auch eine Hand der Verstorbenen.

Wenn Kitty geglaubt hatte, das Chaos könne nicht mehr schlimmer werden, hatte er sich getäuscht. Noch drei Personen betraten das Zimmer; nach den Kitteln zu urteilen noch ein Arzt und zwei Pfleger.

„Ah, Dr. Bonnart, gut dass sie kommen. Können sie bitte dafür sorgen, dass diese Personen sofort den Raum verlassen, damit wir endlich anfangen können..."

„Hier ist die Patientenverfügung!"

Kitty war froh, dass er schon saß. Das war jetzt wirklich zu viel. Es war zwar der Sohn von Frau Röber, so hieß die Verstorbene laut Schild am Bett, der die Dokumentationsmappe mit der Patientenverfügung zu Nico reichte, aber Kitty hatte genau gesehen, wer sie ihm vom Flur her in die Hand gedrückt hatte: Herr Moning. - Ein eigentlich, aber dann vielleicht doch nicht, völlig dementer alter Mann, der... Kitty gab es auf. Von dieser Szene würde er ganz sicher noch oft träumen, noch oft über sie nachdenken, sie aber nie ganz verstehen...

Gut, dass jetzt nicht mehr Nachdenken und Verstehen gefragt waren, sondern Handeln, denn inzwischen war es zu einer handfesten Schlägerei zwischen Nico auf der einen Seite und Dr. Verheugen, Dr. Bonnart und den beiden Pflegern auf der anderen Seite gekommen. Kitty eilte Nico zu Hilfe und fand überraschend Unterstützung durch Antje.

Hans-Peter Pauer fuhr sich noch einmal mit den Fingern durch die Haare. Ja, die Frisur saß perfekt. Hoffentlich würde das auch der jungen Schwester auffallen, die ihm auf dem Flur entgegen gelaufen kam.

„Schnell, kommen Sie!"

Pauer war etwas irritiert, dass die Schwester nicht ihn ansprach, sondern seine Kollegin Britta am Arm nahm und zu einem Zimmer auf der linken Seite zog, aus dem lautes Geschrei zu hören war.

Leicht gekränkt ging Pauer betont langsam und souverän die letzten Schritte bis zur Tür, durch die Britta mit der Schwester schon verschwunden war und blieb dann überrascht stehen. Nicht, dass er genau gewusst hätte, womit er gerechnet hatte, aber sicher nicht mit diesem Anblick. Er wusste gar nicht, wo er zuerst hingucken sollte...

Britta eilte gerade Nico zu Hilfe, der lachend auf dem Boden lag und von zwei Männern in weißen Kitteln angegriffen wurde, die mit einem Stethoskop und einer Dokumentationsmappe auf ihn einschlugen. Britta schlug einen von ihnen mit einer Bettpfanne nieder und Nico hatte nun die Dokumentation zu fassen bekommen und begann, auf dem Boden liegend, laut aus dem Pflegebericht vorzulesen und die Medikation zu kritisieren.

Kitty und eine Pauer unbekannte Frau redeten gleichzeitig sehr energisch auf drei weitere, laut schreiende, Personen ein und hielten sie mit ausgebreiteten Armen davon ab, sich in den Kampf einzumischen oder auf eine auf einem Patientenbett sitzende Dame zu stürzen.

Die Schwester stand bei einem Wagen voller medizinischer Geräte mitten im Raum, hielt die Elektroden des Defibrillators in den Händen und schien zu überlegen, wem sie zuerst einen Stromstoß verpassen sollte.

Pauer schüttelte ungläubig den Kopf. Also, eigentlich war er doch gerufen worden, weil ein Mord geschehen sei. Irgendwie schien dieser aber noch mitten im Gange.

Räuspern half nichts, auch der Ruf „Polizei!" verhallte ungehört; so entschloss sich Pauer, einen Warnschuss abzugeben. Der herabfallende Putz tat seiner Frisur überhaupt nicht gut.

Er kam jedoch nicht gleich dazu, die Haare wieder zu richten, da nun mehrere Leute auf ihn einstürmten und alle eine Anzeige aufgeben wollten. Mit kaum zu verbergender Genugtuung nahm Pauer zur Kenntnis, dass die zwei Ärzte Anzeigen gegen Nico, Britta und Kitty erstatten wollten, aber das würde er nachher ganz in Ruhe aufnehmen. Hier sollte doch ein Mord passiert sein?

„Herr Kommissar. Diese Person hier, Annika Plettenberg, hat unsere Mutter mit dieser Insulin-Spritze umgebracht."

Pauer schaute die Person streng und fragend an. Sie lächelte ganz entspannt:

„Ja, in der Tat. Sie hatte große Schmerzen und wollte sterben und da habe ich ihr geholfen, sich von ihrem kaputten Körper zu befreien."

Pauer hatte mit mehr Gegenwehr gerechnet.

„Sie geben also zu..."

Zu Pauers Verärgerung wurde er von der jungen Frau neben Kitty unterbrochen, die sich zwischen ihn und Frau Plettenberg stellte und diese ernst ansah:

„Sie sollten besser nichts mehr sagen. Jedenfalls nicht ohne Anwalt. Noch haben Sie nichts wirklich Schlimmes gesagt."

„Erlauben Sie mal!"

Pauer versuchte immer noch den Staub aus seinen Haaren zu bekommen und wirkte dadurch nicht so souverän, wie er es sich gewünscht hätte.

„Sie hat eben gestanden, dass..."

„...dass sie Frau Röber im Sterbeprozess geholfen hat. Das könnte auch das Halten ihrer Hand gewesen sein."

Frau Plettenberg schaute Antje interessiert an.

„Sie sind Anwältin?"

„Ja."

„Mögen Sie mich vertreten?"

„Ja, eigentlich gerne. Ich muss Ihnen aber sagen, dass ich gerade erst..."

„Ich habe ein gutes Gefühl bei Ihnen. Sie sind engagiert."

„Als Ihre Anwältin muss ich Ihnen umso mehr raten, nichts mehr zu sagen!"

„..."

Annika nickte mit fest verschlossenen Lippen.

Die Schlägerei hatte sich inzwischen aufgelöst. Nico lag immer noch auf dem Boden und blätterte kopfschüttelnd in der Dokumentationsmappe; Britta, Kitty und ein Pfleger kümmerten sich um Frau Plettenberg, die sich bei ihrem erfolgreichen Bemühen, niemand an Frau Röber ranzulassen, leicht verletzt hatte; die Ärzte forderten Pauer wild gestikulierend auf, endlich diese unverschämten Personen in Handschellen zu legen und der Sohn von Frau Röber versuchte, ihn zum Nachtschrank zu zerren:

„Da liegt die Tatwaffe! Da sind bestimmt ihre Fingerabdrücke drauf. Sie müssen die Beweise sichern!"

Pauer merkte, dass jetzt der Zeitpunkt zum Handeln gekommen war: Entschlossen ging er zum Waschbecken in der Ecke des Zimmers und entfernte endlich den Staub aus seinen Haaren.

Nachdem für Nico keine Gefahr mehr bestand, war Britta wieder ganz Polizistin, drängte alle aus dem Zimmer, schloss ab und rief die Spurensicherung.

Nach einer Minute klopfte es von Innen an die Zimmertür und für einen skurrilen Moment lang glaubte Britta, dass die Tote auferstanden sei...; dann fiel ihr auf, dass Pauer fehlte, ohne dass er wirklich fehlte... und tatsächlich, als sie aufschloss, kam er mit würdevollem Schritt und perfekt gerichteten, staubfreien Haaren auf den Flur.

Als Britta Stunden später ins Bett ging, wusste sie, welches ihre größte Leistung an diesem sehr arbeitsreichen Tag gewesen war: In diesem Moment nicht laut loszulachen...

Pauer ließ es sich nicht nehmen, Frau Plettenberg zu verhaften. Nico nickte ihm so überzeugend anerkennend zu, dass er den sarkastischen Unterton in seinem Lob überhörte:

„Das dürfte für deine Statistik ein richtig guter Fall sein. Vom Mord bis zur Aufklärung und Verhaftung der Tatverdächtigen nur dreißig Minuten... Vielleicht bekommst du dafür eine eigene Farbe im Kuchendiagramm..."

- 6 -

Während die Spurensicherung mit ihrer Arbeit begann und Britta und Pauer noch Personalien aufnahmen, gingen Kitty und Nico ans andere Ende des Flures, um nach Frau Kochem, Nicos alter Freundin, und deren Tochter zu schauen.

„Was hältst du eigentlich von Sterbehilfe?", fragte Kitty, während er versuchte Hemd und Hose wieder zu richten.

„Oha! Das ist eine Frage, die ich dir nicht eben mal auf zehn Metern Fußweg beantworten kann. Irgendein bestimmter Aspekt?"

„Nein. Eigentlich mehr so... Keine Ahnung. Es war nur seltsam eben. Ich hatte nicht das Gefühl, dass Frau Plettenberg etwas Unrechtes getan hatte. Bisher hatte ich aktive Sterbehilfe eher in der Nähe von Mord gesehen und jetzt..."

„...weißt du nicht mal mehr, ob sie überhaupt ein Verbrechen ist. Keine einfach Frage. Zu Mord gehört Sterbehilfe sicherlich nicht. Falls dich das Thema wirklich interessiert, sollten wir uns die nächsten Tage noch mal treffen."

„Sehr gerne. Ich habe schließlich noch ein paar Fragen zu deinem Gedächtnis."

Gerade als sie am Ende des Flures angelangt waren, kam dort ein Pfleger aus dem Zimmer. Nico verwickelte ihn in ein Gespräch, so dass Kitty durch die offen stehende Tür Frau Kochem und ihre Tochter beobachten konnte.

Sie sprachen nur wenig miteinander und so belanglos, dass keine Unwahrheiten möglich waren und doch reichte der kurze Eindruck, um in Kitty ein deutliches Gefühl für die Beziehung der beiden entstehen zu lassen. Er nickte Nico zu, der die ebenfalls belanglose Konversation mit dem Pfleger beendete.

„Und, was hältst du von ihr?"

„Hm... Alles Nette ist deutlich aufgesetzt. Das ist allerdings nicht gerade selten in familiären Beziehungen. Du ahnst nicht, was ich auf Familienfeiern mitmache! Aber trotzdem: Hier scheint es mir deutlich mehr. Angst, auch Hass, vielleicht irgendeine Schuld. Jedenfalls ein Vulkan, der deutlich am brodeln ist. Alle Angaben ohne Gewähr, war ja nur ein kurzer Eindruck, aber mein erstes Gefühl war, sie wünschte, ihre Mutter wäre tot."

„Tja, jetzt habe ich wohl ein ähnliches Problem, wie du mit Prinke hattest."

„Meinst du wirklich, sie will ihre Mutter umbringen?"

„Ich habe zumindest Anhaltspunkte, dass dem so sein könnte."

„Das hört sich sehr vage an. Also nichts Verwertbares, um Ermittlungen aufzunehmen oder sie festzunehmen?"

„Leider gar nichts, nur ein paar Beobachtungen. Nicht der Hauch eines Beweises, kein verwertbares Indiz, nicht mal ein klares Motiv. Nur das Gefühl, es bahnt sich was an."

„Das ist wenig. Vielleicht irgendwie observieren?"

„Ja. Momentan geht das. Zufällig ist ein Freund von mir hier stationär und kümmert sich ein bisschen um sie, aber sie wird bald entlassen. Zuhause werden die meisten Pflegebedürftigen ermordet und da kann man ja nicht in der Wohnung aufpassen. Irgendwas muss ich mir einfallen lassen."

„Falls mir was einfällt, sag ich dir Bescheid. Und wenn du Hilfe brauchst..."

„Danke. Ich möchte allerdings auch nicht zu viel von deiner Zeit beanspruchen. Du hast momentan ja nun wirklich angenehmere Aufgaben."

„Och..., jo."

Die beiden gingen am Dienstzimmer vorbei, in dem Pauer mit Dr. Verheugen fachsimpelte. Britta winkte ihnen mit gequältem Gesichtsausdruck zu. Nico steckte seinen Kopf durch die Tür.

„Pauer, ich nehme an, du hast hier alles unter Kontrolle?"

„Selbstverständlich!"

„Ich habe nichts anderes erwartet. Dann hast du sicher nichts dagegen, wenn wir Britta schon mal mitnehmen?"

Britta strahlte Nico dankbar an.

„Äh, also..."

„Du kommst mit irgendwas nicht alleine zurecht?"

„Natürlich komme ich alleine zurecht!"

„Cool. Du bist echt fähig! Wahnsinn! Komm Britta!"

Pauer schaute ihnen völlig überrumpelt hinterher und versuchte vergeblich herauszufinden, was da eben schiefgelaufen war und ob er das irgendwie hätte verhindern können...

Wieder durfte Kitty fahren. Nico saß diesmal auf dem Beifahrersitz und Britta auf seinem Schoß.

Als die drei, nach einigen von allen Beteiligten als angenehm empfundenen Umwegen, bei Kittys Haus ankamen, verabredeten sich Nico und Kitty für den übernächsten Abend im *Café Rheinblick.*

„Café Rheinblick?", fragte Britta. „Das neben dem Hyatt?"

Kitty nickte.

„Da wollte ich schon immer mal hin. Würde es euch sehr stören, wenn ich auch dazu komme?"

Nico schüttelte mit begeistertem Gesicht den Kopf. Kitty wusste nicht ganz so spontan, was er davon hielt. Britta beruhigte ihn lachend:

„Ich komme erst nach zehn Uhr dazu. Ich muss noch bei meiner Mutter vorbei. Ihr habt also genug Zeit, um über eure Männerdinge zu reden und dann komme ich dazu und zeige euch, wie Frauen trinken..."

Die beiden Blondinen fuhren ab; jetzt wieder brav nebeneinander. Kitty ging Teddy begrüßen, gab ihm Abendfutter und ging dann mit ihm zusammen über den Hausflur zur Tür gegenüber. Nadine öffnete und schaute ihn erst fröhlich und dann streng an:

„Also mit Nico lass ich dich nicht wieder ausgehen! Du siehst ja furchtbar aus! Wer hat die Prügelei denn gewonnen?"

Kitty waren die Schrammen am linken Arm und an der Wange gar nicht aufgefallen.

„Wir haben unser Bestes gegeben, aber gegen das zehnjährige Mädchen hatten wir einfach keine Chance."

„Na wunderbar! Ich bin mit einem Siegertyp zusammen. Was möchtest du zur Feier der Niederlage trinken?"

„Also, jetzt könnte ich wirklich ein Bier gebrauchen."

Kitty erzählte Nadine von seinem nicht gerade ereignisarmen Abend.

„Übermorgen wollen wir uns übrigens schon wieder auf ein Bierchen treffen."

„Ich glaub, da komme ich besser mit, damit ihr euch nicht wieder prügelt, oder wenn doch..., damit ihr wenigstens gewinnt!"

„Ja, passt schon. Britta wird auch da sein. Sie kommt allerdings erst nach zehn Uhr."

„Na, dann komme ich auch um die Zeit dazu. Dann könnt ihr vorher über Frauen lästern und wenn wir dann da sind, Komplimente machen..."

Nach einem kurzen Spaziergang mit Teddy gingen Nadine und Kitty ins Bett. Sie beließen es an diesem Abend beim Kuscheln. Sie hatten die Kinder, als die in ihrem Zimmer nebenan lachten, gut hören können und die Wahrscheinlichkeit, dass die Wand in der anderen Richtung besser schalldämmend war, erschien ihnen eher gering.

Kittys Rompeculitos war erleichtert.

Kurz vor Mitternacht fiel Kitty ein, dass Britta etwas von einem Meteorschauer erzählt hatte. Da beide keine Lust hatten, sich wieder komplett anzuziehen, beschlossen sie, den Sternenhimmel von Nadines Balkon aus zu beobachten.

„Schade, dass ich keinen Balkon habe."

„Ich nutze ihn eigentlich nur sehr selten, wie man ihm wohl ansieht."

Kitty trat durch die Tür hinaus. Der Balkon war tatsächlich komplett ohne Möbel, lediglich ein Schirmständer ohne Schirm stand auf dem Boden und zwei Blumenkästen hingen am Geländer, die beide so aussahen, als würden sie jeden Moment auseinanderfallen. Von den Kräutern, die dort wuchsen, konnte Kitty Schnittlauch und Petersilie identifizieren. Das andere war wahrscheinlich einfach Unkraut.

Kitty ließ seinen Blick mehrmals hin und her schweifen.

„Was ist?", fragte Nadine.

„Nichts. Wieso?"

„Du hast dir bisher keinen Teil meiner Wohnung so genau angeguckt wie meinen Balkon, dabei gab es drinnen deutlich mehr zu sehen. Suchst du etwas?"

„Oh. Entschuldige. Ist nur eine Ahnung. Ich habe manchmal so ein Gefühl, dass an einem Ort womöglich ein Verbrechen verübt wurde oder er sonst ein Geheimnis birgt. Hier ist es nur schwach, war wohl nichts Schlimmes, aber irgendwas hat sich hier früher mal abgespielt, was keiner mitbekommen sollte."

„Das ist ja unheimlich. Irgendwas Genaueres?"

„Nein. Kein Kapitalverbrechen würde ich sagen. Eher so ein kleines Geheimnis vor den Nachbarn. Vielleicht führst du hier Telefongespräche mit einem verheirateten Mann oder wirfst Unrat auf den Balkon über dir oder die Kinder gehen heimlich zum Rauchen hier raus..."

„Ich finde gut, dass sie das nicht in ihren Zimmern machen. Oh, da war eine Sternschnuppe!"

„Toll. Ich hab sie verpasst. Wo ich angeblich der mit der Intuition bin..."

Nadine lächelte: „Könnte durchaus sein, dass du von meinem Wunsch mit profitierst..."

- 7 -

Kitty war enttäuscht gewesen, dass er keine Sternschnuppe gesehen hatte, bemerkte aber am nächsten Morgen, als er neben Nadine erwachte, dass er sowieso wunschlos glücklich war.

Kitty machte Kaffee, holte ein paar Kekse aus seiner Wohnung, pflückte eine Rosenblüte vom Strauch vor dem Haus und brachte alles zu Nadine ans Bett. Sie strahlte ihn an und schaute dann kurz Richtung Balkon, als wollte sie sich dort bei einer ihrer vier Sternschnuppen für die Erfüllung des Wunsches bedanken.

Als sie mit dem Frühstück fertig waren, fragte Nadine:

„Ist dein Fuß eigentlich wieder ganz in Ordnung?"

„Gute Frage. Die Beschwerden kommen ja immer erst nach längerem Gehen und außer, um mit Teddy auszugehen, sind wir kaum aus dem Bett gekommen..."

Teddy kam sofort wedelnd angelaufen. Nach einer halben Stunde Ausgang hatte Kitty keine Schmerzen im Fuß.

Es war zwar kalt und windig, aber nach einer kurzen Pause zum Anwärmen gingen Nadine und Kitty noch einmal ohne Hund spazieren. Kitty hatte die stille Hoffnung, dass er doch wieder Beschwerden bekommen würde und weiter krank feiern könnte.

Als sie auf ihrem Weg zum Rhein an der Domplatte vorbeikamen, herrschte dort noch mehr Gedränge als sonst. Viele

Menschen waren stehen geblieben und schauten zur Mitte des Platzes. Dort lag ein großer Menschenhaufen, überwiegend junge Frauen, nur mit Bikini oder Unterwäsche bekleidet, kreuz und quer übereinander. Die meisten hatten sich mit Ketchup oder Kunstblut eingeschmiert. Kitty schätzte, dass es knapp hundert Leute sein mussten. Zwei hielten Plakate hoch, auf denen zu lesen war:

Tausende Tiere müssen leiden, weil Du Fleisch isst. und *Fleischesser = Mörder!*

„Mord? Gut, dass ich nicht im Dienst bin. Vielleicht sollte ich Pauer anrufen?"

„So, wie die bei dem Wetter angezogen sind, würde ich ja eher von Selbstmord sprechen."

Nadine fröstelte es trotz zweier Pullover.

„Vielleicht würde sich Pauer wirklich freuen, wenn du ihn anrufst. Einige Zuschauer hier scheinen ganz angetan von dem Anblick eines Haufens fast nackter Frauen."

„Ein paar Männer sind auch dazwischen."

„Die sehen so aus, als würden sie nur wegen der tollen Gelegenheit, nackte Frauenhaut zu spüren, da liegen..."

„Das ist naheliegend. Im wahrsten Sinne des Wortes. Ja, ich glaube, wenn Pauer das hier sieht, wird er PETA-Aktivist."

„Möchtest du dich vielleicht auch solidarisch dazu legen? Ich könnte dich mit etwas rotem Lippenstift vollschmieren."

„Bloß nicht!"

Kitty schüttelte den Kopf.

„Ich finde das Ganze sehr unangenehm. Die Performance ist so gut, dass ich wirklich das Gefühl habe, dass da eine Leiche liegt. Lass uns weitergehen. Ich spüre lieber dich nachher nackt und weniger blutverschmiert."

„Nachher? Wir könnten uns auch jetzt in eine der stillen Ecken des Domes zurückziehen..."

Nadines Augen funkelten und ihr schien auf einmal nicht mehr kalt zu sein.

„Am besten gleich in einen Beichtstuhl. Dann können wir simultan sündigen und beichten."

Am Rhein aßen beide einen Rievkoche. Der Blick auf den dahinziehenden Fluss war schön und entspannend, aber trotz Kittys Umarmung wurde es Nadine bald kalt und sie gingen zurück.

Der Menschenauflauf bei der Domplatte war jetzt noch größer, allerdings war eine neue Gruppe Menschen dazugekommen, die vorhin nicht dabei gewesen waren. Über 20 Polizisten waren im Einsatz, mehrere Krankenwagen standen mit blinkendem Blaulicht vor dem Dom-Hotel, Kitty erkannte zwei Mitarbeiter der Spurensicherung und auch einen Polizeifotografen.

In der Mitte des Platzes waren immer noch mehrere Dutzend fast nackte und blutverschmiert aussehende Menschen, teilweise hatten sie Decken umgehängt und statt zu liegen, standen sie jetzt, außer einem. Mit einem Tuch abgedeckt lag offensichtlich eine Leiche mitten zwischen ihnen und daneben standen Britta und Pauer.

„Dein Instinkt ist echt unheimlich", sagte Nadine kopfschüttelnd. „Wahrscheinlich lag die Leiche vorhin schon da."

„Gut möglich."

„Los, geh hin! Ich warte hier."

Obwohl schon einige Polizisten im Einsatz waren, war der Tatort doch bei Weitem nicht ordentlich abgesperrt. Kitty konnte ungehindert bis zu Britta und Pauer gehen.

„Hallo Britta!"

Britta drehte sich um und sah Kitty freudig überrascht an.

„Hallo Kitty. Du stellst dich also freiwillig? Tja, dann kann ich dich ja gleich hier am Tatort festnehmen."

„Kitty? Kitty ist der Mörder?"

Pauer verstand nicht, was Britta meinte, konnte aber eine freudige Erregung nicht unterdrücken.

„Echt jetzt? Soll ich..."

„Pauer! Das war ein Witz! Da steht doch: *Fleischesser sind Mörder.* Und ich habe Kitty schon Gyros essen gesehn."

Pauer drehte sich mit einem verächtlichen Schnauben enttäuscht um.

„Was ist denn passiert?"

„Als sich diese Demonstration, oder wie auch immer man diese Aktion von PETA nennen soll, auflöste, standen alle Toten auf, außer diesem hier. Der war echt."

„Vielleicht einfach erfroren?"

„Nein. Auch kein Herzinfarkt, wie Pauer ihn beinahe bekommen hätte, als er all die fast nackten jungen Frauen gesehen hat. Aufgrund einer beachtlichen Kopfplatzwunde, vieler Blutergüsse und einer Stichwunde im Bauch, können wir wohl von Fremdverschulden ausgehen."

„Geprügelt und erstochen? Unbemerkt zwischen so viel Leuten?"

„Klingt zugegebenermaßen ziemlich unwahrscheinlich; obwohl hier auf der Domplatte ja oft unbemerkt Verbrechen zwischen hunderten von Leuten passieren. Aber Mord? Ziemlich skurriler Fall. Vielleicht wurde er schon vorher ermordet und hierhergebracht. Als die Konstruktion aufgebaut wurde, auf der die lagen, war er jedenfalls noch nicht da. Was danach geschah, dazu gibt es 500 Zeugen mit 600 verschiedenen Versionen."

„War Nico schon da?"

„Leider nicht. Der hat ein paar Tage frei. Herr Gressner ist hier."

„Und was sagt er?"

„Anfangs hat er sich schnell festgelegt, dass er an einem Schlag gegen den Kopf mit resultierender Hirnblutung gestorben sei. Dann hat er die Bauchwunde entdeckt. Seitdem ist er sehr schweigsam."

„Und die Zeugen? Irgendwas Brauchbares?"

„Die Version, dass unsere Leiche mit einer Schubkarre hierhergefahren wurde, gefiel mir eigentlich am besten. Da das aber nur einer gesehen hat, erscheint sie eher unwahrscheinlich. Favorit mit zwanzig ähnlichen Zeugenaussagen ist die Version, dass mehrere Leute einen stark blutenden Mann aus Richtung Rhein zum Domplatz geführt hätten. Sieben Zeugen haben ähnliches aus Richtung Hohenzollernbrücke und vier aus Richtung Bahnhof gesehen. Kann sein, dass sie alle Recht haben. Ein paar Aktivisten haben erzählt, dass sie ziemlich theatralisch hierher gewankt seien. Die genauen Aussagen nehmen wir ja sowieso erst die nächsten Wochen auf. Der Kollege eben sagte mir, dass sie jetzt schon über 500 Personalien aufgenommen haben. Wir haben mehrere Zeugen, die kein Wort Deutsch sprechen. Englisch und Spanisch verstehe ich ja gut, Lateinisch spricht seltsamerweise keiner. Eine japanische Reisegruppe, die ganz viele Bilder gemacht hat, leider nur vom Dom. Viele Türken und zwei Polen. Pauer behauptet, die Sprachen alle zu können, aber es ist deutlich, dass er nur Bahnhof versteht."

„Was in diesem Fall sogar der Inhalt der Aussage sein könnte..."

„In der Tat. Einen sehr aufgeregten Zeugen hatten wir, der dauernd in Richtung Domgäßchen zeigte und einen endlosen

Schwall von Erzählungen losließ. Wir wissen nicht mal, welche Sprache das war..."

„War?"

„Ja. Er ist inzwischen verschwunden und ich bin mir nicht sicher, dass jemand seine Personalien aufgenommen hat. Ich wüsste ja auch nicht wie. Es ist eigentlich alles völlig sinnlos. Wir müssten ein Riesenaufgebot hierherbestellen, um einigermaßen professionell zu arbeiten, aber dafür ist es mit hoher Wahrscheinlichkeit sowieso zu spät..."

„Tja, hier alles abzusperren, inklusive der Wege, von wo er gekommen sein könnte, ist wirklich nicht möglich."

„Ach, geht schon: Wir räumen die Innenstadt, die Bevölkerung wird kurzzeitig im Stadion untergebracht und die Touristen leiten wir nach Düsseldorf um..."

„Wisst ihr wenigstens schon, wer der Tote ist?"

„Nein, außer der Unterhose trug er nichts bei sich. Angeblich kennt ihn hier niemand. Willst du mal schauen?"

Kitty warf einen kurzen Blick unter das Tuch und schüttelte dann den Kopf.

„Das sieht ja furchtbar aus."

„Ja, fast wie ein Hering in Tomatensauce. Habe ich bis heute immer gern gegessen... Kennst du ihn?"

„Nein."

„Schade. Einen Lichtblick hätte ich echt gut gebrauchen können. Die Spurensicherung war auch schon sehr aufbauend. Er ist mit Fingerabdrücken und fremder DNA übersät, so eng wie die hier beieinander lagen. Als Beweis taugt da nichts von. Und über den Tatort waren schon locker mehrere tausend Leute gelaufen, bis die hier waren. Dann noch die ganze Presse, vierhundert angezogene und hundert nackte Zeugen, die alle nix Genaues gesehen, aber trotzdem viel zu erzählen haben...

Wahnsinn! Das wird ein Bericht und eine Akte... Und das mit Pauer zusammen! Eigentlich wäre das dein Fall! Ich mag dich ja sonst gerne, Kitty, aber das hier verzeih ich dir nicht so schnell!"

Britta boxte Kitty freundschaftlich gegen die Schulter. Dieser versuchte schuldbewusst zu gucken, konnte seine Erleichterung aber nicht wirklich überspielen.

„In der Tat, du hast ein paar Bier bei mir gut. Du kommst doch morgen ins Rheinblick?"

„Ja. Etwas später, aber ich komme auf jeden Fall."

„Schön. Deine Getränke gehen auf meine Kosten."

„Du solltest meine Trinkfestigkeit besser nicht unterschätzen! Nimm alle Kreditkarten mit, die du hast! So, und jetzt genieß dein Frei und lass mich hier in Ruhe leiden!"

Kitty wollte gerade wieder zu Nadine gehen, da erkannte er eine der blutverschmierten Aktivistinnen. Sie stand nicht, wie die meisten anderen, bei den Polizisten und diskutierte; auch schien sie die Einzige zu sein, die nicht fror und was besonders hervorstach: Sie war die mit Abstand bestgekleidete Halbnackte. Alle anderen hatten weiße Unterwäsche an; Rachel trug einen zum Kunstblut passenden weinroten BH und Slip.

Sie saß unter dem Bogen beim *Römischen Nordtor* und las in einem Buch.

„Hallo Rachel, schickes Outfit."

Kitty war versucht, sie zu umarmen, unterließ es dann aber doch; weniger wegen des Blutes, mehr wegen der sehr leichten Bekleidung. Schon gar, wo Nadine auch gerade dazu kam.

„Oh, Hallo Kitty! Danke. Ich hatte zwischendurch ein bisschen das Gefühl, overdressed zu sein, und das ist mit so ein bisschen Stoff ja eigentlich ein Widerspruch in sich. Ermittelst du auch hier?"

„Nein. Ich kam nur zufällig vorbei. Wir gingen hier gerade spazieren. Ich darf euch kurz vorstellen? Das ist Nadine, meine Nachbarin und seit kurzem meine Freundin. Das ist Rachel, eine Klassenkameradin aus meiner Zeit im Gymnasium. Sie ist Schriftstellerin und so gut, dass, wenn sie einen Krimi schreibt, auch tatsächlich eine Leiche neben ihr liegt."

„Hm... Eigentlich schreibe ich gerade an einem Kinderbuch, aber aus dem Tag heute könnte ich in der Tat mal ein Buch machen. Verkauft sich bestimmt besonders gut, falls ich als Mörderin verurteilt werde."

„Du bist die Mörderin? Übertreibst du deine Recherchearbeiten nicht ein bisschen?"

„Nein, zu viel der Ehre, ich war es nicht wirklich. Aber ich lag ziemlich nah bei der Leiche und deinem großen und, seiner Meinung nach, gut aussehenden Kollegen, bin ich glaub ich schon aufgrund der Farbe meiner Unterwäsche äußerst suspekt. Vielleicht solltet ihr beide schnell verschwinden, bevor er Nadines Haarfarbe bemerkt und eine neue Hauptverdächtige hat..."

Kitty blickte amüsiert zwischen den beiden hübschen Frauen hin und her. Während von der warm eingemummelten Nadine außer den roten Haaren kaum etwas zu sehen war, war bei Rachel, außer unter dem bisschen Rot der Unterwäsche, alles zu sehen.

Nicht nur das Geld ist ungerecht verteilt auf der Welt.

Kitty fand seinen Gedanken weder lustig noch geistreich und noch mehr ärgerte ihn, dass ihm jetzt erst das Naheliegende einfiel. Er begann seine Jacke auszuziehen.

„Hier, nimm! Du musst ja völlig ausgekühlt sein."

„Oh, danke! Nein, behalt mal selber an. Mir ist nicht wirklich kalt. Deswegen habe ich auch keine Decke genommen. Es waren nicht genug für alle da."

„Dir ist nicht kalt?!"

Nadine sah Rachel ungläubig an und wandte sich an Kitty:

„Du musst sie auf der Stelle verhaften. Sie ist wirklich seeehr verdächtig!"

Rachel lachte.

„Na gut. Ich gestehe: Ein bisschen frisch ist es schon. Aber falls ich nicht noch Stunden hier warten muss, sollte es gehen. Ich habe ja selber Klamotten mit, mag bloß nichts überziehen, bevor ich geduscht habe. Ich fürchte nämlich, dass ich da nicht nur Ketchup auf mir habe. Ich lag ziemlich nah bei dem Toten."

„Wieso bist du überhaupt noch hier? Sind deine Personalien noch nicht aufgenommen?"

„Doch. Aber dein Kollege meinte, ich solle warten, er wolle gleich noch eine Aussage von mir aufnehmen."

„Das glaub ich, dass er das gerne möchte. Nein, das können wir abkürzen."

Während Kitty zu Britta ging, um ihr Bescheid zu sagen, konnte Nadine Rachel überreden, wenigstens ihren Schal um den relativ sauberen Bauch zu wickeln, um ihre Nierengegend damit anzuwärmen.

Kitty kam schon wieder zurück.

„So. Wir können gehen. Ein paar Straßen weiter ist übrigens die Polizeiinspektion 1. Ich denke, dass du da schnell mal duschen kannst, wenn ich ein gutes Wort für dich einlege..."

Etwa zwanzig Minuten später spazierte Kitty mit zwei vollständig gekleideten Damen durch die Kölner Innenstadt Richtung Ehrenfeld; wie üblich schweigend, während die beiden Personen an seiner Seite sich angeregt unterhielten. Kitty war etwas besorgt, mit welchem Interesse sich Nadine nach der Arbeit von PETA und Rachels Erfahrungen als Vegetarierin erkundigte. Eigentlich wollte er Nadine zu ihrem Geburtstag in der nächsten Woche ins *La Venta* in Refrath ausführen, wo es hervorragendes argentinisches Rinderfilet gab... Hoffentlich würde sie dann noch Appetit auf diese Mordopfer haben.

Nadine und Kitty hatten keine Zeit mehr für ausführliche Unanständigkeiten, als sie wieder zuhause waren. Nadines Kinder kamen schon kurze Zeit später an und um ihnen auch mal wieder etwas Zeit mit ihrer Mutter zu gönnen, zog sich Kitty, zusammen mit Teddy, in seine Wohnung zurück.

Kitty hatte sich gerade gemütlich mit einem Pfefferminztee auf die Couch gesetzt, als das Telefon klingelte.

„Moin."

„Hallo Kitty, Sandra hier."

„Hallo Schwesterherz. Wie geht es dir?"

„Ich lebe noch. Soviel zum Positiven. Nein, im Ernst. Noch geht es, aber ich habe keine Ahnung, was wird. Wir haben Vater bei uns aufgenommen."

„Was ist passiert?"

„Er hat beinahe sein Haus abgefackelt. Als ich kam, stand er hustend in der Küche und versuchte, die brennende Küchenzeile mit Wasser aus seinem Zahnputzbecher zu löschen."

„Na, hoffentlich hattest du deinen Kulturbeutel mit, damit du ihm mit deinem Becher helfen konntest."

„Selbst der Feuerlöscher aus dem Heizungskeller hat nicht gereicht. Die Feuerwehr war eine Weile beschäftigt."

„Und wie geht es euch? Viel Rauch eingeatmet?"

„Die Blutgaswerte waren gut, aber ich muss dauernd husten und habe immer noch einen furchtbaren Geschmack von verbranntem Gummi in Nase und Mund."

„Und hat Vater begriffen, was er getan hat?"

„Nicht wirklich. *Irgendwas stimmt nicht.* Das erscheint mir die vollständige Zusammenfassung seines Wissens. Er war eben, als ich mal kurz auf Toilette war, schon alleine auf die Straße gegangen und dachte, er sei auf dem Weg nach Hause, obwohl er in die andere Richtung unterwegs war."

„Kann ich irgendwas für euch tun?"

„Ehrlich gesagt, ich habe noch keine Ahnung, wie wir das dauerhaft... Scheiße! Das war die Haustür. Ich muss nach ihm schauen! Tschau!"

Das erste Mal seit sehr langer Zeit war Kitty froh, in Köln zu wohnen, weit weg von den Problemen, die sich da oben im Norden gerade entwickelten.

Er hätte gerne geholfen, merkte aber doch sehr deutlich, dass ihn das momentan überfordern würde. Er war ja gerade erst halbwegs aus seinem eigenen Drama entkommen und seine Seele noch in der Rekonvaleszenz. Allein schon von dem Telefongespräch fühlte er sich ermattet.

Er überlegte eine Weile, ob er nicht doch noch zu Nadine gehen sollte. Aber die Kinder mussten morgen zur Schule. Nadine musste arbeiten und er ja auch...

Wenn er bei ihr wäre, würden sie kaum zum Schlafen kommen. Also zum miteinander schlafen schon, aber zum Schlafen...?

Kitty grinste. Er hatte manchmal die Vorstellung, dass im Himmel alle Leben auf der Erde live auf Bildschirmen zu beobachten seien und auch in andere Sprachen übersetzt würden.

Bei der Übersetzung seiner Gedanken eben, dürften die Dolmetscher mächtig geflucht haben.

Drei Stunden später fluchte auch Kitty. Er hatte noch keine Minute geschlafen. Er wusste nicht wohin mit seinen Armen. Die gehörten um Nadines Körper. Mit dem durchaus plausiblen Argument, dass sie all die Jahre vorher auch keine Nadine zum Festhalten gehabt hatten, ließen sie sich nicht beruhigen.

Er ging zur Toilette. Keine ernstzunehmende Menge, die diesen Weg gerechtfertigt hätte. Zum Kühlschrank, sehr hell innen, aber nichts, was ihn wirklich reizte.

Kitty stand auf dem Flur vor Nadines Tür. Hier war schon besser als bei ihm, näher bei da, wo er hingehörte..., aber klingeln, klopfen, jetzt? Die Kinder wecken? Nadine brauchte auch ihren Schlaf. Aber was, wenn sie auch gerade nicht schlafen konnte? Stand sie womöglich innen vor der Tür und lauschte?

Kitty klopfte zaghaft und hörte gleich darauf ein Geräusch..., allerdings hinter sich. Teddy kam aus Kittys Wohnung und warf ihm einen tadelnden Blick zu.

„Ich weiß, Teddy. Du hast ja recht."

Kitty folgte seinem Hund widerwillig zurück in die Wohnung, drehte sich an der Tür aber noch einmal um.

Es gibt Drogen, die machen nach sehr kurzer Zeit süchtig...

- 8 -

Nach den kriminalistisch spannenden letzten Tagen kam es Kitty gar nicht vor, als wäre heute sein erster Arbeitstag nach langem Frei. Der sehr volle Schreibtisch und das gut gefüllte E-Mail-Postfach erinnerten ihn aber daran, dass er schon etwas länger nicht mehr hier gewesen war.

Kitty beschloss, systematisch vorzugehen und erst mal die begonnene Arbeit zu beenden: Er starrte aus dem Fenster und dachte, wie schon auf der Hinfahrt, voller warmer Gefühle an Nadine. Ärgerlicherweise riss ihn schon nach wenigen Minuten das Telefon aus seiner konzentrierten Tagträumerei. Frau Wagner, die Assistentin des Chefs, gab Kitty Bescheid, dass er sofort bei seinem Vorgesetzten zu erscheinen habe.

Als Kitty die Tür öffnete, saß der Chef hinter dem großen Schreibtisch und vor dem Schreibtisch stand Pauer, der dem Chef noch einen schönen Tag wünschte und dann mit einem schadenfrohen Seitenblick auf Kitty den Raum verließ.

„Kittel! Mir liegen hier mehrere Beschwerden und eine Anzeige gegen Sie vor."

„Ihnen auch einen schönen guten Morgen, Chef!"

„Sie haben sich vorgestern Abend im Krankenhaus mit mehreren Ärzten und Pflegern geprügelt und dadurch eine lebensrettende Maßnahme behindert?"

„Das ist nur zum Teil..."

„Ich treffe den Klinikchef, einen alten Freund, er ist übrigens Professor und zweifacher Doktor, heute zum Mittagessen. Sie haben mich da in eine sehr peinliche Situation gebracht. Ich erwarte bis dahin eine schriftliche Entschuldigung von Ihnen auf dem Tisch. Das ändert natürlich nichts daran, dass die Dienstaufsichtsbeschwerde gegen Sie ihren üblichen Gang nehmen wird."

Der böse Blick des Chefs wurde noch schärfer als Kitty nichts sagte.

„Kittel! Warum antworten Sie nicht?"

„Sie hatten keine Frage gestellt."

„Ich habe..."

Der Chef war kurzzeitig etwas verwirrt, rettete sich aber durch Flucht in das andere Thema, welches ihm auf dem Gemüt brannte:

„Was war das überhaupt für eine komische Krankheit, die Sie angeblich hatten? Sie wurden mehrmals quietschfidel auf der Straße gehend gesehen. Etwas seltsam bei einer Fraktur des Fußes!"

Kitty nahm an, dass der Chef die Diagnose nicht seinem kriminalistischen Spürsinn zu verdanken hatte. Nico kam als Informationsquelle nicht in Frage.

„Es war keine übliche Fraktur, sondern ein Ermüdungsbruch. Ich weiß nicht genau, was das ist, aber sie können meinen Hausarzt ja mal fragen, wenn Sie ihn das nächste Mal verhören."

„Ich glaube nicht, dass Sie in der Position sind, sich solche Frechheiten erlauben zu können!"

Dass die Antwort nicht noch heftiger ausfiel bestätigte, was Kitty schon gefühlt hatte: Sein Hausarzt war das Datenleck. Er hatte schon länger über einen Wechsel nachgedacht. Dr. Bruness sollte sehr gut sein, aber ob der noch Patienten aufnahm, so überlaufen wie er war? Schade, dass Nico nicht Hausarzt war, oder konnte man auch einen Pathologen als Hausarzt nehmen?

Wieder dieser Blick des Chefs. Hatte er diesmal eine Frage gestellt? Kitty versuchte sich vergeblich zu erinnern, was der letzte Satz der Unterhaltung gewesen war, stattdessen schweiften seine Gedanken schon wieder Richtung Nadine. Er würde sie nachher fragen, welchen Hausarzt sie habe.

Kitty nickte dem Chef zu, sagte „Ja", holte einen Zettel aus der Tasche und notierte sich: *Nadine wegen Hausarzt fragen!*

Der Chef war sich auch schon nicht mehr ganz sicher, was er eigentlich erwartet hatte, aber wenn ein Untergebener „Ja." sagte und sich Notizen machte, war er schon aus Prinzip zufrieden.

„Sie können dann gehen", sagte er großzügig und vertiefte sich in die Akten vor ihm.

Kitty wollte gerade anfangen, sich ein unverbindliches Entschuldigungsschreiben auszudenken, als Britta und Georg vorbei kamen.

„Hallo Kitty!", sagte Georg. „Willkommen zurück. Wie waren deine freien Tage?"

„Och, nicht schlecht."

„Du siehst irgendwie anders aus. So lebendig. Richtig gut. Ha, eine Frau!"

„Nichts kann man hier geheim halten. Es ist furchtbar, von fähigen Kriminalisten umgeben zu sein."

In diesem Moment kam Pauer in das Zimmer und Britta, Georg und Kitty hatten größte Mühe nicht laut loszulachen.

„Tja, es gibt immer wieder ausgleichende Momente im Leben", sagte Britta zwinkernd zu Kitty. „Dann lass uns mal Frau Plettenberg verhören, Pauer."

Kitty schaute durch die Scheibe beim Verhör zu. Britta war sehr zurückhaltend. Kitty wusste, dass sie, genau wie er selber, wünschte, Frau Plettenberg könnte irgendwie ungeschoren aus der Sache rauskommen. Und genau wie Britta genoss er es, als Frau Plettenberg nun Pauers Lehrbuchverhör ins Leere laufen ließ.

Kitty war sich ziemlich sicher, dass sie irgendwelche Drogen genommen hatte. Sie grinste die ganze Zeit sehr fröhlich und zufrieden, antwortete selten auf den Inhalt der Fragen, sondern meistens nur auf den Ton oder ganz aus einer anderen Welt.

„Sie wirken so unentspannt Herr Kommissar. Hatten sie keine gute Nachtruhe? ...

...Wenn Sie immer nur negativ fragen, werden sie nie eine positive Antwort erhalten...

...Eine große Liebe kann der Tod nicht trennen. Ich weiß nicht, wo sie jetzt ist, aber ich spüre deutlich, dass sie gerade an mich denkt...

...Sie ist die wunderbarste Freundin, die ich mir denken kann...

...Ach, Herr Pauer! Ich verstehe nicht, wieso sie etwas Negatives im Tod von Frau Röber sehen können. Sie wollte es so und sie ist nun an einem Ort, wo ein tiefer Friede herrscht. Apropos tiefer Friede: Sie wirken eher...

...Ihre Aura ist sehr schwach, kaum fassbar und ihr Herzchakra ist völlig unterentwickelt. Lassen Sie sich helfen! Das Leben kann so schön sein...

...Sie sollten sich mehr für die Welt öffnen und weniger um sich selbst kreisen..."

Britta saß sehr angespannt daneben und beneidete Kitty auf der anderen Seite der Scheibe, weil der laut lachen durfte.

Auch der Nachmittag lief nicht zu Pauers Zufriedenheit. Er nahm die Aussagen von mehreren PETA-Aktivistinnen auf. Britta stand kopfschüttelnd neben Kitty, als sie Pauer im Nebenzimmer fragen hörten:

„Weswegen waren Sie am Tatort und was haben Sie dort gemacht?"

Auch diese Aktivistin begann nun mit einem sehr langen Vortrag über Tierschutz, Tierquälerei usw.

„Ich habe ihm schon mehrmals gesagt, er soll die Frage weglassen, aber er kann es einfach nicht. Sie steht im Lehrbuch und ist somit unantastbar. Die letzte Zeugin hat auf diese Frage fast zwanzig Minuten geantwortet; aber er unterbricht ja nicht, sondern schreibt mit. Ich glaube nicht, dass wir in diesem Jahr noch mit der Befragung aller Anwesenden fertig werden. Noch 93 Aktivistinnen und 250 sonstige Zeugen..."

„Wisst ihr denn inzwischen wenigstens, wer das Mordopfer ist?"

„Nein. Wir haben das Vermisstenverzeichnis durchforstet, da passt er zu keinem und auch in der Verbrecherkartei Fehlanzeige."

Am späten Nachmittag klagte Pauer über Übelkeit und ging früher nach Hause.

„Kein Wunder, dass ihm schlecht ist", murmelte Britta. „Wäre mir auch, wenn ich mir zwanzig Mal hätte anhören müssen, wie die Wurst, die ich heute Vormittag gegessen habe, entstanden ist..."

- 9 -

„Das ist wirklich ein ausgesucht schönes Plätzchen hier."

Nico sah sich beeindruckt im Café Rheinblick um, insbesondere aus dem Fenster auf Rhein und Dom.

„Kommt auf der Liste der besten Kneipen und Cafés in Köln sicher unter die Top Ten. Bin schon gespannt auf Musik und Bedienungen."

„Die Musik wird dir gefallen. Sehr gute Live-Musik am Flügel und ich kenne die Pianistin sogar persönlich. Sehr netter Mensch!"

„Du scheinst eine Schwäche für Klavierspielerinnen zu haben."

„Jetzt, wo du's sagst... War mir noch gar nicht aufgefallen."

„Komm, lass uns erst mal auf die Terrasse setzen! Es hat aufgehört zu regnen."

Nico und Kitty befreiten zwei Stühle von Regenspuren und setzten sich in die Sonne. Kurz darauf stiegen zwei sehr schlanke und modisch gekleidete blonde Damen aus ihrem SUV, steuerten auf das Café zu und sprachen dabei sehr laut in ihre sehr großen Smartphones.

„Hm... Ich habe zwar eben bei der Bedienung zwei Blonde bestellt, hatte mir darunter aber eigentlich eher Kölsch vorgestellt...", grinste Nico.

„Nichts für deinen Jodelstick?"

„Kitty! Ich weiß nicht, worüber ich entrüsteter bin. Über deine Vorstellung von meinem Geschmack oder doch über deine mangelnde Lernbereitschaft, was wichtige Fremdwörter angeht. Nein. Die sind wirklich nichts für mich! ...Och nö, die wollen doch nicht etwa ausgerechnet zu uns?"

In der Tat steuerten die beiden direkt auf den Nebentisch zu.

Nico flüsterte: „Möge das Wasser mit uns sein!"

Kitty verstand nicht wirklich, was Nico meinte, bis die Frauen sich, immer noch telefonierend, hinsetzten, ohne auf die Stühle zu achten.

„Igitt!"

Beide standen sofort wieder auf, betasten ihre nassen Kleider, sprachen etwas Entrüstetes ins Telefon und verschwanden dann im Café auf der Toilette.

Nico prostete Kitty mit einer der gerade angekommenen sympathischeren Blondinen zu:

„Im Kopf nur Stroh und am Po: H2O."

Beide tranken und schwiegen eine Weile, während sie auf den Rhein starrten.

„Du hattest etwas über ein Medikament namens Alzagro angedeutet."

Eigentlich hätte Kitty auch noch ein paar Stunden so da sitzen und an Nadine denken können, aber bevor wieder etwas dazwischen kam... Wie Nico zu seinem perfekten Gedächtnis kam, interessierte ihn wirklich; nicht zuletzt, weil sein eigenes eher eine Sieb- als eine Aufbewahrungsfunktion hatte.

„Alzagra heißt dieses Mittel gegen Demenz."

„Ja, genau. Und warum nimmst du ein Mittel gegen Demenz?"

„Ach, Liebe muss etwas sehr Schönes sein!"

„Ja. Wieso?"

„Nun, ich hatte da gestern bereits etwas zu gesagt, aber du wurdest wohl von einem hartnäckigen Traum leicht abgelenkt."

„Ach ja. Du hattest damit experimentiert."

„Genau. Eine kleine Privatstudie mit einem Freund zusammen."

„Der heißt nicht zufällig Moning?"

Nico schaute Kitty überrascht an.

„Nein. Aber in der Tat, es ist ein Freund von Herrn Moning. Woher weißt du...? Ah, du brauchst ja nichts zu wissen. Ich habe ein besonderes Gedächtnis und du eine besondere Intuition..."

Kitty hätte sich auch überrascht angeschaut, wenn das anatomisch möglich gewesen wäre. Er hatte zwar, irgendwann später, nach Herrn Moning fragen wollen, aber dass die beiden Themen zusammenhängen könnten, hätte ihm eigentlich schon früher auffallen müssen. Wieder einmal hatte er das Gefühl, ein furchtbar schlechter Ermittler zu sein, weil er Offensichtliches nicht sah. Das, was man mit gutem Gedächtnis und Logik hätte zusammenfügen müssen, erledigte bei ihm, leider völlig unbeeinflussbar und unzuverlässig, seine Intuition. Als er Alzagra und Moning eben kurz nacheinander gedacht hatte, hatte es in ihm „Klack" gemacht. Die zwei Teile passten zusammen...

Warum genau störte es ihn, dass er zusammenhängende Puzzlestücke nie durch konzentriertes Suchen und Vergleichen fand, sondern einfach nur immer wieder ein glückliches Händchen bei der Auswahl hatte?

Amüsiert bemerkte Kitty, dass er das wirklich gedacht hatte. Es war damit zu rechnen gewesen. Ähnliches hatte er schon oft gedacht und immer hatte es ihn gestört und runtergezogen. Heute interessierten ihn seine eigenen Gedanken und Probleme nicht wirklich. Sie waren da, es gab sie. Aber es gab zum Glück bedeutend Wichtigeres und Angenehmeres als seine Probleme und das schien endlich im Vordergrund zu stehen.

Nico hatte ihn interessiert beobachtet.

„Ist schon lustig. Wir sind das genaue Gegenteil. Du spürst und weißt intuitiv sofort das Ergebnis, musst dann aber, um es zu beweisen, mühsam die Details und Beweise zusammentragen. Du weißt sofort die Lösung und bastelst dann am Rechenweg. Ich erkenne sofort alle Einzelheiten, benötige dann aber viel Zeit, um die Dinge zusammenzuführen. Oft verirr ich mich in unwichtigen Details und verlier das Ergebnis aus den Augen. Meinst du nicht auch?"

„Keine Ahnung, wovon du sprichst. Ich habe schon beim dritten Satz den Faden verloren. Aber ich hab das Gefühl, du hast Recht."

Nico grinste:

„Sehr viel mehr Zustimmung kann man von dir kaum bekommen. War ja auch nicht wichtig. Aber es wäre mir tatsächlich recht, wenn du jetzt einen Moment mal aufmerksam wärst. Immerhin geht es um mögliche Mordmotive, unter anderem auch bei Frau Kochem. Es ist ein kompliziertes Thema und ich könnte in dem Zusammenhang stundenlang über den Sinn des Lebens referieren, aber ich versuche, mich kurz zu fassen und es einfach auszudrücken, damit es auch ein verliebter Norddeutscher versteht."

„Okay. Ich werde mich bemühen. Denn man to."

Kitty setzte sich gerade hin, sie prosteten sich zu und Nico erzählte:

„Alzagra ist ein neues Medikament gegen Demenz, das gerade im Stadium der klinischen Studien angekommen ist und teilweise erstaunliche Wirkungen zeigt. Übrigens auch erstaunliche Wirkungen, was die Potenz angeht, aber das hast du, als frisch Verliebter mit so einer hübschen Frau, noch nicht wirklich nötig, aber in zehn Jahren solltest du..."

„Wenn das die Kurzfassung ist, wie lange wäre denn dann...?"

„Sorry! Wie bei allen anderen Mitteln gegen Demenz, passiert bei den Meisten nichts Aufregendes. Obwohl Durchfall oder allergische Reaktionen durchaus aufregend sein können, für pflegende Angehörige, die..."

Kitty räusperte sich.

„...wir momentan jedoch nicht beachten können. Dann gibt es da aber auch eine nicht unbeachtliche Zahl von Dementen, bei denen Alzagra ein wirkliches Wunder bewirkt."

„Unter anderem bei Herrn Moning?"

„Richtig. Was genau physiologisch passiert, wissen wir noch nicht, aber der Effekt ist, wenn auch stark vereinfacht dargestellt: Die Dementen erinnern sich an alles. Jeden Moment, jeden Anblick, jedes gehörte Wort, jedes Gefühl. Viele sind damit überfordert. Sie werden von einer Flut von Erinnerungen weggespült und geraten in Panik. Manche werden unruhig und aggressiv, andere lethargisch, einige wahnsinnig."

„Und wenn sie wahnsinnig werden, begehen sie Morde?"

„Nein. Also, mir ist jedenfalls keiner bekannt. Keiner von den Wahnsinnigen; die sind eher selbstzerstörend, aber es gibt halt auch einige Demente, die gut mit der Masse an Erinnerungen fertig werden..."

„Je nachdem, wie die Erinnerungen sind?"

„Du hast einen der wesentlichen Punkte mal wieder sofort erfasst. Das und noch ein paar andere wichtige Sachen. Ob man strukturiertes Denken gewohnt war und vor allem, wie man mit Erlebnissen und Erinnerungen umgeht. Es ist ja die freie Entscheidung jedes Einzelnen, ob er sich auf das Positive im Leben konzentriert oder lieber ein Dauernörgler wird. Und halt auch: Wozu man eher neigt - Unrecht zu ertragen oder Rache zu nehmen. Hast du von Herrn Schmidt, dessen Betreuer mit einem Spaten ermordet wurde, gehört?"

„Nein."

„Schade. Erzähl ich dir ein anderes Mal. Es gibt halt einige Erinnerungen, die nach Rache schreien. Und dann gibt es zwei Möglichkeiten: Die ehemals Dementen erinnern sich sehr gefühlsstark an das, was ihnen während ihrer Demenz angetan wurde und rächen sich - das muss nicht immer Mord sein - oder die Verwandten und Bekannten bekommen mit, dass sich die ehemalig Gedächtnislosen auf einmal wieder erinnern, auch an das, was sie ihnen angetan haben und bringen sie um, bevor sie sich womöglich rächen oder eine Anzeige aufgeben können... oder sie gar enterben..."

„Frau Kochem ist auch so ein Fall?"

„Eigentlich nicht. Sie gehört zu den Glücklichen, die sich ganz in ihren schönen Erinnerungen verlieren können und das dank Alzagra sehr intensiv. Sie ist selten in der Gegenwart und hat ganz sicher keine Rachegedanken. Aber ihre Tochter gehört halt zur zweiten Variante und glaubt, dass ihre Mutter eine Gefahr darstellt, seitdem sie einen Zeitungsartikel gelesen hat, in dem ziemlicher Unsinn stand, weil Pauer alles falsch verstanden hat..."

„Pauer?"

„Ja. Das war ein Fall von Britta und Pauer, der Moning und mich... Ich schweife schon wieder ab und es fängt an zu tröpfeln. Also noch ganz kurz und unvollständig etwas Anderes: Es geht nicht nur um kleine Dramen, wie Misshandlung unter Angehörigen, sondern auch um große Sachen. Zum Beispiel Firmengeheimnisse, Insiderwissen über Finanzgeschäfte oder um geschredderte Geheimdienstakten. Eventuell sogar noch Höher: Die Mächtigen haben ein gewisses Interesse daran, dass das Volk sich nicht gut erinnert. Unsere normale Vergesslichkeit kommt ihnen entgegen, Brot und Spiele, wie RTL2, lenken uns wunderbar von ihren Machenschaften ab und dann kommt da ein Medikament und auf einmal gibt es womöglich ganz viele Leute, die sich an alles erinnern können, die Zusammenhänge herstellen können, die Systeme durchschauen... Gefährlich!"

Kitty schaute Nico skeptisch an. Nico lächelte.

„Gut, Letzteres ist wohl eher eine paranoide Verschwörungstheorie. Ist auch nicht von mir, sondern von jenem besagten Freund von Herrn Moning. Ich nehme nicht an, dass da viel dran ist, obwohl es schon verdächtig ist, dass die klinischen Studien über Alzagra vor kurzem plötzlich gestoppt wurden, und... Herr Bäumer lag mit seinen auf den ersten Blick abstrusen Verschwörungstheorien am Ende erstaunlich oft richtig... Aber wahrscheinlich ging es diesmal wirklich nur um einen Einzelfall, bei einer halt sehr mächtigen Person. Jedenfalls solltest du wissen, dass es momentan ein Motiv gibt, dass nicht gerade allgemein bekannt ist."

„Und du kommst mit deiner Flut von Erinnerungen gut klar?"

„Ja, doch, überwiegend schon. Es hat ein paar Wochen gedauert, bis ich ein System rein bekommen und gelernt habe, mich auf das Wesentliche zu beschränken. Am Anfang war es eine Sucht: Ich habe immer mehr Wissen gesammelt, nächtelang kluge Artikel gelesen und Sendungen geschaut und einmal, als mir langweilig war, sogar das Telefonbuch von Köln auswendig gelernt... Ich dachte, desto mehr Wissen ich hätte, umso klarer würde ich sehen, umso besser könnte ich erklären und überzeugen, und vielleicht könnte ich doch endlich die Welt verändern..."

„Du kannst das Telefonbuch von Köln auswendig?"

„Ja. Das von vor zwei Jahren. Und tausende andere Bücher auch. Zeig mir eine Zeitung und ich kann dir zu jedem kurzen Artikel eine ganze Abhandlung von hundert Texten, die ebenfalls zu dem Thema gehören, es aber womöglich ganz anders beleuchten oder gar widerlegen, nennen. Das macht den Blick auf die Welt nicht einfacher. Und wenn du dir unsere Gesellschaft anschaust, die Entwicklung der letzten Jahrzehnte, das ständige Wiederholen der gleichen Fehler auf immer wieder neue Weise. Ach, ich könnte stundenlang über unsere Welt schimpfen, hochfundiert, mit exaktem Wissen. Aber das macht keinen Spaß. Es ist einfach frustrierend. Zum Glück ist mir dann irgendwann aufgefallen, unter nicht unwesentlicher Mithilfe von einigen hübschen Frauen, dass diese Welt viel zu schade ist, um an ihr zu verzweifeln. Wie gesagt: Es ist Willenssache, sich auf das Schöne zu konzentrieren. Es hat nur etwas gedauert, bis ich mich von der Vorstellung lösen konnte, die Welt im Großen verändern zu können. Ich kann mich jetzt ja genau daran erinnern, wie ich es versucht habe und wie wenig ich erreicht habe und was ich dafür alles verpasst habe. Es mag Menschen geben, die dafür vorgesehen sind, ich nicht. Nein, meine Bestimmung ist: Glücklich sein und glücklich machen. Genießen und anderen das Genießen beibringen."

„Du willst also sagen, dass der Sex mit all den vielen verschiedenen Frauen eher eine Art Mission war?"

„Ja. So könnte man das sagen. Was aber nicht heißen soll, dass wir jeweils nur die Missionarsstellung praktiziert hätten..."

„Apropos zum Besseren verändern: Mein Gedächtnis kann man ja eher so vergessen... Gibt es vielleicht eine leichte Version von Alzagra, mal so zum Testen?"

„Ich glaub nicht, dass das etwas für dich wäre. Deine Intuition würde darunter leiden. Und Intuition ist wichtiger als Gedächtnis und Wissen. Desto mehr ich weiß, desto mehr Informationen ich angehäuft habe, umso verwirrter werde ich. Irgendwann ist man sich nicht mehr sicher, dass es sowas wie eine Wahrheit gibt. Etwas überspitzt formuliert: Es gibt keine

Erkenntnis, zu der es nicht eine Studie gibt, die genau das Gegenteil behauptet. Das ist das Murphysche Gesetz der Informationsgesellschaft. Um sich da zurechtzufinden, dafür braucht es Intuition und um die beneide ich dich. Das Gefühl dafür, was richtig und was wichtig ist, ist viel wichtiger als das Wissen an sich."

Jetzt fing es richtig an zu regnen.

„Lass uns reingehen."

Im Café war inzwischen Rachel am Klavier. Kitty und Nico setzten sich in ihre Nähe, an ein Fenster mit Blick auf Dom und Rhein. Rachel winkte den beiden zu und Kitty erzählte Nico ein wenig über sie.

„Darfst du eigentlich mit Rachel sprechen, so als Tatverdächtige?"

„Ja. Ist nicht mein Fall. Britta und Pauer wühlen sich durch den Haufen nackter Möchtegern-Leichen."

Kitty erzählte Nico, was er auf der Domplatte mitbekommen hatte. Nico erzählte Kitty von einem ähnlichen Fall vor zwölf Jahren, von dem er mal gelesen hatte. Die Fälle waren zwar sehr ähnlich, so dass Kitty erst schon glaubte, auf eine Serie gestoßen zu sein, aber die Lösung des anderen Falles schloss einen Serienmörder dann doch aus: Es war eindeutig Selbstmord gewesen.

Beim Thema Selbstmord starrten beide auf den Rhein und Kitty fürchtete, dass Nico gleich fragen würde, was er eigentlich neulich auf der Brücke gemacht habe und kam ihm lieber mit einer eigenen Frage zuvor:

„Also: Was hältst du denn nun von Sterbehilfe?"

„Da könnte ich einen abendfüllenden Vortrag zu halten, aber ich werde auch hier versuchen, mich kurz zu fassen...: Ich bin dafür. Etwas vereinfacht gesagt ist es ja so: Jemand bittet uns in einer Notlage um Hilfe und wir haben die Möglichkeit zu helfen. Es muss also gute Gründe geben, dass wir das nicht tun, sonst ist es unterlassene Hilfeleistung. Es werden immer wieder, insbesondere von Politikern und der Kirche, Gründe gegen Sterbehilfe aufgezählt; bisher habe ich aber noch keinen gehört, den ich nicht fundiert hätte widerlegen können."

„Und wie stellst du dir das in der Praxis vor?"

„Jeder hat grundsätzlich ein Recht auf aktive oder wenigstens passive Sterbehilfe und kann das vorher schriftlich dokumentieren. Eine Absichtserklärung unterschreiben, wie den Organspenderausweis oder eine Patientenverfügung. Man kann natürlich auch festlegen, dass man das auf keinen Fall möchte. Und wenn es dann so weit ist, ein ähnlicher Ablauf wie bei der Abtreibung. Zwei verpflichtende Beratungsgespräche, in einer zu schaffenden Einrichtung, in denen einem Alternativen aufgezeigt werden. Diese mit einem ordentlichen zeitlichen Abstand, und auch..."

Die beiden wurden von ihren Herzensdamen unterbrochen. Britta hatte Nadine abgeholt und nun kamen beide auf einmal ins *Rheinblick* und setzten sich, nach einem wilden Begrüße und Umarme, mit an den Tisch. Nach einem kurzen netten Geplauder kam Nico unvermittelt auf das Thema zurück:

„... danach noch eine gewisse Zeit bis zur Durchführung; jederzeit die Möglichkeit, ohne irgendwelche zusätzlichen Kosten, abzubrechen."

Kitty wusste, im Gegensatz zu Nico, den Anfang des Satzes nicht mehr und schaute ihn, genau wie Britta und Nadine, fragend an.

„Entschuldige. Könntest du den Satz noch mal im Ganzen sagen?"

„Worum geht es denn gerade bei euch?", fragte Britta.

„Oh, Verzeihung. Der Restsatz war noch im Zwischenspeicher und musste dringend raus. Es geht um Sterbehilfe."

„Ah, wegen Frau Röber?"

„Ja. Das war der Anlass."

„Und? Seid ihr für eine Legalisierung?"

Britta sah Kitty fragend an.

„Ich war bis neulich dagegen. Momentan weiß ich es ehrlich gesagt nicht. Nico ist für Sterbehilfe."

„Es wäre mir ehrlich gesagt recht, wenn du den Satz etwas anders formulieren könntest. Das hört sich sonst an, als wollte ich Sterbehilfe am liebsten möglichst vielen Menschen angedeihen lassen... Ganz bestimmt nicht! Ein natürlicher, möglichst schmerzfreier Tod im Kreise der Familie oder in einem Hospiz sollte der Normalfall sein. Aber das ist halt nicht immer möglich."

„Okay, ich korrigiere mich", sagte Kitty. „Nico ist für die Legalisierung der Sterbehilfe und hat auch schon eine Vorstellung vom ungefähren Ablauf."

Nico erzählte nun auch den beiden Frauen, wie er sich die entsprechenden Regelungen vorstellte.

„Aber irgendwelche Bedenken scheinst du doch noch zu haben, oder?"

Britta hatte zwar nicht Kittys Intuition, kannte aber Nico inzwischen so gut, dass sie die leichte Unsicherheit in der Stimme bemerkt hatte.

„In der Tat, ja. Ich habe Bedenken, ob wir in unserer heutigen Zeit eine wirklich gute Regelung hinbekommen können, in der die Menschenwürde im Vordergrund steht. In allen Bereichen geht es immer mehr um Rentabilität, Effizienz und Bezahlbarkeit, leider auch in Medizin und Pflege. Kosteneinsparungen werden als Erfolg bejubelt, obwohl völlig klar ist, dass die Versorgung dadurch schlechter geworden ist. Der Mensch, der früher mal im Mittelpunkt stand, ist mitsamt seinen Bedürfnissen nach Zeit und Zuwendung gekonnt in den Hintergrund gedrängt worden. Das sind natürlich alles keine Ansätze, mit denen man an Sterbehilfe rangehen darf."

„Aber, wenn wir Hilfe zum Sterben ermöglichen, würde dadurch nicht ein Druck auf alte Menschen aufgebaut, diese Hilfe tatsächlich in Anspruch zu nehmen; zum Beispiel, damit sie niemandem zur Last fallen?", fragte Britta.

„Nun, der Druck ist ja auch so längst da. Viele alte Menschen bekommen mit, wie schnell das Ersparte, was sie so gerne den Kindern vererbt hätten, durch die Kosten für die Pflege aufgebraucht wird, oder gar, wie die Kinder womöglich gerade wegen der Pflege ihren Beruf aufgeben oder ihr Haus verkaufen. Du glaubst gar nicht, wie oft ich und meine Freunde mitbekommen haben, dass Verwandte den Pflegebedürftigen mehr oder weniger deutlich vorgehalten haben, wie sehr sie zur Last fallen. Der Druck ist da und die alten Menschen suchen alleine nach einer Lösung, die dann oft in einer Katastrophe endet. Alle zwei Stunden nimmt sich in Deutschland ein Mensch über sechzig Jahre das Leben. Und das sind nur die geglückten Selbstmorde und auch nur die, die als solche erkannt werden. Missglückte Selbstmordversuche gibt es noch viel mehr und danach geht das Drama und Leiden ja oft erst richtig los. Ob geglückt oder missglückt... Sie mussten diese furchtbare Entscheidung alleine fällen und durchführen... Wir haben sie im Stich gelassen. Wäre es nicht besser, wenn es eine Stelle gäbe, wo diese Menschen Hilfe fänden und vor der Hilfe Beratung, so dass die Hilfe sich vielleicht erledigt? Womöglich würden dadurch viele unnötige Selbstmordversuche sogar verhindert, wenn bei der Beratung zum Beispiel eine bisher nicht diagnostizierte Depression erkannt und behandelt werden kann, unbegründete Ängste genommen und Möglichkeiten für finanzielle Hilfen aufgezeigt werden."

Sie wurden von der Bedienung unterbrochen, die die Bestellung aufnahm.

Kitty bestellte einen Pfefferminztee mit Honig. Britta schaute erstaunt.

„Ist aber nicht typisch für einen Ostfriesen..."

„Friesen!", korrigierte Kitty.

„...für einen Friesen, Pfefferminztee zu trinken. Und dann auch noch mit Honig!"

„Nein."

Britta schaute Kitty mit einem bohrenden Blick an, der nicht von ihm weichen würde, bis er die ganze Geschichte erzählt hatte. War das ihr Naturell oder war sie erst durch jahrelange Verhörerfahrung so geworden?

„Eine Pubertätserscheinung. Mein Vater hatte einen Film gesehen, in dem jemand Pfefferminztee mit Honig trank und darüber gelästert, das sei das unmöglichste Getränk überhaupt, noch schlimmer als Cola und ihm könne man sowas nicht ohne Folter einflößen... Auf die Blue Jeans hatte er irgendwie nicht verärgert genug reagiert, da hab ich mir halt morgens Pfefferminztee mit Honig gemacht. Mehrere Wochen Stubenarrest, Taschengeldkürzung und weiterer Kleinkrieg, aber ich trank natürlich weiter, bis er aufgab. Danach wollte ich wieder aufhören..."

Kitty zuckte mit den Schultern. Britta nickte.

„Und... Blieb das Taschengeld gekürzt?"

„Nein. Ich war jung und brauchte das Geld. Ich habe später so getan, als wäre ich wieder brav und habe nur noch heimlich getrunken..."

„Gibt in Friesland bestimmt eine Gruppe der anonymen Pfefferminzteetrinker...", grinste Nico.

Sie unterhielten sich eine Weile über Lieblingsgetränke, Filme und Musik.

Als sich Rachel später zu ihnen setzte und beim Ende der Pause noch mitten in einem angeregten Gespräch war, bot Nadine an, kurz ein paar Lieder zu spielen. Rachel war begeistert.

„Was darf man hier spielen?", fragte Nadine. „Gibt es irgendwas, was nicht gern gehört wird?"

Rachel lächelte:

„Du hast freie Wahl. Der Chef ist relativ wunschfrei. Ich habe schon oft Selbstgemachtes gespielt. Es sollte allgemeinverträglich und nicht zu auffällig sein. Zwölftonmusik wäre wohl nicht wirklich erwünscht."

„Wird mir schwerfallen, darauf zu verzichten, aber ich bekomm das hin."

„Ich spiele viel von Supertramp, Elton John, halt die 70er und 80er, ein paar ganz alte Klassiker wie *Imagine* oder *House Of The Rising Sun* und, wenn sie was taugen, natürlich auch aktuelle Sachen, Corrs oder Ted Coffee."

„Ted Coffee? Das ist gut! Schade, dass hier nur ein Flügel steht, ich liebe seine Stücke für zwei Flügel."

„Oh ja! Ich war einmal bei einem Konzert von ihm. Das war der absolute Höhepunkt! Kannst du etwas davon spielen?"

„Ja. Alle vier Lieder, jeweils beide Parts!"

Rachel sah aus, als hätte sie gerade im Lotto gewonnen.

„Meinst du, wir bekommen *Coffee For Two* auf einem Flügel hin?"

Nadine war Feuer und Flamme.

„Schwierig, aber nicht unmöglich. Ich glaube, das wird lustig. Kann sein, dass wir am Ende etwas verknotet sind."

„Da käme ich gut mit zurecht! Lass es uns mal versuchen."
Rachel konnte nur eines der Lieder auswendig, versprach aber, nachdem dieses Lied sowohl den Spielenden als auch den Zuhörern größtes Vergnügen bereitet hatte, die anderen drei auch noch zu lernen.

Nadine spielte alleine weiter und Rachel setzte sich wieder zu Britta, Nico und Kitty.

Die Vier unterhielten sich immer noch angeregt, als durch Stuhlhochstellen diskret darauf hingewiesen wurde, dass hier jetzt Feierabend sei. Da alle gut müde waren, gingen sie freiwillig, nur Nadine musste gewaltsam vom Flügel weggezerrt werden...

- 10 -

Britta hatte definitiv nicht viel länger geschlafen als Kitty und doch sah sie fröhlich, wach, wie üblich gepflegt und nebenbei sehr attraktiv aus. Wie bekam sie das hin? Kitty hatte eben im Spiegel eher ein mögliches Filmplakat für *Die Nacht der lebenden Toten* gesehen.

„Moin Kitty! Ich habe eine gute und eine gute Nachricht für dich. Welche möchtest du zuerst hören?"

„Moin Britta. Am frühen Morgen schon so schwere Entscheidungen? Tja... Das ist nicht einfach. Ich denke... Nein, doch nicht... ...Ich nehme zuerst die Gute."

„Wir dürfen die nächste Zeit mehr zusammenarbeiten."

„Das ist wirklich eine Nachricht, die mir gefällt. Und die Andere?"

„Pauer ist im Krankenhaus. Womöglich etwas böse, das als gute Nachricht zu betiteln. Also machen wir es politisch korrekt: Pauer hat überlebt."

„Was?"

„Er hatte einen Blinddarmdurchbruch und ist heute Nacht operiert worden. Es war nicht ganz unknapp. Und... Du wirst es kaum glauben. Ich bin froh, dass er es geschafft hat. Er ist ein unerträgliches, dummes und arrogantes Arschloch, aber..."

Britta suchte vergeblich nach passenden Worten. Kitty nickte.

„In der Tat. Das Leben wäre ärmer ohne ihn. Hauptsächlich ärmer um ein ordentliches Feindbild, aber sowas braucht man ja irgendwie auch..."

„Ja. In der Richtung wird das wohl sein. Stell dir vor, er wäre gestorben! Über Verstorbene darf man ja nicht schlecht reden... All die schönen abwertenden Adjektive arbeitslos. Das will doch keiner!"

Britta gab Kitty einen kurzen Überblick über die offenen Fälle, die sie gerade mit Pauer bearbeitete.

„Da sind einige Fälle, bei denen Pauers Lehrbuch überhaupt nicht weiterhilft. Vielleicht bringt uns deine Intuition weiter."

Britta sah Kitty erwartungsvoll an, während der vier Akten kurz quer las.

„Nein, tut mir leid. Bei Akten habe ich fast nie Geistesblitze. Am Tatort oder im Gespräch mit Verdächtigen und Zeugen..., aber Papier sagt mir meistens nichts."

Britta packte die Akten enttäuscht in den Schrank zurück.

„Da ist doch auch noch dieser Serienmord an Rentnern, von dem Pauer neulich erzählt hat. Habt ihr den schon aufgeklärt?"

„Oh..., ja..., das. Den habe ich ganz hinten im Schrank versteckt, um ihn möglichst zu vergessen..."

Britta holte mit deutlich fehlender Begeisterung eine weitere Akte aus dem Schrank und reichte sie Kitty.

„Frag mich nicht warum, aber ich hab ein Gefühl, als könnte ich da helfen."

„Oh... Das wäre genial! Das ist nämlich nicht nur mein verhasstester, sondern auch noch unser aussichtslosester Fall. Nicht der Hauch einer Spur. Und..., wer war es?"

Britta schaute Kitty, der die knapp hundert Seiten flüchtig in einer Minute überflogen hatte, erwartungsvoll an.

„Ich weiß nicht, was Nico über meine Intuition erzählt hat, aber mir scheint, er hat hoffnungslos übertrieben. Nein. Es hat mich nichts angesprungen, kein Geistesblitz. Aber immer noch so ein unbestimmtes Gefühl, als ob wir der Lösung hier sehr nahe wären. Ich lese mich da mal genauer ein, wenn es recht ist."

„Klar. Ich bin froh um jeden Hoffnungsschimmer und wäre sehr dankbar, wenn der Fall irgendwann abgeschlossen wäre und somit Hoffnung bestände, dass ich nicht mehr davon träume. Ich habe mehrere Videos dazu auf meinem Rechner. Ich muss dich warnen, die sind wirklich grausam! Ich weiß nicht, was ich dir empfehlen soll. Wenn du die jetzt anguckst, wirst du nichts mehr essen wollen, und heute Mittag gibt es Sauerbraten..."

„Oh, den würde ich wirklich gerne essen!"

„Gut, dann schau dir die Filmchen am Nachmittag an, dann kann ich allerdings nicht versprechen, dass der Sauerbraten drinnen bleibt."

„So schlimm?"

„Schlimmer."

„Okay. Trotzdem nach dem Essen. Was ist eigentlich mit dem Tod von Frau Röber?"

„Pauer hat ihn als erledigt deklariert. Er ist schon in der Statistik. Die Beweislage ist etwas dünn, aber wir haben eine Menge Aussagen und ihre Unschuld beteuert Frau Plettenberg ja auch nicht. Es könnte allerdings noch schwiwig werden, weil diese Anwältin ganz pfiffig ist. Sie läuft seit ein paar Tagen durchs Krankenhaus und macht mit Zeugen zusammen Bilder von Spritzen, die irgendwo liegen, wo sie nicht hingehören. Die Insulinspritze in Frau Plettenbergs Hand können wir als Beweis vergessen, die könnte da aus Versehen gelegen haben. Es liegen wohl auch öfter falsche Medikamentenschachteln oder Infusionen bei den Patienten. Hört sich alles nicht beruhigend an, was die medizinische Versorgung betrifft."

„Dann ist anzunehmen, dass der Staatsanwalt will, dass wir die Beweislage noch ein bisschen aufhübschen."

„Ja, das fürchte ich auch."

Nach der Mittagspause, mit einem sehr leckeren Sauerbraten, ging Kitty erst mal zum Krankenhaus. Einen Anstandsbesuch bei Pauer machen und um noch mal bei Frau Kochem vorbei zu schauen.

Kitty wusste nur, dass Pauer in der dritten Etage ein Zimmer hatte. Er wollte gerade beim Schwesternzimmer klopfen, um nachzufragen, wo genau sein Kollege läge, da öffnete sich ein paar Meter weiter die Tür eines Zimmers und eine junge Schwester kam heraus. Sie schüttelte sich wie ein Hund, der nass geworden war, steckte sich theatralisch den Finger in den Hals und imitierte ein paar Würgegeräusche. Als sie Kitty wahrnahm, errötete sie und ging schnell an ihm vorbei, Richtung Dienstzimmer.

Kitty war versucht, ihr für die Auskunft zu danken, da sie aber schon im Dienstzimmer verschwunden war, nickte er ihr nur kurz hinterher und ging dann in das besagte Zimmer.

„Moin, Pauer."

„Kitty, endlich! Kannst du mal dafür sorgen, dass hier gearbeitet wird?! Mein Vater ist leider gerade in Bolivien. Aber wenn er zurück kommt, wird die gesamte Belegschaft hier rausgeworfen. Ich glaub das einfach nicht! Weißt du, was die mir..."

Kitty wusste es nicht und er erfuhr es auch nicht. Am Anfang der Zusammenarbeit mit Pauer hatte er immer viel Zeit und ungeheure Konzentration benötigt, bis er dessen unangenehme Stimme ausfiltern konnte, inzwischen war es schon ein Reflex. Kitty nickte ab und zu, sagte häufiger: „Ja.", wenn Pauers Stimme sich hob: „Unglaublich!" und starrte ansonsten versonnen aus dem Fenster...

Kitty war froh, als eine Schwester ihn rausschickte, weil sie Blutdruck messen musste.

„Gute Besserung noch, Pauer!"

„Hast du mir überhaupt zugehört? Wie soll sich hier was bessern? Die haben doch alle..."

Welch ein Segen eine gut schallgedämpfte Tür sein kann.

Kitty ging weiter zu Frau Kochem. Diese wurde gerade entlassen und ihre Tochter half ihr beim Packen. Während sich das Pflegepersonal von Frau Kochem verabschiedete, starrte ihre Tochter aus dem Fenster. Kitty nahm an, dass die negative Energie, die von ihr ausging, auch einem Menschen mit deutlich weniger Intuition hätte auffallen müssen.

Doch da war mehr: Kitty spürte einen inneren Kampf, Verzweiflung. Womöglich ein falsch eingeschlagener Weg vor langer Zeit, der nicht mehr abzuändern war; eine Schuld, die nicht mehr zu sühnen war. Kitty war sich sicher, dass sie Böses vorhatte und doch: Er hatte Mitleid mit der Tochter. Vielleicht eine unterschwellige Solidarität mit dieser verzweifelten Person, weil er sich selber so gut im Gefühl der Verzweiflung auskannte?

Kitty starrte inzwischen selber aus dem Fenster. Wie gut er sich in diesem Gefühl der Verlorenheit auskannte... Sicherheit in einem ihm gut bekannten Gebiet. Das hatte er für seine Bestimmung gehalten und nicht was momentan ablief: Diese Lebensfreude; schon beim Aufwachen gut gelaunt sein, Energie spüren, Arbeiten einfach sofort erledigen, all das war ihm noch völlig fremd und eigentlich suspekt, als wäre er aus Versehen in einen falschen Film geraten.

Kitty rief Nico an, um ihm Bescheid zu sagen, dass Frau Kochem wieder zuhause sei und ging dann ins Büro zurück. Britta schaute Kitty mit schlechtem Gewissen an:

„Es wäre mir eigentlich lieber, wenn du dir einen anderen Fall aussuchen würdest. Dir geht es gerade ein bisschen besser und da bin ich sehr froh drum und diese Filme sind wirklich..."

„Britta!"

„Bitte... Wenn du auch ein paar schlaflose Nächte haben möchtest... Welchen nehmen wir als erstes? Den hier. Der ist am kürzesten, verschafft aber einen guten Eindruck..."

Britta öffnete eine Datei auf ihrem Computer und startete einen knapp zehn Minuten langen Film. Zu sehen war ein fensterloser Raum mit schwacher Beleuchtung, vielleicht ein Keller. Ein älterer Mann irrte hin und her und suchte nach einem Ausgang. Plötzlich ein lauter Knall, der Mann schrie erschrocken auf und torkelte; dann lautes Quietschen, wieder ein Knall, Geisterbahnlachen. Der Mann stürzte, zog sich an einer

Wand hoch, hielt sich die Ohren zu, stürzte noch einmal und krümmte sich auf dem Boden. Plötzliche Stille, nur das Stöhnen des Mannes war zu hören, der sich langsam wieder aufrichtete.

Chat-Unterhaltungen wurden eingeblendet. Offensichtlich durften sich User wünschen, was als nächstes passieren sollte. *Betreuer67* wünschte sich ein *Erinnerungsfoto* und ein Blitzlichtgewitter von einer halben Minute ergoss sich über den Mann. Immer wieder waren kurze Standbilder seines schrecken- und schmerzverzerrten Gesichts zu sehen, bis der Mann schluchzend zusammenbrach.

BetablockerMünchen wünschte sich *Sommerregen* und eine Flüssigkeit sprühte von der Decke. Danach wie der Mann schrie, nachdem er sich die Augen gerieben hatte, musste die Flüssigkeit furchtbar in ihnen brennen. Er konnte nichts mehr sehen und stolperte weinend und schreiend gegen die Wände, auf vergeblicher Flucht in einem Raum von vielleicht vier mal vier Metern.

User *VatersStolz* wünschte sich *Namensschild* und Britta stand auf.

„Ich habe das schon einmal, und damit einmal zu viel, gesehen. Gute Zeit, um neues Druckerpapier zu holen. Wenn du dich übergeben musst, nimm den Mülleimer unterm Tisch, bis zur Toilette könnte es zu spät sein..., war es jedenfalls bei mir."

Drei maskierte Männer kamen in den Raum, der nun hell erleuchtet wurde. Einer schob einen kleinen Wagen rein, auf dem ein Kessel mit glühenden Kohlen stand; der Zweite hielt den alten Mann an beiden Armen fest; der Dritte nahm das Brandeisen aus dem Kessel, ein glühendes „SS". Der Erste hielt den Alten nun an den Beinen fest, nachdem er dessen Hosen runtergezogen hatte, und Kitty versuchte noch rechtzeitig den

Ton auszustellen, aber eine Sekunde zu spät... Der unmenschliche Schrei hallte noch Stunden später in seinem Kopf.

Der alte Mann war bewusstlos zusammengebrochen und der Film war zu Ende. Kitty war froh darum. Den Mülleimer hatte er zwar nicht genutzt, aber er hätte es freiwillig gemacht, wenn er damit die Bilder und Töne aus seinem Kopf hätte kotzen können.

Britta kam erst am Ende des Films zurück, wofür Kitty vollstes Verständnis hatte.

„Ich hatte dich gewarnt."

„Ja. Nicht zu unrecht. Wie viele Filme musstest du dir ansehen?"

„Vierzehn. Und das hier war nicht der Schlimmste..."

Britta starrte mit einem leeren und gleichzeitig hasserfüllten Blick aus dem Fenster.

Kitty machte sich ernsthaft Sorgen um sie. Hoffentlich hatte sie wenigstens Nico zum Reden. Eine Supervision gab es ja seit vorletztem Jahr nicht mehr. Der Chef hielt sie für überflüssig. *„Wer das hier nicht verträgt, kann ja Blumenverkäufer werden!"*

Das Ministerium hatte zwar, nach Georgs Beschwerde, darauf bestanden, dass es nach besonderen Ereignissen oder auf Nachfrage eine Supervision geben musste. Die vom Chef daraufhin installierte interne Supervision hatte dann aber niemand nutzen wollen. Ein persönliches Gespräch mit dem Chef war nicht gerade das, was half. Katastrophen kann man nicht mit einer Katastrophe lindern...

Ob Pauer diese Pseudovision in Anspruch nahm, war nicht ganz klar, da er ja sowieso täglich mindestens einmal beim Chef vorbei ging. Wahrscheinlich dokumentierte der Chef das als Supervision, damit das Ministerium beruhigt war.

Auch Kitty starrte inzwischen aus dem Fenster. Vielleicht sollte er doch noch einmal über seine Berufswahl nachdenken. Das hier bis zur Rente?

„Und... Bedarf nach mehr?"

Kitty schüttelte den Kopf.

„Was ist das Schlimmste?"

„Ein älterer Herr musste den Inhalt seiner Windel aufessen und eine achtzigjährige Demente wurde von den drei maskierten Männern vergewaltigt..."

Britta warf einen verstohlenen Blick zum Papierkorb.

„Das... Nein! Das..."

„Ja. Mir fehlen auch jegliche Worte. Ich kann nur hoffen, dass diese armen Menschen aufgrund ihrer Demenz alles wieder ganz schnell vergessen haben. Für irgendwas muss diese Scheißkrankheit doch gut sein!"

„Du hast sie alle ganz gesehen?"

„Ich hatte die Augen nicht immer offen und dass meine Hände auf den Ohren waren, habe ich oft erst am Ende der Filme bemerkt."

„Aber... Wer will sich denn sowas angucken?"

„Ja. Das ist fast noch schlimmer als die Filme an sich, dass es einen lohnenden Markt für sowas gibt. Das sind professionell und teuer hergestellte Filmchen; offensichtlich bezahlen die Käufer und User richtig viel Geld. Das können nicht nur ein paar vereinzelte Perverse sein. Ich mag mir nicht vorstellen, was sie beim Anschauen der Filme so machen..."

„Im Ernst, sexuelle Perversion?"

„Keine Ahnung. Vielleicht ja auch nur heimliche Phantasien von überforderten pflegenden Angehörigen drastisch umgesetzt... Ich will mich ehrlich gesagt in solche Menschen nicht zu sehr rein denken."

„Und die Konsumenten kann man nicht ausfindig machen? Ich meine, ich habe ja wenig Ahnung von Computern, aber wer sich illegal Musik runterlädt, wird doch auch identifiziert. Geldbewegungen? Das Übliche?"

„Nein, das ist offensichtlich nicht so einfach. Es gibt Verschlüsselungsmöglichkeiten im Netz, da hatte ich bis vor kurzem keine Ahnung von. Nico hat mir ein bisschen über das Darknet erzählt..., kompliziert und nicht beruhigend, insbesondere für die Kollegen von der Drogenfahndung. Aber das Aberwitzigste ist: Es sucht gar keiner nach den Konsumenten von diesen Filmchen. Für illegales Downloaden von Musik kannst du belangt werden, aber für das reine Angucken solcher Videos nicht, nur wenn du Geld investiert hast, um eines der Module zu kaufen..."

„Das ist... einfach nur grauenhaft! Sind es eigentlich immer Senioren?"

„Immer demente Senioren."

„Und wurden sie später gefunden?"

„Ja. Die drei, die vor laufender Kamera umgebracht wurden."

„Nein!"

„Doch. Und du möchtest nicht wissen wie."

„Hast du jemanden zum Reden?"

„Ich bin froh, dass du jetzt einen Eindruck hast."

„Du darfst mich jederzeit anrufen. Und wenn es dir hilft, schau ich mir den Rest auch noch an."

„Nicht nötig. Zwar durchaus sehr verschieden, aber die Perversität ist immer die gleiche. Lebensfreude zersetzende Abartigkeit."

„Hast du Nico schon was davon gezeigt?"

„Nein. Du kennst doch sein Gedächtnis. Er hat sehr klare Bilder vor Augen. Diese hier möchte ich nicht für immer in seinen Kopf pflanzen."

Kitty nickte. „Ja, das ist wohl besser so. Ist das eigentlich alles aus Köln?"

„Nein. Überwiegend nicht. Die Toten wurden vor zwei Jahren vergraben auf dem Grundstück eines seit langem leer stehenden, abgelegenen Bauernhauses in Hessen gefunden. Die Filme wurden im Keller des Hauses gedreht, ein paar auch im Stall. Es gibt da ein paar unschöne Szenen mit Tieren, die aggressiv gemacht wurden. Zufällig kam dann eines Tages ein Tourist vorbei, der sich völlig verfahren hatte und nach dem Weg fragen wollte. Er hörte Schmerzensschreie im Stall, wollte näher gehen, um zu helfen, hörte dann aber lautes Geisterbahnlachen und floh in Panik. Er fuhr zur nächsten Telefonzelle, dauerte allerdings, bis er eine gefunden hatte, und verständigte die Polizei. Seine Wegbeschreibung war etwas wirr. Als die Polizei endlich den Hof gefunden hatte, waren die Verbrecher schon geflohen. Wahrscheinlich war der Tourist in seiner Panik mit sehr lautem Motor losgefahren. Wie auch immer. Die Kollegen konnten eine Menge Spuren der Täter vor Ort sichern, konkrete Hinweise ergaben sich daraus allerdings nicht. Über ein Jahr passierte nichts, dann fand sich zufällig die DNA des Haupttäters bei einem ganz anderen Verbrechen. Ein Raubüberfall bei einem Kiosk in der U-Bahn hier in Köln. Die Spurensicherung hat seine DNA unter vielen anderen am Tatort gefunden. Er hat dort wahrscheinlich am gleichen Tag eine Zeitung gekauft. Leider war eine Überwachungskamera kaputt und die Bilder der anderen haben uns nicht weitergebracht. Da ist es einfach wahnsinnig voll und unübersichtlich und unscharf. Möchtest du dir zur Erholung vielleicht ein paar Stunden völlig verpixelte Bilder angucken?"

„Äh... Nein, Danke."

„Naja, seither ist der Fall halt hier bei uns. Und seit sechs Monaten tauchen auch wieder neue Filme auf."

„Vielleicht diesmal ein verlassener Bauernhof im Bergischen?"

„Ja, wäre naheliegend. Bisher gibt es allerdings keinen Film im Stall. Zwei im Keller und zwei in einer Küche."

„In einer Küche?"

„Ja. Die Frauen waren jeweils geknebelt, so dass sie nicht wirklich laut werden konnten. Ich vermute zwar, dass es auch diesmal etwas Abgelegenes ist, könnte aber tatsächlich auch hier irgendwo mitten in der Stadt sein."

„Zeig mir mal kurz etwas von der Küche. Vielleicht gibt es da einen Anhaltspunkt, wo das sein könnte."

„Okay, ein Versuch kann nicht schaden, außer deinem Gemüt und der Traumauswahl heute Nacht... Ehrlich gesagt, habe ich den letzten Film nicht zu Ende gesehen. Dann muss ich das wenigstens nicht alleine hinter mich bringen..."

Britta startete noch einen Film. Die Küche sah recht altmodisch aus, zeigte keine auffälligen Besonderheiten von der Einrichtung oder Tapete. Vor dem Fenster war ein Vorhang, so dass man draußen nichts erkennen konnte. Nein, das brachte nichts.

Die geknebelte Frau hatte stark gerötete Augen, ein tränenüberströmtes Gesicht und starrte immer wieder zur Mikrowelle. Ein maskierter Mann hielt sie davon ab, dorthin zu gehen. Die Tür stand offen und es stieg leichter Rauch auf, aus der Kameraperspektive konnte man aber nicht sehen was drinnen war. Die Frau versuchte zu schreien, das Gesicht lief rot an, aber es war nur ein gedämpftes Gejammer und dann ein würgendes Husten zu hören. Die Frau drohte zu ersticken, der maskierte Mann machte keinerlei Anstalten ihr zu helfen. Ein neuer Wunsch wurde eingeblendet.

„Konnte man sehen, was in der Mikrowelle war?"

„Ja, leider. Das war der Moment, als ich das erste Mal einen der Filme ausgemacht habe..."

Britta schüttelte mit zusammengepressten Lippen den Kopf. Kitty beschlich eine dunkle Ahnung.

„Hatte die Frau vielleicht ein Haustier?"

Britta nickte stumm.

Im Film schrie der Mann die alte Frau gerade an: „Hast du etwa wieder die Herdplatte angelassen? Das werde ich dir abgewöhnen!"

Kitty konnte den Bildschirm noch gerade rechtzeitig ausmachen, bevor das Gesicht der Frau, das gerade in Großaufnahme gezeigt wurde, die glühende Herdplatte erreicht hatte.

Diesmal schüttelte Kitty mit zusammengepressten Lippen den Kopf. Dann drehte er sich zu Britta:

„Hast du eigentlich auch noch so viele Überstunden?"

„Mehr als viel."

„Lass uns gehen und noch irgendwas Hartes trinken!"

„Nico hat Recht, du hast wirklich oft intuitiv sehr gute Ideen!"

- 11 -

Am Freitag beschäftigte sich Kitty nicht mit dem Fall. Er wollte sich weder Stimmung noch Appetit verderben, denn am Abend feierte er mit den Kids und Nadine deren Geburtstag mit einem leckeren Essen im *La Venta*. Vorher hatten sie Kittys Geschenk ausprobiert. Eine gebrauchte, aber sehr gemütliche Sitzgruppe für den Balkon. Die Kinder hatten diverse Dekoration für Blumenkästen und Geländer gebastelt.

Feucht glitzernd waren Nadines Augen noch intensiver grün und, wie Kitty fand, sehr anregend.

Nach einem gemeinsamen Frühstück am Samstagmorgen brachte Nadine die Kinder zu Fuß zu ihrem nächsten Wochenendurlaub, während Kitty mit dem Auto einen Streifen Bienenstich und mehrere Säcke Blumenerde besorgte.

Das Wetter war ideal um draußen zu arbeiten - sonnig, aber nicht zu warm. Kitty schleppte gefühlte 10.000 Ziegelsteine (Reste einer Grundsanierung) aus der Nachbarschaft in ihren Garten und Nadine ordnete diese zu einer Kräuterspirale an.

Die Arbeit machte beiden dermaßen Spaß, dass sie sich auch von einem kräftigen Regenschauer nicht abhalten ließen. Die Abkühlung kam ihnen eher gelegen, so erhitzt wie sie von der Arbeit waren. Dass Nadines T-Shirt nach dem Regenguss fast durchsichtig war, gefiel Kitty sehr gut, allerdings war die Abkühlung bei ihm damit schon wieder dahin...

Als sie, nach getaner Arbeit, im Haus die Treppe hochgingen, stöhnte Nadine:

„Oh weh, meine Beine tragen mich kaum noch."

Kitty half gerne, indem er Nadine, ihren Po haltend, die Treppe hochschob. Beiden gefiel das so gut, dass sie an ihrer Etage vorbei das ganze Treppenhaus bis in die dritte Etage hochgingen.

Natürlich mussten sie ausgerechnet in dieser Haltung Frau Geißler begegnen.

„Ich darf doch sehr bitten! Das hier ist ein ehrenwertes Haus!"

Frau Geißler funkelte sie böse an. Nadine funkelte deutlich entspannter zurück:

„Es ist zwar im Haus bekannt, dass Sie nur samstags um Punkt zwölf und immer nur im Schlafzimmer Sex haben, aber das ist keine allgemeingültige Regelung. Vielleicht sollten Sie dahingehend eine Ergänzung in der Hausordnung beantragen? Nicht, dass hier Sex im Treppenhaus zur Gewohnheit wird!"

„Unterstehen Sie sich!!!"

Nadine und Kitty sahen sich einen Moment an, als würden sie wirklich mit dem Gedanken spielen, hier, sofort, vor Frau Geißlers Augen, auf der Treppe..., aber sie war bereits weiter gegangen und Nadine und Kitty verschwanden noch kurz zusammen in der heißen Dusche, obwohl ein Aufheizen wirklich nicht mehr nötig war.

Nadine schlug zuerst vor, bei Frau Geißler vor der Tür zu kopulieren, sie weihten dann aber doch lieber den Küchentisch ein...

(Seit jenem Tag hatte das Ehepaar Geißler sehr variabel Sex: Die eine Woche samstags um 14:00, dann wieder um 12:00, einmal sogar um 13:12. Das war allerdings, wie Nadine später einem lauten Gespräch in der Wohnung über ihr entnahm, auf einen Defekt der Küchenuhr zurückzuführen gewesen...)

„Ich mag meine Kinder ja sehr, aber diese freien Wochenenden sind wirklich ein Segen!"

Nadine und Kitty hatten den Küchentisch inzwischen wieder seiner ursprünglichen Bestimmung zugeführt und Kaffee und Bienenstich daraufgestellt.

„Diese Hilfsvereinigung für alleinerziehende Mütter..."

„...und Väter. *Heldenhelfen* heißt die."

„Ist die neu? Ich hab davon noch nie was gehört."

„Ja, in der Tat. Gibt es erst seit letztem Jahr. Hätte ich schon viel früher gebrauchen können. Hast du nicht von diesem mysteriösen, anonymen Wohltäter gelesen? Das war eine seiner Spenden."

„Anonymer Wohltäter?" Kitty runzelte die Stirn. „Sagt mir nichts."

„Seit Anfang letzten Jahres tauchen überall in Deutschland immer wieder anonyme Geldspenden auf, meistens liegt ein Briefumschlag mit Bargeld im Briefkasten einer Kirche, Behörde oder Zeitung, oder direkt bei einer gemeinnützigen Aktion. Meistens eine Spende für etwas bereits Bestehendes, oder bei einer akuten Notlage, teilweise aber auch, um damit etwas Neues zu erschaffen. So kam an das Bezirksamt hier eine Spende von 555.555 Euro mit klaren Anweisungen, dass und wie sie dieses Hilfswerk einrichten sollen."

„555.555 Euro? Wurde das eventuell von einer Schnapsbrennerei gespendet?"

„Das wäre eine Erklärung. Es sind nämlich tatsächlich immer Schnapszahlen wie 111 oder 7777 Euro gewesen. Bei „Heldenhelfen" war der mit Abstand höchste Betrag. Offensichtlich genau durchgerechnet. Damit wurde eine Art Stiftung eingerichtet. Es gab einen Fördertopf der EU, auf den der Spender hingewiesen hat, die Stadt tat auch noch was dazu und jetzt ist das Stiftungsvermögen schon bei fast einer Million. Ich habe keine Ahnung von den verwaltungstechnischen Vorschriften, aber der kannte sich offenbar aus. Es kommt genau hin."

„Und den Namen hat er wahrscheinlich auch vorgegeben."

„Ja. Er hatte im Brief sowas geschrieben wie, dass der anonyme Helfer den anonymen Helden helfen wollte... Etwas Ähnliches hat er übrigens für pflegende Angehörige von Demenzkranken angestoßen, ein Projekt namens ‚Auszeit', irgendwo in Rheinland-Pfalz."

„Da gibt es mal wirklich gute Nachrichten. Schade, dass sowas nicht in der Tagesschau kommt. Vielleicht fände es Nachahmungstäter."

Teddy kam hechelnd und wedelnd auf die beiden zu gerannt, machte Sitz und schaute sie erwartungsfroh an. Er hatte nicht alles von der Unterhaltung mitbekommen, aber es hatte sich irgendwie so angehört, als hätte jemand anonym 111 Leckerchen für ihn gespendet.

- 12 -

Wie üblich sonntagmorgens spielte Nadine Orgel im Gottesdienst und Kitty genoss die tolle Akustik und träumte während der Predigt. Vom Inhalt bekam er diesmal nichts mit. Zum einen war sein Traum einfach zu nahe bei ihm und zum anderen mochte Kitty weder Weihnachten noch die Adventszeit, die inzwischen angebrochen war.

Nur als die Gemeinde „Ich steh an deiner Krippen hier" sang, musste Kitty bei der vierten Strophe grinsen und sang sogar laut mit:

„Ich sehe dich mit Freuden an und kann mich nicht satt sehen
und weil ich nun nichts andres kann, bleib ich anbetend stehen..."

Die Angebetete war von dem Lobgesang sehr angetan und kaum Zuhause angekommen, stürzten sie sich wieder aufeinander. Diesmal in Nadines Bad, womit sie alle Räume in beiden Wohnungen durch hatten.

Nachdem sie zusammen Mittag gekocht und gegessen hatten, setzte sich Kitty ächzend auf einen Stuhl auf dem Balkon.

„Ich kann mich kaum noch bewegen."

„Du hättest mit sowas rechnen müssen, als du dich auf mich eingelassen hast. Du weißt doch, was man über Rothaarige sagt."

„Ehrlich gesagt, nix Genaues. Ich nehme an, etwas mit feurig und unersättlich?"

„Ja, unter anderem. Laut Frau Geißler bin ich außerdem noch schamlos, frivol, lasterhaft, unzüchtig, eine Hexe und eine Gefahr für alle anständigen Männer im Hause."

„Für mich also nicht..."

„Genau, du hast Glück gehabt. Zwischenzeitlich wurde ich der Prostitution verdächtigt und für eine Zeit war ich ein männermordender Vamp, als damals der Briefträger bei mir einen Herzinfarkt bekam und verstarb."

„Oha. Du bist eine Mordverdächtige?"

„Für Frau Geißler wahrscheinlich schon. Ist bereits vier Jahre her, aber sie glaubt mir immer noch nicht, dass es dem Briefträger schon schlecht ging, als er bei mir klingelte und nach einem Glas Wasser frug. Sie hat überall rumerzählt, dass der Briefträger, übrigens ein verheirateter Mann, topfit bei mir angekommen sei und wobei er dann den Herzinfarkt bekommen habe, an dem er zwei Tage später verstarb, könne sich ja wohl jeder denken..."

„Und, gab es Ermittlungen?"

„Nein. Es kam ja nicht wirklich überraschend. Er war herzkrank, rauchte, hatte glaube ich schon vorher mehrere Infarkte erlitten... Nein, die Polizei interessierte sich genauso wenig für mich, wie Frau Geißler sich für die Wahrheit. Aber ich fürchte, dass eine Beziehung mit mir deinem Ruf im Hause nicht gut tun wird."

„Damit komme ich klar."

„Auch mit meiner verruchten Vergangenheit?"

„Nun, dass du nicht mehr Jungfrau warst, hattest du mir ja schon verraten. Ich hoffe nur, dass nach der misslungenen Premiere damals noch Besseres kam."

„Zum Glück. Übrigens auch zum Glück für dich, sonst hätte ich ja nicht geahnt, dass es sich lohnen könnte, mich nackt in dein Bett zu legen."

„Ich dachte, das wäre gewesen, weil man mir ansieht, dass ich im Bett ein Superstar bin."

„Oh weh. Nein, wirklich nicht. Entschuldige! Ein netter ruhiger Mann, ein stilles Wasser, das war eher so der erste Eindruck. Jemanden den man zum Freund haben möchte, zum Erzählen. Den brodelnden Vulkan aus Leidenschaft unter der Oberfläche erahnt man nicht, wenn man dich zum ersten Mal sieht."

„Tja, es ist auch meistens beim guten Freund zum Erzählen geblieben..."

„Du hättest wohl auch gerne eine verruchte Vergangenheit?"

„Genau! Ohne jetzt wirklich zu wissen, was das eigentlich heißt. Verrucht. Ist das Kölsch für verraucht? Vielleicht wegen der Zigarette danach?"

Nadine kicherte. „Ich weiß es auch nicht so genau. Aber das würde tatsächlich gut zu mir passen."

„Du rauchst doch gar nicht."

„Tja, jetzt hast du doch noch das dunkle Geheimnis dieses Balkons gelüftet. Tatsächlich habe ich in den letzten Jahren so gut wie täglich die Zigarette danach hier auf dem Balkon geraucht."

„Täglich? Ihr Rothaarigen seid aber wirklich heftig! Wie viele Vorgänger hatte ich denn?"

„Naja, ich sollte die Zigarette danach vielleicht etwas genauer beschreiben. Du hattest fünf Vorgänger, aber nach dem Sex habe ich bisher nur zweimal geraucht. Bis ich über Nacht Mutter zweier Kinder wurde, habe ich einige Jahre viel geraucht, im Durchschnitt eine Packung am Tag."

„Trotz deiner christlichen Eltern?"

„Die haben ja selber geraucht. Das allerdings regelmäßig gebeichtet. Jedenfalls habe ich mir nach dem Unfall das Rauchen abgewöhnt. Ich konnte es noch nie leiden, wenn Mütter ihre Kinder vollqualmen."

„Sympathisch. Hattest du keinen Entzug?"

„Wahnsinnigen sogar. Ich war so verzweifelt, wütend und überfordert, dass ich am liebsten eine Zigarette nach der anderen angezündet hätte, nur unterbrochen durch Nachschütten von Alkohol und Fressattacken."

Kitty legte seine Hand auf Nadines Bein und sie drückte sie fest.

„Die ersten Wochen ohne Nikotin waren echt hart. Naja und für Alkohol und ausuferndes Essen war ja auch schnell kein

Geld mehr da. Als ich dann die Mitteilung bekam, dass mein Vater angeblich betrunken den Unfall verursacht habe, da habe ich es nicht mehr ausgehalten und habe mir eine ganze Stange Lucky Strike gekauft. Als ich zuhause war und die Kinder sah, bereute ich es sofort. Das altbekannte Gefühl, eine Sünderin zu sein, ohne noch wirklich an Gott zu glauben. Das ist das grausame an der Religion: Das Tragende, das Hoffnung gebende, das Beruhigende des Glaubens verliert man schnell. Das tiefe Gefühl einer grundsätzlichen Schuld legt sich nie ganz. Ich habe dann angefangen, mir eine Zigarette als Belohnung zu gönnen. Wenn ich wieder einen Tag überstanden hatte, die Kinder im Bett, die Wohnung aufgeräumt und der nächste Tag vorbereitet war, dann ging ich heimlich auf den Balkon und habe die Zigarette danach geraucht. Es war übrigens genau wie beim Sex: Wenn der Sex gut ist, brauche ich hinterher keine Zigarette, dann liege ich lieber noch und genieße die schönen Gefühle. Aber wenn man die gerade geschehene Episode des Lebens lieber schnell vergessen möchte, gibt es nichts Besseres als sie anzustecken, kurz einzuatmen und dann für immer von sich zu pusten... Nach guten Tagen brauchte ich keine Zigarette. Nach Tagen voller Frust belohnte ich mich mit einer Lucky. Oft trug mich die Vorfreude auf diese eine Zigarette durch den ganzen Tag."

„Es gab mehr Abende mit Zigarette als ohne, nehme ich an..."

„In den letzten sieben Jahren, bis Teddy und damit auch du in mein Leben traten, gab es genau elf Abende ohne Zigarette, dafür einhundertsiebzig mit zwei Luckys. Das hatte ich irgendwann für die ganz schlimmen Tage eingeführt..."

„Du scheinst Statistik zu mögen..."

„Ich liebe sie! Ich habe Mathe geliebt, solange es um Kopfrechnen und Grundrechenarten ging. Im Kopfrechnen habe ich sogar mal einen Preis gewonnen."

„Aber Abi hast du nicht gemacht, weil du dich um die Kinder gekümmert hast?"

„Ja. Meine Schule war da leider überhaupt nicht flexibel. Ich war zwar schon am Anfang der dreizehnten Klasse, aber ich hätte die Pflichtstunden an Unterricht erfüllen müssen. Ich habe gefragt, ob ich nicht einfach alle Klausuren schreiben kann und sonst nicht zum Unterricht muss, irgendwas in der Art, aber es war nicht möglich. Die Direktorin sagte, das Schulamt lasse das nicht zu. Als ich da nachfragte, sagten die, die Direktorin wolle das nicht. Es hätte bestimmt eine Möglichkeit gegeben, aber ich hatte einfach keine Kraft zu kämpfen oder gar Geld für einen Anwalt oder so. Später habe ich dann gehört, dass die Direktorin gesagt habe, das wäre natürlich gegangen, aber sie habe nicht eingesehen, mich so zu bevorzugen, wo mein Vater besoffen einen Unfall mit Toten verursacht habe..."

Nadines Blick war wieder voller Wut und mit der Verachtung, die Kitty so gut kannte.

„Ich habe da noch nie so ausführlich drüber geredet. Ich wusste gar nicht, wie sehr mich das noch aufregt. Ich hatte gehofft, es sei schon verarbeitet, aber offensichtlich ist es nur verdrängt. Ich bin auch ein brodelnder Vulkan, aber leider weniger der sexuellen Gelüste... Ach Fuck, jetzt könnte ich echt eine Zigarette brauchen!"

„Ich hoffe, die bezieht sich nicht auf das Duschen eben!"

„Aber sowas von nicht! Ich glaube, das wird bei dir nie passieren."

„In ein paar Jahrzehnten werde ich schon ab und zu mal Erektionsprobleme haben."

Nadines eben noch dunkles Gesicht strahlte wieder.

„Schön, dass du dir offensichtlich vorstellen kannst, auch in ein paar Jahrzehnten mit mir Sex zu haben. Aber glaub mir, deswegen brauchst du keine Angst zu haben! Mein erster Liebhaber und der andere nach dem ich eine Zigarette brauchte, hatten keine Erektionsschwäche, sondern ganz andere Probleme... Oh Gott, Rüdiger, der hatte ein Riesenteil, auf das er sehr stolz war und Standfestigkeit war auch nicht sein Problem, eher meins. Schon nach einer Minute hoffte ich darauf, dass er bald fertig sei... Das einzige Mal im Leben, dass ich den Sex abgebrochen habe..."

„Ich nehme an, er war nicht begeistert."

„Aber sowas von nicht. Er hatte angefangen mich zu würgen und auch nicht aufgehört, als ich darum gebeten habe. Ehrlich gesagt hatte ich große Angst, aber zum Glück war ich deutlich wendiger als er und schon in der Küche bei den Bratpfannen, bevor er mich am Handgelenk packte. Der erste Schlag mit Teflon gegen seinen Kopf wirkte nicht wirklich, er ließ nicht los. Der zweite Schlag war deutlich erfolgreicher..."

„Mehr so in sein wirkliches Zentrum, da wo das Gehirn des Mannes sitzt?"

„Genau. Ich dachte erst, ich hätte ihm sein bestes Teil gebrochen und ich würde eine Anzeige bekommen, hörte später aber nur, dass er mich rumbekommen habe und mir das Gehirn rausgebumst hätte..."

„Brechen kann man das beste Stück übrigens nicht, höchstens eine Ruptur."

„Du kennst dich ja aus!"

„Tja, ich bin halt genial, aber ich protze damit nicht so rum, wie du mit deinem Kopfrechnen."

„Du warst ein Streber?"

„Nein. Ein Träumer. Schon immer. Wenig Wissen, noch weniger Motivation und schon immer ein sehr löchriges Gedächtnis. Ohne meine Intuition hätte ich das Abi nicht geschafft."

„Welchen Durchschnitt?"

„3,13."

„Oh, fast Pi."

„Ja, Pi war tatsächlich mein Ziel gewesen. Habe aber drei Punkte mehr bekommen, als ich angestrebt hatte. Ich habe wirklich überlegt, ob ich meine Physikklausur anfechten sollte, um drei Punkte weniger zu bekommen..."

„Ich wünschte, ich wäre damals schon so locker gewesen. Ich war eher erfolgsorientiert. Mein Zeugnis-Durchschnitt in der zwölften Klasse war 1,4 und da war ich noch enttäuscht drüber."

„Und trotzdem haben sie dir keine Chance fürs Abi gegeben? Unglaublich!"

„Jo. Aber jetzt..., mit etwas Abstand: Es war ein heilsamer Schock. Das Leben hatte vorher schon versucht, meine Prioritäten neu zu sortieren, aber ich habe abgelehnt, da hat es die Schocktherapie gewählt..."

Nadine und Kitty schauten eine Weile gedankenverloren in den Hof.

„Mir fällt gerade auf, ich habe hier schon viele Zigaretten danach geraucht, aber noch nie Sex gehabt..."

Nadine schaute Kitty mit feurigen Augen an.

„Oha! Da denkt man gerade, man habe alle Zimmer abgearbeitet..."

„Als Arbeiten würde ich das nicht gerade bezeichnen...", grinste Nadine während sie begann sich die Hosen auszuziehen. „Ich glaub, das Oberteil lasse ich lieber an. Herr Strohmann schaut oft aus seinem Fenster rüber..."

„Solange Frau Geißler nicht hier runter schaut..."

„Och, die soll das ruhig mitbekommen. Vielleicht machen wir mal übertrieben Lärm."

„Also beim Sex mit dir kann man mit Lärm nur untertreiben!"

Nadine strahlte ihn an und ohne Hosen, aber mit Leidenschaft und Feuer im Blick, setzte sie sich auf ihn.

Frau Geißler saß in ihrem Lieblingssessel, schaute eine Kochsendung und schrieb ein Rezept für Möhrenkuchen mit. Schon wieder konnte sie eine Mengenangabe nicht richtig verstehen. Was waren das bloß für furchtbare Nebengeräusche? Sie brauchte dringend einen neuen Fernseher!

Aber das war heute kein Knarzen in der Röhre wie sonst. Mehr so ein dunkles Ächzen und ein wiederkehrender hoher Ton, der immer lauter wurde. Würde der Fernseher womöglich gleich explodieren?

Sie traute sich nicht in die Nähe des Gerätes, um es auszustellen. Stattdessen holte sie den Feuerlöscher und die Brandlöschdecke aus der Küche ins Wohnzimmer, setzte sich dann etwas weiter vom Fernseher weg und schrieb ihrem Mann einen Merkzettel:

Dringend neuen Fernseher kaufen! Gleich morgen früh!

Wie sie es geahnt hatten, kam am Montag der Staatsanwalt vorbei und bat Britta und Kitty um weitere Ermittlungen im Fall von Frau Röber, damit die Beweisführung gegen Frau Plettenberg noch verbessert werden könne.

Sie waren beide nicht wirklich motiviert und hofften insgeheim, dass Antje Frau Plettenberg davon abhalten würde, etwas Belastendes auszusagen.

Kittys Instinkt war die meiste Zeit ziemlich ratlos. Frau Plettenberg antwortete so dermaßen an den Fragen vorbei... Sie schien gar nicht anwesend auf dieser Welt. Sie log nicht, sie sprach nicht die Wahrheit, sie sprach von etwas völlig Anderem. Auf einer Ebene, wo es womöglich so etwas wie Wahrheit und Lüge nicht gab. Kitty hatte das Gefühl, als wäre sie Frau Röber deutlich näher als ihnen hier im Verhörzimmer.

Auf Kittys Frage, woher sie Frau Röber gekannt hatte, starrte sie lange vor sich hin, als würde da irgendwo im Raum zwischen ihr und Kitty ein Film laufen. Dabei viele Gefühlsregungen in ihrem Gesicht: Angst, Trauer, viel Freude und Erleichterung.

Kitty, Britta und Antje schauten fasziniert zu und als sie fertig war, hatte Frau Plettenberg kein Wort gesagt; aber sie waren trotzdem zufrieden und Kitty fragte nicht weiter nach.

Immer wieder schlug der Mann auf das Kind ein. Der Junge, vielleicht zwölf Jahre alt, konnte sich kaum noch auf den Beinen halten, blutete aus der Nase und beide Ohren waren leuchtend rot. Kurz hielt der Mann inne und schrie den Jungen an:

„Du entschuldigst dich jetzt sofort bei mir!"

Doch so sehr der Junge wankte, sein Stolz stand unbeirrt.

„Ich habe nichts getan! Sie sind selber schuld! Sie haben doch nicht aufgepasst und haben mich fast..."

Dieser Schlag ging in den Bauch des Jungen und nun krümmte er sich auf dem Boden.

„Hören Sie auf!" Annika Plettenberg hatte schon viel zu lange gewartet. Sie hatte so sehr gehofft, dass irgendjemand von den anderen zehn Herumstehenden eingreifen würde. Die waren deutlich größer als sie; sie war ja kaum stärker als der Junge... Aber die anderen gingen weiter oder starrten stumm, mit genießendem Entsetzen, wie ihr schien. Einer filmte das Ganze mit einer Handkamera.

„Hören Sie endlich auf!!!", rief sie noch einmal, nun direkt neben dem Mann, der gerade zu einem Tritt ausholte.

Der Mann, fein gekleidet mit Schlips und Anzug, auf dem Anzug allerdings ein großer Fleck Majo - *Ah, darum geht es...* - drehte sich zu Annika um, sah die mindestens zwanzig Zentimeter kleinere Person verächtlich an.

„Wer sind Sie denn? Seine kleine Schwester? Das hier geht Sie überhaupt nichts an!"

„Natürlich geht mich das was an, wenn jemandem Gewalt angetan wird. Ich werde nicht tatenlos zusehen..."

Annika landete unsanft auf dem Bürgersteig. Der Mann hatte sich nicht mal anstrengen müssen, um sie umzuschubsen. Jetzt trat er den sich gerade aufrichtenden Jungen tatsächlich gegen den Kopf, so dass der wieder auf den Boden sackte. Nur wenige Sekunden später schlug der Mann im Anzug knapp neben dem Jungen auf dem Asphalt auf; er allerdings mit dem Gesicht voran.

Annika war von der Wucht des Schlages, den sie mit ihrem Regenschirm ausgeführt hatte, ebenfalls umgeworfen worden und saß etwas verdattert, aber zufrieden auf dem Bürgersteig. Sie stand, mit noch zittrigen Beinen, wieder auf und half dem Jungen sich aufzurichten.

„Danke!", sagte dieser kurz und verschwand dann zügig humpelnd in einer Seitenstraße. Auch die Schaulustigen zerstreuten sich schnell. Der Mann am Boden stöhnte und drehte sich auf die Seite. *Gut, er lebte.* Annika ging auch und beachtete den prophetischen Ruf hinter ihr nicht:

„Das werden Sie büßen!"

Drei Jahre hatte Annika wegen gefährlicher Körperverletzung gesessen. Ihr Verteidiger war zufrieden mit sich gewesen, dass sie nicht wegen versuchten Totschlags verurteilt worden war.

Weder der Junge noch einer der Zeugen hatten sich gemeldet, nur eine kurze Videoaufnahme war aufgetaucht, auf der zu sehen war, wie sie Herrn Vogelsang mit dem Regenschirm brutal niederschlug. Der Regenschirm war kaputtgegangen. Ein Gefäß im Hirn von Herrn Vogelsangs Kopf und sein Nasenbein auch. Alles ohne Folgeschäden verheilt.

Der Junge, die Umstehenden, alles nicht zu sehen auf dem Video. Nur eine grundlos aggressive Frau, die einen angesehenen Rechtsanwalt niedergeschlagen hatte.

Aus Warhols Sicht eine erfolgreiche Aktion: Für ein paar Tage war sie berühmt, kam in der Bild-Zeitung auf Seite 4 und im Regionalfernsehen wurde dreimal über sie berichtet.

Nicht wirklich weltberühmt, aber in ihrem kleinen Dorf im Bergischen hatte es gereicht, so dass sich alle Mitbürger noch an sie und ihre Tat erinnerten, als sie drei Jahre später wieder nach Hause kam.

Offene oder handgreifliche Feindseligkeiten blieben aus, aber diese unterschwellige Aggressivität in den Blicken und das Getuschel hinter ihrem Rücken waren sowieso deutlich schlimmer. Sie wäre gerne weggezogen, hatte aber ihrer Mutter versprochen, sie zu pflegen.

Nachdem sie sich bei fast allen Arbeitgebern im Ort, trotz ihrer hervorragenden Zeugnisse, vergeblich beworben hatte, hatte sie die Hoffnung eigentlich schon aufgegeben, als sie eines Tages zu einem Vorstellungsgespräch bei Frau Röber ging.

Sie hatte nicht wirklich verstanden, was das genau für ein Arbeitsplatz sein sollte, hatte aber auch nicht nachgefragt, da sie wieder mit einer Absage rechnete. Irgendwas mit TCM, Massage, Heilen...?

Sie klingelte, obwohl sie sah, dass die Tür nur angelehnt war.

„Kommen Sie rein!"

Annika drückte die Tür auf und ging hinein. Frau Röber saß, mit dem Rücken zu ihr, auf einem Stuhl und seufzte:

„Mann, bin ich verspannt! Könnten Sie mir bitte ganz kurz mal die Schultern massieren?"

Annika ging langsam näher.

War das irgendwie eine Fangfrage?

Sie legte die Hände auf die Schultern der Frau, deren Gesicht sie noch nicht gesehen hatte und begann diese sanft zu kneten. Nach einer Minute sagte Frau Röber:

„Danke! Das tat sehr gut!"

Sie drehte sich um und begrüßte Annika mit einem strahlenden Lächeln und funkelnden dunklen Augen.

„Bitte, nehmen Sie Platz!"

„Danke."

Annika setzte sich in einen bequemen Ohrensessel, den die Frau ihr zugewiesen hatte.

„Wissen Sie überhaupt, worum es bei der Stelle geht, um die Sie sich hier beworben haben, was ich hier eigentlich mache?"

„Also..., ehrlich gesagt... Nein."

„Gut. Ich auch nicht. Sie haben den Job!"

Annika hatte seltsamerweise nicht das Gefühl, dass sie verarscht wurde, was ja eigentlich das natürliche Gefühl gewesen wäre. Nein. Diese Frau schien das ernst zu meinen.

„Ich muss Ihnen aber etwas beichten, bevor Sie es später von anderen erfahren", sagte Annika. „Es ist Dorfgespräch..."

„Ich weiß. Das ist sogar bis zu mir durchgedrungen. Ich bin früher ja auch ein beliebtes Dorfgespräch gewesen... Mir scheint, wir passen zusammen!"

Tatsächlich hatten sie viel gemeinsam. Insbesondere das Erlebnis von Helfen ohne Dank.

Frau Röber hatte als junge Erwachsene im Krieg mehrere Juden versteckt und ihnen zur Flucht verholfen. Sie flog auf, konnte aber noch rechtzeitig fliehen und lebte die restlichen zwei Kriegsjahre, mit einigen anderen Geflüchteten, in einem Wald in der Nähe.

Nach dem Krieg kam sie zurück in ihr Dorf, wurde dort aber angefeindet, weil den Bewohnern aufgrund ihrer Aktion viele Privilegien flöten gegangen waren, die ihnen vorher, wegen ihrer Führertreue, zugestanden hatten.

In den Augen der meisten Einwohner war Frau Röber für den Hunger und die Not der letzten Jahre verantwortlich. Der Führer war eigentlich ganz in Ordnung gewesen.

Eine Gruppe von vier besonders patriotischen Dörflern überfiel sie eines Abends auf dem Rückweg vom Friedhof, wo ihre Mutter gerade vier Wochen lag, und schlug sie zusammen, einer vergewaltigte sie.

Der zuständige Polizeibeamte nahm die Anzeige gar nicht erst auf. Sie sei als Lügnerin und als Verräterin bekannt. So etwas würde in diesem ehrbaren Dorf nie passieren und sie solle doch endlich woanders hinziehen. In der Tat hatte sie genau das vorgehabt, aber nach diesem Gespräch beschloss sie, nun erst recht hier zu bleiben.

Das, bei der nie stattgefundenen Aktion, gezeugte Kind wuchs heran und sah von Jahr zu Jahr seinem Erzeuger immer ähnlicher. Was allerdings nichts daran änderte, dass ihr die Geschichte niemand glauben wollte.

Frau Röber ging noch einmal zur Polizei, da sie dringend Geld brauchte und auf Unterhaltszahlungen hoffte. Sie nahm Bilder ihres Sohnes und des Vergewaltigers mit. Diese sahen inzwischen fast identisch aus. Tatsächlich nahm der Beamte die Anzeige diesmal auf, Ermittlungen eher nicht. Stattdessen begann der Pfarrer des Dorfes, gegen dessen Sohn sich die Anzeige richtete, mit einer Hexenjagd auf Frau Röber.

In der Tat fühlte sie sich ja ein bisschen wie eine Hexe; jedenfalls völlig anderes als die Menschen hier. Und einiges, was Hexen nachgesagt wird, konnte sie tatsächlich. Aus ihrer Zeit im Wald wusste sie viel über Kräuterheilkunde, Akkupressur und die heilende Kraft von begnadeten Händen bei der Massage.

Inspiriert von einer sonntäglichen Predigt richtete Frau Röber ein Arbeitszimmer ein, hängte ein Schild *Hexenhäuschen* über die Eingangstür und eine Tafel mit Angeboten über Massagen, Behandlungen und Zaubertränke daneben.

Der Pfarrer machte monatelang ungewollt Werbung für sie und Frau Röber wurde eine sehr erfolgreiche Heilerin. Das halbe Dorf war bei ihr. Die heilende Kraft ihrer Hände und

Kräuter hatte sich schnell herumgesprochen, ohne dass auch nur einer zugegeben hätte, dass er selber bei ihr gewesen war.

Frau Röber lächelte Annika zu:

„Zeugnisse, Vorstrafen, Gerüchte... - interessiert mich alles nicht. Sie sind die Erste, die diese wohltuende Kraft in den Händen hat, die heilen kann. Außerdem haben sie eine angenehme Stimme und wache Augen. Das sind meine Einstellungskriterien."

Die beiden wurden gute Freundinnen. Frau Röber verriet Annika nach und nach all ihre Hexen-Geheimnisse, damit diese das Unternehmen später weiterführen konnte.

Eines Tages, nach langem Tanzen bei Vollmond und nacktem Sitzen im Bach sagte Frau Röber zu Annika:

„Ich hab mich damals erkundigt, was ich als angebliche Hexe so mache und habe es dann einfach ausprobiert. Ich hatte von dem Meisten noch nie gehört. Auf dem Besen fliegen hat leider nicht geklappt und Tierblut ist nicht so mein Ding, aber viele andere Sachen sind echt toll! Ich bin dankbar für mein Image; es hat mich sehr wachsen lassen. Wehr dich nicht gegen den Mist, mit dem sie nach dir schmeißen, dünge damit dein Leben."

Annika zog in das berüchtigte Hexenhäuschen und Frau Röber setzte sich ein paar Jahre später zur Ruhe. Kurz darauf wurde sie schwer krank. Zwei Jahre lang behandelte sie sich selbst erfolgreich und genoss das Leben noch intensiver als zuvor, doch dann überwogen die Schmerzen. Unzählige Male hatte sie Annika geholfen und nun war es das erste Mal, dass die alte Frau sie um etwas bat...

- 14 -

Am Dienstagmorgen kam endlich die ersehnte Vermisstenanzeige. Herr Pinterost, der Chef einer Putenmastfabrik im Bergischen, war schon seit über einer Woche nicht mehr in seinem Büro erschienen. Eine Woche ohne Abmeldung war nicht ungewöhnlich für ihn, aber jetzt hatte schon die zweite Woche angefangen und auch an sein Handy ging er nicht.

„Putenmastchef?" Britta schüttelte den Kopf. „Da haben wir ja ein wirklich gutes Motiv für einen Mord... Hilft uns leider nicht wirklich weiter, da es für alle nackten Verdächtigen passt..."

Britta und Kitty gingen zur Wohnung von Herrn Pinterost in der Ludwigstraße. Da nach mehrmaligem Klingeln niemand öffnete, ließen sie die Wohnungstür öffnen und fanden in der großen Penthousewohnung tatsächlich die Spuren eines Kampfes, insbesondere eine große Blutlache auf dem Wohnzimmerteppich. Sie riefen die Spurensicherung, machten sich noch ein Bild von der Wohnung und gingen dann Richtung Domplatte, um herauszufinden, auf welchem Weg Herr Pinterost dort hingekommen sein mochte.

Natürlich gab es viele Möglichkeiten, wobei die Hohe Straße wohl auszuschließen war, am wahrscheinlichsten am Wallrafplatz vorbei und dann durch das Domgäßchen zum Domplatz. Der Weg war am unauffälligsten, kein Touristenpfad, wenig Menschen gingen da lang und die enge, dunkle, meist menschenleere Gasse war ein idealer Platz, um noch abschließend mit dem Messer zuzustechen und dann den Sterbenden die wenigen Meter bis zum Platz vor dem Dom zu schleppen. Womöglich hatte der Tourist, dessen Sprache niemand kannte, sogar gesehen, wie Herr Pinterost in der Gasse erstochen wurde.

Britta und Kitty machten Mittagspause im Café am Domhotel, Nico gesellte sich wenig später dazu. Kitty und Nico beschlossen spontan, Pauer im Krankenhaus zu besuchen. Britta hatte da keinerlei Bedarf zu und ging in der Hohen Straße einkaufen.

„Herr Kommissar! Sie müssen uns irgendwie helfen!"

Die Stationsschwester eilte mit verzweifeltem Blick auf Kitty zu.

„Außer mir und Schwester Martha haben sich alle krankgemeldet und die ersten Aushilfen weigern sich einzuspringen. Ehrlich gesagt, ich schaffe das auch nicht mehr lange. Wenn ich morgens auf der Hinfahrt an ihren Kollegen denke, bekomme ich Schweißausbrüche! Ich habe sowas noch nie erlebt und wir haben hier schon einige schlimme Psychosen, völlig Debile und unzählige fortgeschritten Demente versorgt. Bei jeder Schwester lässt er sein Ding raushängen; wenn sie in die Nähe kommen, grapscht er immer wie zufällig in die Richtung, die Putzfrauen beschweren sich über die Zeitschriften in seinem Nachttisch und was sie im Bad und neben dem Bett zum Teil wegwischen müssen..."

Ein angewidertes Schütteln durchfloss ihren Körper.

„Wegen seines Haargels müssen wir täglich mehrmals die Bettwäsche wechseln. Er klingelt für jeden Scheiß; jede Falte im Laken, wenn der Tee zu kalt ist, wenn er zu heiß ist, um die Heizung anzudrehen, das Fenster zu zumachen, um den Fernseher lauter oder leiser zu stellen. Das kann er alles selber. Aber wehe wir sind nicht zehn Sekunden nach dem Klingeln da oder wagen sogar ihm zu erklären, dass er das selber könne. Er hat schon mehrere Kolleginnen konkret bedroht, dass er sie wegen irgendetwas vorladen oder verhaften lassen werde. Wir können uns ja nicht über ihn beschweren. Der Klinikchef ist irgendwie mit seinem Vater verkungelt oder sowas. Ich weiß nicht mehr, was ich tun soll!"

Sie drehte sich zur Seite, um beim Versuch das Weinen zu unterdrücken, nicht zu genau beobachtet zu werden.

Kitty hatte mehr als Verständnis, aber keine Ahnung, wie man hier helfen könnte und selbst für eine unverbindliche mitfühlende Antwort war er zu langsam. Nico hatte der Schwester bereits beruhigend eine Hand auf die Schulter gelegt und sprach in ruhigem, aber bestimmtem Tonfall zu ihr:

„Das bekommen wir ganz schnell hin. Versprochen! Ich bin Arzt und ich kenne diesen Patienten besser als ihm lieb sein kann. Darf ich ganz kurz in die Akte schauen? Ich nehme an, dass er längst nach Hause könnte. Wenn dem so ist, verrate ich Ihnen sehr gerne, wie sie ihn innerhalb von höchsten vierundzwanzig Stunden hier rausgeekelt haben. Sie haben Rubriment und Laxoberal im Medizinschrank?"

Nico verschwand mit der Schwester im Stationszimmer und Kitty setzte sich auf einen Stuhl auf dem Flur. Kurz danach kam ein Patient aufgeregt und schimpfend aus dem Speisesaal direkt auf ihn zu.

„Mann, Mann, Mann! Die sind in einem durch am Erzählen da drinnen. Und immer nur über Krankheiten. Wie soll man denn da gesund werden? Ich will jetzt endlich meine Ruhe haben!"

Mit diesen Worten setzte er sich neben Kitty und erzählte ihm seine komplette Lebensgeschichte, insbesondere seine diversen Erkrankungen, die auf eine schwere Lungenentzündung im Winter 1940 gefolgt waren. Vielleicht hatte dieser Mann früher mal neben Wolfgang Niedecken gesessen und ihn zu *Jupp* inspiriert?

Jupp war mit seinen Erzählungen gerade bei der Studentenrevolte 1968 angekommen, die er größtenteils verpasst habe, weil er monatelang wegen einer tiefen Beinvenenthrombose mit anschließenden Komplikationen das Bett hüten musste, da wurde Kitty endlich von Nico erlöst, der mit zufriedenem Gesicht aus dem Stationszimmer kam.

„Wir müssen noch einmal kurz bei Pauer vorbei. Ich denke zwar, dass sie ihn mit meinen, äh, sagen wir, ärztlichen Empfehlungen bis spätestens morgen Abend rausgemobbt haben sollten, aber die Zeit bis dahin müssen wir ihn ja auch noch ablenken."

Kitty folgte Nico in Pauers Zimmer. Dieser hatte mit einer Schwester gerechnet und zog nun mit hochrotem Gesicht schnell die Decke über sein nicht wirklich übermäßig ausgeprägtes Gemächt. Nico grinste:

„Lüften alleine nützt nichts, ab und zu muss Mann ihn auch waschen!"

„Was fällt...?"

„...Das Barometer. Aber ich wollte mich nicht über das Wetter unterhalten. Dafür habe ich keine Zeit und du schon gar nicht..., oder hast du schon den Patientenfragebogen ausgefüllt?"

„Den was?"

„Du hast doch bei der Aufnahme neben dem Patientenbrief der Krankenhausseelsorge auch einen Patientenfragebogen bekommen. Selbst jemand wie du kann ja nicht alles wissen, deswegen verrate ich dir ein Geheimnis: Der Bogen mit den meisten konstruktiven Anregungen erhält eine Auszeichnung und wird in der Zeitschrift „Fundstücke der Proktologie" veröffentlicht. Ich könnte mir vorstellen, dass dein Onkel sehr stolz auf dich wäre, wenn der Preis an dich ginge..."

Tatsächlich suchte Pauer sofort in seiner Nachttischschublade und fand den Fragebogen. Weniger erfolgreich verlief die Suche nach einem Stift.

„Hat diese dumme Schwester ihren Kuli etwa wieder mitgenommen?"

„Nun, wenn es ihr Kuli war, erscheint mir das gar nicht so dumm."

Nico sah Pauer fragend an.

„Sie hätte sich denken können, dass ich ihn noch brauche! Und dumm ist sie aus diversen Gründen. Sie ist Krankenschwester. Weißt du, was die sich einbildet? Die wollte bei mir eine Anzeige erstatten..., gegen einen Arzt!"

Pauer machte ein Gesicht, als bereite ihm solch eine unglaubliche Anmaßung körperliche Beschwerden. Er sah Nico und Kitty erwartungsvoll an, doch diese sagten nichts und verzogen auch nicht das Gesicht vor Schmerzen.

„Gegen einen Arzt!!", wiederholte Pauer, als hätten Nico und Kitty die Pointe nicht begriffen. „Sie glaubte wirklich, sie könne beurteilen, dass er einen Patienten falsch behandelt habe und der daran gestorben sei."

Pauer versuchte es diesmal mit Lachen, damit die beiden Sturköpfe vor ihm endlich begriffen..., ah, Nico lachte auch.

„Ja, Pauer, unfassbar. Das ist ja fast so lächerlich, als wenn ein Pathologe glauben würde, er habe mehr Ahnung von Verbrecherjagd als ein Kriminalkommissar. Lächerlich! Erzähl mehr! Was hat sie denn konkret gesagt?"

„Ich hab mir das nicht bis zu Ende angehört. Es war einfach zu lächerlich! Sie meinte, Dr. Wuttke habe bei irgendwem eine falsche Infusion angeordnet. Steffi... Staffi...
„Staphylex?"
„Ja, genau."
„Vielleicht bei einem Herrn Wollschläger?"
„Ja, genau. Woher weißt du...?"
„Und wie hieß die Schwester, die die Anzeige aufgeben wollte?"
„Schwester Mechthild."
„Okay. Ich werde mal mit ihr reden. Ich bin ja schließlich auch Arzt."
„Oh. Ah ja. Genau. Ich habe sie zwar schon zurechtgewiesen, aber es kann sicher nicht schaden, wenn du sie auch noch mal zusammenstauchst. Wo kommen wir denn da sonst hin?"
„Ja. In der Tat, wo kämen wir hin, wenn Pfleger und Ärzte auf einer Kompetenzebene wären? Ich wage gar nicht davon zu träumen, was das für eine wunderbare Welt wäre..."
Pauer nahm den Satz so hin, weil er ihn für Ironie hielt.

„Was ist Proktologie?", fragte Kitty, nachdem sie das Zimmer, in dem Pauer mit dem Ausfüllen des Bogens begonnen hatte, verlassen hatten.
„Da arbeiten Mediziner, deren Studium völlig für den Arsch war, könnte man sagen... Ah, Schwester Katja! Ich denke, Herr Pauer ist für die nächsten Stunden beschäftigt. Kann höchstens sein, dass er noch ein paar neue Exemplare des Patientenfragebogens benötigt, falls er sich verschreibt oder kleckst, eventuell benötigt er sogar ein paar leere Zusatzblätter, damit er all das von Herzen kommende, überquellende Lob über das Pflegepersonal loswerden kann..."

Schwester Katja nickte ihm dankbar zu und verschwand im Spülraum.

„Woher wusstest du das von Herrn Wollschläger?"

„Ich habe seine Dokumentation neulich im Zimmer von Frau Röber in der Hand gehalten und daraus vorgelesen. In der Tat machte die Medikation keinen Sinn. Das war bei mehreren Patienten der Fall. Aber bei Herrn Wollschläger könnte das in der Wechselwirkung tatsächlich tödlich gewesen sein, je nach seinen Blutwerten. Die habe ich damals nicht angeguckt. Die sind zum Vorlesen einfach nicht geeignet. Ich müsste noch einmal in die Akte schauen und mir die anderen Seiten ansehen."

Nico ging ins Dienstzimmer. Kitty wartete diesmal draußen auf dem Balkon, in der Hoffnung, dass Jupp hier nicht vorbeikäme. Tatsächlich kam der nicht, dafür zwei Patienten im Rollstuhl. Dem einen fehlte der rechte Unterschenkel, dem anderen gleich das ganze linke Bein. Beide versicherten sich, während sie sich ihre Zigaretten ansteckten, dass die Durchblutungsstörungen in den Beinen nicht vom Rauchen gekommen, sondern mehr so eine genetische Veranlagung gewesen seien, schließlich würden sie viele Menschen kennen, die rauchten und denen es gut ginge.

Kitty stellte sich die Unterhaltung zweier verurteilter Mörder im Gefängnis vor, die sich versicherten, dass sie nicht wegen des Todes ihrer Opfer einsäßen, schließlich würden sie Kollegen kennen, die frei umherliefen.

Nico winkte vom Flur. Kitty ging zu ihm und sah ihn fragend an. Nico schüttelte den Kopf.

„Ich kann dir noch nichts Konkretes sagen. Ich werde erst mal mit der Schwester und dem Stationsarzt sprechen. Ich berichte dir die nächsten Tage, okay?"

Kitty war eigentlich froh, dass er sich nicht damit beschäftigen sollte - Er hatte nur einen kurzen Blick auf einen Entlassungsbrief geworfen und davon noch weniger verstanden, als früher von Vektorrechnung - etwas beunruhigt war er aber schon.

„Müssten wir nicht Bescheid geben, dass hier eine Anzeige und der Verdacht auf Totschlag vorliegt?"

„Tja, die Anzeige ging bei Pauer ein, das ist sein Verantwortungsbereich. Solange er da keine Veranlassung sieht... Du kannst natürlich gerne Ermittlungen aufnehmen, aber ich fürchte ihr habt weniger Möglichkeiten und weniger Kompetenz, als wenn ich mich darum kümmere."

„Das seh ich auch so."

„Das Problem ist ja: Alleine von den vier Akten, die ich da auf dem Boden angeguckt habe, könnte ich zwei Ermittlungen wegen Verdacht auf Körperverletzung in Gang bringen. Medizin und insbesondere Medikamentengabe ist ja immer ein Grenzbereich. Du verabreichst Gifte. In richtiger Dosierung sind die gesund, vielleicht lebensrettend, aber in falscher Dosierung oder Kombination... Tausende von Menschen sterben in Deutschland jedes Jahr, weil sich die Medikamente, die sie verschrieben bekamen, nicht miteinander vertrugen. Hunderttausende haben folgenreiche oder schmerzhafte Nebenwirkungen durch ihre Medikation. Wenn du deren Ärzte alle festnehmen würdest..., damit wäre keinem wirklich geholfen. In der Pflege ist es ja ähnlich. Ich kenne einige Heime, die eigentlich wegen Gewalt in der Pflege angezeigt werden müssten."

„Gewalt?"

„Naja, aktive Gewalt seltener, aber Gewalt durch unterlassene Hilfe ist sehr häufig. Wenn du Hilfe brauchst und klingelst und es kommt zehn Minuten niemand, dann hast du halt in die

Hose gemacht. Wenn du dich nicht alleine im Bett drehen kannst und dir niemand hilft, dann hast du irgendwann eine Druckstelle, die bis zum Knochen geht und nicht ganz unwahrscheinlich zum Tode führt. Totschlag, wenn auch ein quälend langsamer Schlag..."

„Aber das ist doch... Wirklich sehr häufig?"

„Viele Heime, in denen es keine wirklich gute Pflege gibt und einige in denen es richtig schlimm ist und wo, da hast du Recht, man eigentlich wirklich etwas unternehmen müsste."

„Aber es gibt doch auch Heime, die richtig gut sind, oder? Ich habe neulich gelesen, dass das St. Hubertus vom MDK mit 1,4 beurteilt worden ist. Wäre das empfehlenswert?"

„Tja, deine Intuition wieder. Gehen wir doch einfach mal hin, sind nur zwei Kilometer von hier."

Das St. Hubertus war drei Stockwerke hoch. Im Erdgeschoss Betreutes Wohnen und darüber zwei Etagen vollstationäre Pflege. Kitty war etwas verwundert, dass sie einfach so durch alle Etagen gehen konnten. Häufig standen Zimmertüren offen und niemand schien drinnen zu sein. Nico bemerkte Kittys Blicke:

„Ich weiß von einem Bewohner hier, dessen komplettes Zimmer wurde ausgeräumt, während er beim Mittagessen saß. Also, außer dem Pflegebett und dem Toilettenstuhl; aber sein Fernseher, Radio, Stehlampe, zwei wertvolle Vasen und viele unersetzbare Erinnerungen. Sowas kommt meines Wissens aber nur sehr selten vor. Erstaunlich eigentlich, einfacher als hier geht es kaum."

Sie waren jetzt im zweiten Stock. Ein langer gerader, schwach beleuchteter Flur, über drei Türen war ein rotes Licht zu sehen.

„Drei Bewohner die Hilfe benötigen, jetzt", sagte Nico und ging weiter bis zur Mitte des Flurs. „Und hier das Dienstzimmer. Leer."

„Vielleicht sind die Schwestern gerade irgendwo in den Zimmern?"

„Dann sollte da eigentlich ein grünes Licht brennen. Komm, wir setzen uns hier."

„Sollen wir nicht mal schauen, was die Bewohner wollen?"

„Besser nicht. Dass wir einfach so ins Heim gehen, ohne jemand zu besuchen, grenzt schon an Hausfriedensbruch; dann auch noch einfach in ein Zimmer... Womöglich sitzt da gerade eine Frau auf dem Toilettenstuhl, wartet auf die Schwester und plötzlich kommen zwei fremde Männer rein..."

„Ja, schon klar."

Nico und Kitty setzten sich auf zwei Stühle vor dem Speisesaal. Dort saßen drei alte Frauen jeweils im Rollstuhl, alle waren eingeschlafen. Vor der einen stand die komplette, unberührte Abendmahlzeit, sie starrte aber mit leerem Blick an die Decke; eine andere lag mit dem Kopf auf der Tischplatte und die dritte hing fast diagonal in ihrem Rollstuhl, der Kopf zur Seite gekippt, die Arme schlaff neben dem Stuhl hängend, der Mund stand offen. Kitty nahm an, dass Nico an irgendetwas erkennen konnte, dass sie noch lebte.

Nach einer knappen Minute ging ein viertes rotes Licht auf dem Flur an. Eine Pflegekraft war immer noch nicht zu sehen.

„Und das ist jetzt nicht irgendein Trick um mich zu beeindrucken?"

„Nein, das ist der Alltag hier..."

„Aber es gibt doch Pflegepersonal, oder?", fragte Kitty ungläubig.

„Ja, das gibt es. Nachmittags aber leider nur eine examinierte Kraft für beide Etagen."

„Nein."

„Doch. Normalerweise noch eine Hilfskraft und ein Schüler oder Praktikant, aber heute scheint es besonders schlimm zu sein. Schauen wir mal nach unten."

Eine Etage tiefer waren immerhin nur zwei rote Lichter und dafür auch ein grünes zu sehen. Eine Pflegekraft lief eilig zum Telefon und ein junges Mädchen kam aus dem Zimmer mit dem grünen Licht, schaute zu dem roten Licht über der Tür daneben, seufzte und ging dann in dieses Zimmer.

Nico hörte kurz beim Telefongespräch zu und zog Kitty zurück zum Treppenhaus und Richtung Ausgang.

„Oh weh, der arme Pfleger hat heute aber wirklich die Arschkarte gezogen. Die Pflegehelferin ist krank nach Hause gegangen und dann hatten sie einen Notfall hier unten. Ein Patient ist gerade ins Krankenhaus gekommen, wahrscheinlich mit Lungenembolie. Immerhin scheint die Praktikantin ganz pfiffig zu sein."

„Und oben?"

„Abendessen und Medikamente bekommen sie. Das geht eigentlich immer. Alles andere ist Glückssache..."

Nico seufzte und zuckte mit den Schultern. Kitty blieb stehen.

„Können wir nicht doch irgendwie helfen?"

Nico blieb auch stehen und lächelte.

„Ganz ehrlich. Ich habe keine Ahnung, ob das nicht sogar eine Straftat ist, was wir begehen, versicherungstechnisch ist das garantiert verboten, aber tatsächlich: Unterlassene Hilfeleistung dürfte das schlimmere Verbrechen sein. Kommen Sie mit mir, Schwester Kitty!"

Sie gingen in die zweite Etage. Inzwischen klingelte es in sechs Zimmern. Sie wechselten drei Windeln, halfen einer alten Dame auf den Toilettenstuhl und später wieder runter, schütteten Getränke nach, reichten eine runter gefallene Fernbedienung und bei mehreren Bewohnern das Abendessen an.

Zwei Bewohner wussten nicht mehr, warum sie geklingelt hatten. Ob es daran lag, dass das schon so lange her war, oder eher an ihrer Demenz, war nicht ganz klar. Auch sie bekamen Getränke.

„Du glaubst gar nicht, wie viel Menschen hier in unserem reichen Land, in dem es an jeder Ecke einen Wasserhahn mit sauberem Wasser gibt, verdursten. Als wäre Deutschland überwiegend Wüste. Schau hier: Die Haut. Du ziehst sie hoch und da bleibt sie erst mal stehen. Borken auf einer rissigen Zunge. Diese Frau hat schon über einen langen Zeitraum zu wenig Flüssigkeit bekommen. Nach offiziellen Zahlen geht es so jedem achten Heimbewohner, die Wahrheit dürfte deutlich schlimmer aussehen. Und dann versterben sie an Nierenversagen, Herzversagen, Schlaganfall und auf dem Totenschein wird *Natürliche Todesursache* angekreuzt. Dabei war es das angedickte Blut, weil ihr keiner zu trinken gegeben hat. Mord durch Unterlassen."

„Tja, aber wen für den Mord verhaften?"

„Genau das ist das Problem. Den Pfleger und die Praktikantin? Ganz bestimmt nicht. Den Heimbetreiber? Auf jeden Fall eine Mitschuld, wir kommen dem Problem näher. Politiker, insbesondere unsere Gesundheitsminister? Den sollte man auf jeden Fall verhaften, aber aus ganz anderen Gründen. Nein, die Hauptschuldigen sind... Wir alle. Die Gesellschaft. Die sich einen Scheißdreck darum kümmert, was in unseren Heimen und Kliniken an Notstand herrscht. *Gute Pflege und würdevolles*

Altern? Selbstverständlich! Ich bin dafür! Das muss doch sein! Ich glaube, irgendwer kümmert sich darum. Was?! ICH soll 0,2 % mehr für die Pflegeversicherung bezahlen? Das kann ja wohl nicht sein! In der Tat, das kann nicht sein, denn das reicht vorne und hinten nicht. Um den real existierenden Pflegenotstand wirklich zu beheben, um eine ideale, menschenwürdige Pflege zu installieren, bräuchten wir nicht die eine Milliarde mehr im Haushalt, auf die unser Gesundheitsminister so stolz war, sondern locker über zehn Milliarden mehr jedes Jahr, mit deutlich steigender Tendenz in den nächsten Jahren."

„Eine Menge Geld."

„Ja, fast eine Verdopplung der Ausgaben im Bundeshaushalt, aber der Gesamtbetrag wäre dann noch immer unter dem, was wir jedes Jahr für die Bundeswehr ausgeben..."

„Echt?"

„Ja. *Sicherheit ist ein Supergrundrecht!* hat unser Innenminister gesagt. Würde scheint eher so ein untergeordnetes Grundrecht zu sein. Ein Terroranschlag, und sofort werden ohne Widerspruch Milliarden in sogenannte Sicherheit investiert; für die Pflege wird Jahre diskutiert und dann eine Milliarde freigemacht. Massenhaftes Elend und Leiden im Alter, das ist Realität, die seit Jahren neben uns abläuft, aber seltsamerweise fühlt sich davon niemand so bedroht, wie von der Vorstellung, es könnte ein Islamist durch die Straßen laufen und Leute köpfen."

„Aber, ich dachte wirklich..., wir hätten ein gutes Gesundheitssystem."

„Naja, man kann es auch positiv sehen. Es war vor ein paar Jahrzehnten deutlich schlechter und in vielen anderen Ländern ist es noch schlimmer. Aber dafür, dass wir eines der reichsten Länder der Erde sind, tun wir halt verdammt wenig für unsere

Kranken und Alten. Geld ist ja genug da, insbesondere auch bei Privatpersonen. Mehrere Billionen Euro Vermögen haben die Deutschen. Aber die zwei Prozent der Deutschen, denen davon fast die Hälfte gehört, denken nicht im Entferntesten daran... Ach, das kannst du dir ja alles selber denken. Ich wollte mich darüber eigentlich nicht mehr aufregen. Komm, lass uns gehen, ich brauch was zu trinken!"

Kitty hielt Nico am Arm fest, bildete eine Hautfalte, die sofort wieder zusammen sank.

„Nein. Du brauchst nichts zu trinken. Alles in Ordnung bei dir."

„Prophylaxe ist aber auch wichtig!"

Tatsächlich waren sie inzwischen auf alle Klingeln gegangen und konnten guten Gewissens Feierabend machen.

„Bei so viel guten Taten sollte Weihnachten gerettet sein", sagte Nico grinsend, als sie das Heim verließen.

„Tja, aber schon frustrierend. Wir können ja nicht jeden Tag hingehen."

„Und nicht in jedes Heim und die wahren Dramen haben wir womöglich gar nicht gesehen."

„Was meinst du?"

„Es gibt viele Bewohner, die sich nicht melden können; weil sie es geistig nicht umgesetzt bekommen oder weil sie sich gar nicht bewegen können. Dreißig Zimmer sind da oben. Wahrscheinlich zehn Bettlägerige, von denen sich sicher viele nicht selber drehen können und die heute Nachmittag nicht gedreht wurden. Je nach Hautzustand sterben die ersten Zellen schon nach einer Stunde ab, wenn da keine Eigenbewegung ist; nach vier Stunden erste irreversible Schäden, und wenn das die Regel ist, dann kannst du schon nach wenigen Wochen auf den Knochen schauen..."

„Super, eben noch hatte ich das Gefühl, wir hätten da oben allen geholfen. Du verstehst es, einem einen kleinen Erfolg zu vermiesen."

„Ja, ich bin einfach in allem gut."

„Aber das ist, du bist dir sicher, dass das... wirklich der Alltag da ist?"

„Nicht immer so krass wie heute, aber das ist keine Seltenheit und ähnliches gibt es in vielen Heimen in ganz Deutschland."

„Aber die 1,4? Wie kann so ein Heim mit sehr gut bewertet werden? Das ist doch lächerlich."

„In der Tat. Das ist keine wirkliche Qualitätskontrolle, das ist systematische Irreführung. Sie bringt nichts Gutes, keine wirklich verwertbare Information, schadet aber der Pflege. Die ist mit ungeheuer zeitaufwendiger Dokumentation beschäftigt, um bei den Prüfungen gut dazustehen und hat dafür deutlich weniger Zeit für die Versorgung der Bewohner. Ich kenne ein Heim, das die letzten vier Jahre immer mit 1,0 abgeschnitten hat. Da würde ich trotzdem meinen ärgsten Feind nicht reinstecken. Die haben immer Bestnoten, weil sie einen ehemaligen Prüfer des MDK als Qualitätsbeauftragten haben. Der hat dort kaum etwas anderes zu tun, als die Prüfungen vorzubereiten. Dafür haben sie Personal eingespart. Die Pflege ist dramatisch schlechter geworden die letzten Jahre, die Dokumentation aber ist top."

„Das ist doch Irrsinn."

„Ja, ein Teurer übrigens auch, aber eigentlich nichts Ungewöhnliches in unserer heutigen Gesellschaft. Zahlen sind das, was zählt. Was ja sprachlich durchaus auch erst mal recht logisch klingt..., aber der eigentlichen Arbeit oft schadet. Schau dir doch mal die Statistiken bei euch an. Wenn die veröffentlicht würden und jeder dürfte sich seinen Kommissar frei auswählen, alle würden Pauer als Ermittler nehmen. Laut Statistik löst er die meisten Fälle und das auch noch in der kürzesten Zeit."

„Aber die meisten Verhafteten stellen sich später als unschuldig heraus."

„Das steht nicht in der Statistik. Übrigens hast du die schlechtesten Werte des ganzen Reviers."

„Echt? Oh..."

„Du hast dich noch nie ernsthaft damit befasst, oder?"

„Nein."

„Sehr sympathisch. Dafür gebe ich dir einen Glendronach aus."

- 15 -

„Mama!!! Schnell!!! Ein Notfall! Wir müssen sofort zum Tierarzt!"

Ben legte ein blutverschmiertes Bündel auf den Boden, offensichtlich eine schwer verletzte Katze, ob sie noch lebte war weniger deutlich.

Kitty war sich im Klaren, dass die Frage, die ihm als Kriminalist ins Auge sprang: *Warum seid ihr so früh von der Schule zurück?*, genaugenommen der Verdacht: *Wart ihr überhaupt in der Schule?*, gerade nicht wirklich relevant war.

„Wo habt ihr die her?"

„Sie wurde auf der Straße angefahren! Wir haben das Kennzeichen von dem Auto. Kitty, du musst die Frau verhaften! Das war versuchter Mord!"

„Eher fahrlässige Tötung. Zu einem Mord gehört immer Vorsatz. Im Auto ist dann ja doch meistens eher..."

„Jeder, der bei der Geschwindigkeit am Steuer telefoniert, ist ein potentieller Mörder!"

„Da ist was dran."

Während Kitty noch überlegte, wo dieses Vergehen juristisch einzuordnen wäre, wohl ähnlich wie der Unfall mit dem Audi TT, halt bloß womöglich mit Todesfolge, dafür aber nur bei einer Katze; er hatte die Anklage gegen den TT-Fahrer nicht verfolgt, denn genaugenommen... wusste Kitty nicht mehr, wo er am Anfang des Gedankens gewesen war... Nadine hockte längst bei der leblosen Katze und untersuchte Kopf und Pfoten.

Kitty hatte viel Mühe, den aufgeregten Hund festzuhalten, der endlich an diesem interessant riechenden Bündel auf dem Boden schnuppern wollte.

Eine schmale Katze, auch ohne Blut einige rot-bräunliche Stellen im Fell, viel weiß, etwas schwarz. Sie lag auf dem Rücken und streckte alle Pfoten von sich. Der Atem war sehr flach. Ein Heben des Brustkorbs war nicht mehr zu sehen.

Kitty legte sich im Gedanken tröstende Worte für die Kinder und für Nadine zurecht. Er war froh, dass das Tier keine Schmerzen zu haben schien. Eine aussichtslos leidende Katze wäre sicherlich ein Fall für den Tierarzt gewesen, aber nicht so, wie die Kinder es sich vorstellten. Bei ihr war aktive Sterbehilfe erlaubt und das sogar ohne vorherige Willenserklärung der Katze. Eine vernünftige Sache.

Ein Atmen war nicht mehr zu hören. Alle starrten gebannt zu Nadine, die sich nun über das Gesicht der Katze beugte, um vielleicht noch einen Luftstrom zu spüren.

Nadine stiegen die Tränen in die Augen, die Kinder begannen zu weinen und Kitty hockte sich neben Nadine und nahm sie in den Arm. Den Hund konnte er so nicht mehr festhalten und jetzt war es ja auch egal. Fressen würde er sie schon nicht.

Teddy schnupperte sehr ausgiebig an dem haarigen Bündel und stupste es dann mit der Nase an. Die Katze machte die Augen auf, sah Teddy und sprang völlig unerwartet und überraschend beweglich auf und verschwand unter der Couch.

Vier Menschen und ein Hund starrten sich einen Moment fassungslos an und dann lagen sie alle fünf auf dem Boden und schauten unter das Sofa.

Kittys Vorschlag, die Couch hochzuheben, um die Patientin untersuchen zu können, fand eine knappe Mehrheit (Teddys Wedeln gab bei 2:2 Stimmen den Ausschlag), aber die Katze lief jedes Mal mit, so dass niemand an sie rankam. Sie gaben es auf. Sie konnte noch laufen und fauchen, zwei gute Zeichen, wahrscheinlich brauchte sie nur Erholung. Etwas was Kitty nachvollziehen konnte. Trotzdem drängten die Kinder darauf, einen Tierarzt zu holen.

Kitty rief erst mal bei Nico an und, als er diesen nicht erreichte, bei Britta. Die war zum Glück da und kannte auch einen guten Tierarzt, wollte sich aber erst selber ein Bild machen. Sie kam direkt mit einer Notfallausstattung für die ersten Tage vorbei: Futter, ein Karton mit Katzenstreu und ein Kratzbaum auf einem Häuschen.

Britta legte sich auf den Boden und schaute unter die Couch. Die Katze beobachtete sie genau und irgendwann fing sie leise an zu schnurren. Britta streckte langsam eine Hand unter das Sofa und als sie kurz vor dem Kopf der Katze war, wurde das Schnurren lauter und sie leckte ihr die Finger. Rauskommen wollte sie aber trotzdem nicht.

„Alles in Ordnung. Die wird wieder. Einfach erst mal in Ruhe lassen. Stellt ihr Futter und Wasser zum Trinken hin und irgendwann, wenn keiner guckt, kommt sie raus. Dann könnt ihr sie zum Tierarzt oder zu ihrem Besitzer bringen. Ich horche mich mal um, ob jemand so eine auffällig gemusterte Katze vermisst oder kennt..."

Am Abend schaute Kitty noch einmal nach Nadine, den Kindern und der neuen Mitbewohnerin. Die Katze lag noch immer unter dem Sofa, fauchte nicht mehr, ließ aber weiterhin niemanden an sich ran. Immerhin hatte sie inzwischen einen Namen: Mittens.

Die Kinder hatten neulich den Film „Bolt" gesehen und irgendwie passte der Name: Die Katze schlug zwar mit den Pfoten nach ihnen, aber sie fuhr nie die Krallen aus.

„Und... Wenn sich der Besitzer nicht findet. Würdest du sie behalten?"

Nadine schaute Kitty mit müden und resignierten Augen an:

„Selbst wenn sie von alleine gesund werden sollte und nicht zum Tierarzt müsste... Ich kann mir die laufenden Kosten einfach nicht leisten. Ich habe es in den letzten Jahren schon so oft durchgerechnet."

„Wenn ich was dazu gebe?"

„Ich nutz dich sowieso schon zu viel aus."

„Das sehe ich völlig..."

„Ich möchte darüber jetzt nicht sprechen, bitte!"

„Ist okay."

Kitty ärgerte sich, dass er gefragt hatte. Wahrscheinlich würde diese Katze zurück zu ihrem Besitzer finden. Er hatte eigentlich nur mal unauffällig eruieren wollen, ob das sonst eventuell ein Weihnachtsgeschenk für Nadine und die Kinder sein könnte...

- 16 -

Britta hatte recht: Als sie am nächsten Morgen nach Mittens schauten, war die Katzentoilette benutzt, die Futterschüssel fast leer und sie selber lag friedlich schlafend in dem Häuschen unterm Kratzbaum.

Nico kam vorbei und untersuchte sie. Vorher gab er ihr ein präpariertes Leckerchen; sehr zu Teddys und Nadines Beunruhigung. Teddy war beruhigt, nachdem er selber auch ein Leckerchen bekommen hatte und Nadine, nachdem Nico ihr versichert hatte, dass er die Medizin schon häufiger und bisher völlig ohne ernsthafte Nebenwirkung ausprobiert habe.

„Keine Angst, Nadine. Nichts wirklich Gefährliches. Nur eine besondere Mischung aus mehreren Mitteln, die alle legal in Deutschland zu erwerben sind."

Kitty fand die Erklärung nicht wirklich beruhigend, da er wusste, dass man in Deutschland auch alle benötigten Einzelteile einer Bombe ganz legal erwerben konnte, aber von Nico hätte er jederzeit jede Medizin bedenkenlos entgegengenommen.

Tatsächlich war Mittens bei Nico sehr friedlich, wirkte die nächste Stunde allerdings etwas unsicher auf den Beinen, dabei aber bestens gelaunt. Kitty erwartete jeden Moment, dass sie singen oder tanzen würde.

Nico konnte keine ernsthaften, dauerhaften Verletzungen feststellen. An der Wirbelsäule hatte sie mehrere starke Prellungen und Blutergüsse. Die Kinder vernahmen mit Entzücken, dass Mittens sich nach deren Ausheilung sicherlich auch wieder gerne streicheln lassen würde.

Die nächsten Tage wurde die Katze immer munterer, erkundete die Wohnung und verschwand in diversen Kartons und Schubladen. Die Kinder durften sie manchmal streicheln, dafür hatte es Teddy immer schwerer. Mittens fauchte, wenn er in die Nähe kam, stellte sich auf die Hinterpfoten und schlug nach ihm.

Teddy war sich nicht sicher, aber er hatte das Gefühl, dass die Katze deutlich größer war als er selbst und er verzog sich mit eingekniffenem Schwanz in die Ecke des Wohnzimmers.

Was hatte sie nur? Er hatte ihr doch gar kein Futter gestohlen! ...nur sehr ernsthaft mit dem Gedanken gespielt...

Er war froh, als er wieder zu Kitty in die Wohnung durfte. Er würde ab jetzt lieber hier aufpassen, dass keiner einbrach, wenn Kitty bei Nadine war. Das war schließlich auch wichtig.

Der Besitzer der Katze meldete sich nicht, obwohl sie am zweiten Tag an 100 Bäumen in der Umgebung Zettel mit einem Bild von Mittens aufgehängt hatten.

(Wobei Kitty den Verdacht hatte, dass Katrin und Ben die Zettel schon am nächsten Tag wieder abgehängt hatten; er hatte jedenfalls wenig später keinen mehr gesehen. Er verzichtete auf die Aufnahme von Ermittlungen...)

Nadine freute sich für die Kinder und war gleichzeitig trauriger als sonst. Kitty um Unterstützung zu bitten, war nicht das Schlimme, mehr, dass ihr mal wieder überdeutlich vor Augen geführt wurde, wie wenig an existentieller und schöner Lebenserfahrung sie den Kindern aus eigener Kraft bieten konnte und noch schmerzlicher: Was die Armut mit ihrem Charakter und ihrer Gefühlswelt anstellte.

Nadine hatte noch einmal versucht ihre Haushaltsplanung zu überarbeiten, aber sie war halt sowieso schon mehr als auf

Kante genäht. Wenn sie die Zahlen so in aller Deutlichkeit anschrien, kam sie sich immer gescheitert vor. Warum eigentlich tat sie sich das an? Seit neun Jahren war sie nicht mehr im Urlaub gewesen. Dass es außerhalb Kölns auch noch bewohnte Gebiete und womöglich andere Kulturen und Landschaften gab, kannte sie doch nur noch vom Hörensagen. In der Sonne liegen, Cocktails schlürfen... Sie hasste es, welche Bilder in ihr hochkamen und dann diese kurzzeitige Wut auf die Kinder, die sie aus dem einfachen Leben gerissen hatten, schnell umschlagend in Hass gegen sich selber, dass sie sowas überhaupt denken und fühlen konnte...

Noch eine Vorhersage Brittas traf ein: Die Katze hatte sich gut erholt und wollte dringend nach draußen. Was sie nicht hatte voraussagen können: Ob sie wiederkommen würde.

Nadine bemerkte mit Abscheu gegen sich selbst, dass ein Teil von ihr wünschte, Mittens würde zu ihren früheren Besitzern zurückgehen. So sehr sie es den Kindern gönnte, so genau sie wusste, wie gut ein Haustier der Entwicklung tat...; sie wusste auch, wie sehr sie schon mehrmals daran kaputtgegangen war, dass sie sparte und sparte und auf keinen grünen Zweig kam. Es war ja die letzten Monate schon ohne Katze nicht wirklich hingekommen. Sie schuldete dem Imbiss um die Ecke wieder über hundert Euro und mehreren Bekannten kleinere Beträge. Es ging sowieso nicht und mit Katze noch viel weniger und dann wieder dieses ungerechte Gefühl, dass sie kannte, gegen das sie aber nichts machen konnte: Groll gegenüber Kitty, weil er ihr half. Völlig meschugge und irrational, aber nicht unterdrückbar. Sie wäre ihm halt gerne eine gleichwertige Partnerin gewesen.

Die Katze kam zwei Stunden später wieder, die Kinder weinten vor Freude, Kitty strahlte am Abend, als er es hörte und Nadine... brauchte am Abend eine Zigarette auf dem Balkon. Sie schmeckte nicht und nützte auch nichts.

Vielleicht doch, vielleicht war es ein vergessener Traum der Nacht, jedenfalls ging es Nadine am nächsten Morgen deutlich besser.

Die Katze hatte sich entschieden: Sie blieb bei Familie Reichelt. Was sich, in den folgenden Tagen, neben der Finanzierung, immer mehr als ein Problem herausstellte: Die erste Etage. Die Katze war es offensichtlich gewohnt, viel rauszugehen. Mindestens achtmal am Tag kratzte sie an der Tür, aber wie sollte sie unten auf sich aufmerksam machen? Die Kinder liefen dauernd zum Fenster oder gleich nach unten und kamen kaum zu ihren Hausaufgaben.

Eine Erdgeschosswohnung wäre ideal gewesen. Kitty schien ähnliche Überlegungen anzustellen. Den Gedanken auszusprechen wagte noch keiner. Die beiden Erdgeschosswohnungen im Haus waren deutlich größer und teurer. Zusammen wäre das vielleicht gegangen..., aber jetzt schon zusammenziehen? Wegen einer Katze? Ein verlockender Gedanke, sicherlich, aber sie waren ja beide noch immer völlig überrumpelt von ihren Gefühlen. Besser nichts überstürzen. Mal abgesehen davon, dass beide Erdgeschosswohnungen nicht frei waren und Teddy und Mittens sich immer noch nicht vertrugen...

Am Abend saß Nadine im Wohnzimmer auf der Couch und grübelte, als es auf einmal leise „Klonk" machte, als habe jemand ein Steinchen gegen das Fenster geworfen. Sie schaute in den Garten und sah dort Mittens betont unauffällig auf dem Rasen sitzen.

Nadine ging nach unten. Die Katze schnurrte zufrieden, rieb sich kurz an ihrem Bein und lief dann ins Haus. Nadine ging kopfschüttelnd hinterher.

Sie würden sich etwas einfallen lassen müssen.

- 17 -

Nicos individuelle Pflegeplanung hatte gewirkt. Pauer war schon seit drei Tagen wieder zuhause, aber noch den Rest der Woche krankgeschrieben. Die Pflegekräfte der Station hatten spontan eine Befreiungsfeier organisiert und Nico eingeladen. Kitty war froh, dass er nicht mit musste. Er hatte erst mal genug von Krankenhäusern und Pflegeeinrichtungen.

Britta und Kitty versuchten die Tage zu nutzen, um möglichst die Fälle abzuarbeiten, bei denen Pauer am meisten nervte.

„Hast du irgendeine neuen Idee, was unseren Dementenfall betrifft?", fragte Britta hoffnungsvoll.

Kitty schüttelte den Kopf. Er hatte eigentlich gerade damit angefangen, diesen Fall möglichst zu verdrängen.

„Ich hatte dir noch gar nicht erzählt, dass das Pauers Lieblingsfall ist. Er hat alle Filmchen mehrmals angeguckt und ich fürchte, sie haben ihm gefallen, zumindest war er fasziniert davon, wie viel Macht man haben kann. Ich glaube, so würde er gerne seine Verhöre durchführen. Naja, egal. Das Schlimmere: Er hatte eine Idee."

„Nachdem er ins Lehrbuch geschaut hatte?"

„In der Tat. Nach einer halben Stunde Blättern hatte er das passende Konzept gefunden: Öffentlichkeitsarbeit."

„Nicht völlig abwegig. Ging aber schief?"

„Aus Pauers Sicht war es ein voller Erfolg. Er war zwei Wochen lang jeden Tag in der Zeitung... Zugegebenermaßen gab es tatsächlich auch viele Hinweise. Das Tageblatt hatte dazu aufgerufen, alles nur ansatzweise Verdächtige über Demente im Bekanntenkreis oder in Heimen zu melden, insbesondere Spuren von Misshandlungen oder spurloses Verschwinden. Du glaubst gar nicht, wie viele Demente dauernd abhauen. Die meisten werden irgendwann in den ersten sechs Stunden gefunden, manche gar nicht. Einmal dachten wir, wir hätten ein Opfer gefunden. Eine 83-jährige wurde drei Tage nach ihrem Verschwinden Tod in einem Bach in Brück gefunden, fast zwanzig Kilometer weit weg von ihrem Zuhause, deutliche Spuren von Gewalt, aber bei der Obduktion kam raus, das waren alles ältere Spuren, keine in den letzten drei Tagen. Eher Misshandlung durch Angehörige oder den Pflegedienst oder in der Kurzzeitpflege zwei Monate vorher. Was wir alles an Hinweisen auf Misshandlungen zuhause oder im Heim bekommen haben, ist furchterregend."

„Irgendwas für unseren Fall?"

„Nein. Dafür weiß der Typ jetzt, dass wir in Köln nach ihm suchen. Falls er wirklich hier wohnen sollte. Das erleichtert die Arbeit nicht gerade. Gut, womöglich haben wir dadurch wenigstens weitere Taten verhindert. Seither ist kein Video mehr aufgetaucht."

„Das wäre immerhin ein kleiner Erfolg."

„Tja, wer weiß. Nico sieht das anders. Er war dagegen, an die Öffentlichkeit zu gehen. Hat Pauer geradezu angefleht, das zu lassen. Ich habe ihn glaube ich noch nie so ernsthaft erlebt. Er ist der Überzeugung, dass wir dadurch Morde provoziert haben."

„Wieso?"

„Er meinte, viele Angehörige seien sowieso nervös, weil ihre dementen Verwandten auf einmal wieder zu Bewusstsein kommen. Dieses neue Mittel gegen Demenz..., hast du schon davon gehört?"

„Alzagra?"

„Ja, genau. Es sind ja nun tatsächlich im Zuge der Befragung der Öffentlichkeit über zweitausend Hinweise eingegangen. Pauer hatte sich beim Pressetext etwas vertan, oder er wollte Nico provozieren... Wie auch immer, für unseren Fall hätten Hinweise auf längeres Verschwinden mit anschließenden Spuren von schwerer Gewalt gereicht, aber er hat darum gebeten, dass jeglicher blaue Fleck gemeldet wird."

„Zweitausend Hinweise?"

„Mehr als zweitausend, in einer Woche. Erschreckend, oder? Gut, das Meiste war leicht erklärbar. Marcumar, Gangunsicherheit, aber es musste eine Sonderkommission gebildet werden, um das alles abzuarbeiten. Und die Kollegen haben immerhin siebzig Fälle genauer angeschaut, bei denen es jetzt zu einer Anklage kommt."

„Aber das ist doch eigentlich gut, wenn da mal ein genauer Blick drauf geworden wurde, wenn da so ein Sumpf ist..."

„Tja, dachte ich auch. Nico hatte auch da Bedenken..."

„Warum?"

„Weil viele von den Patienten ins Heim mussten, als gegen ihre bisher pflegenden Angehörigen ermittelt wurde und das, wo sie teilweise über vierzig Jahre in ihrem eigenen Haus gewohnt hatten und nie in ein Heim wollten. So schlimm Schläge durch den Ehemann seien, womöglich waren sie es schon das ganze Leben gewohnt. Ob das Rausreißen aus der gewohnten Umgebung und von fremden Menschen gepflegt werden, für einige nicht die schlimmere Gewalttat ist, wer will das beurteilen? Insbesondere da die Versorgung im Heim oft ziemlich katastrophal sei."

„Ja. Da habe ich eine Vorstellung von."

„Außerdem war es oft gar nicht ausgeschlossen, dass es nicht doch wirklich einfach nur mehrere ungünstige Stürze hintereinander waren und dann, nur auf Verdacht hin, den Ehegatten einfach wegnehmen... Wow! Der gleiche Scheiß wie beim Jugendamt!"

„Und was meinte er mit provozierten Morden?"

„Ach, genau. Es ging halt viel durch die Presse und es ist Wahlkampf. Mehrere Politiker forderten harte Strafen und strenge Kontrollen und unser Chef hat sofort angekündigt, das umzusetzen. Mehr Kontrolle der häuslichen und stationären Pflege. Natürlich war das, wie üblich, nur eine Ankündigung; er hatte keinen Schimmer, wie er das hätte umsetzen können, aber es reichte, um es nicht gerade unwahrscheinlich erscheinen zu lassen. Die Zeitung tat dann noch ihren Teil dazu, indem sie Geschichten von ehemals Dementen abdruckte, die über ihr Martyrium berichteten und welche Strafen jetzt den Angehörigen drohten. Nico hat recherchiert, alles erfundener Scheiß, aber es sollte gereicht haben, dass einige Angehörige lieber ihre dementen Pflegebedürftigen unauffällig umgebracht haben, bevor rauskommen konnte, was sie ihnen angetan haben."

Kitty hatte jetzt eine etwas konkretere Vorstellung davon, warum Nico um Frau Kochem besorgt war. Ja, in der Tat. Das könnte die Angst gewesen sein, die Kitty bei der Tochter gespürt hatte.

Am Wochenende versuchten Nadine und Kitty noch einmal die beiden Haustiere miteinander zu versöhnen. Mittens schien anfangs etwas gnädiger zu sein, fauchte nicht, legte nur die Ohren an und beobachtete Teddy genau.

Teddy schnupperte interessiert an ihr, wurde dann aber von einem Geräusch hinter der Katze abgelenkt. Ein Vogel war gegen das Fenster geflogen, rappelte sich hoch und schaute verdattert zum Fenster rein. Teddy war alarmiert.

Fensterbrett! War da nicht die Schüssel der Katze? Wollte der Vogel etwa das Futter klauen?!?

Teddy stürzte los Richtung Fensterbrett, der Vogel flog davon und Mittens flog einen Meter durch den Raum, weil Teddy sie voll mit der Hinterpfote erwischt hatte.

Eine Minute später saß Teddy wieder bei Kitty in der Wohnung, schüttelte ärgerlich den Kopf und den Rest des Körpers und versuchte dann zaghaft zu wedeln. Autsch!

Da will man mal helfen und was bekommt man als Dank?
Die Katze hatte sich in seinen Schwanz verbissen und seine Ohren zerkratzt.

Zehn Minuten später lag Teddy glücklich und zufrieden schnarchend auf seiner Decke. Nadine und die Kinder waren rüber gekommen, hatten ihn bedauert und jeder hatte ihm ein Leckerchen gegeben. Vielleicht sollte er doch öfter zu dieser Katze rüber gehen...

Am Montag war Pauer wieder im Dienst und Britta fragte sich schon nach einer Stunde, wie sie je hatte froh sein können, dass er überlebt hatte.

Pauer hatte offensichtlich das Bedürfnis, alle in der letzten Woche ausgefallenen Anschisse nachzuholen. Besonders unverständlich war ihm, dass die Kollegen Frau Plettenberg noch nicht zu einem Geständnis gebracht hatten. Er bestellte sie für den Nachmittag ein.

Als Kitty nach Hause kam, sah man ihm an, dass er einen schlechten Tag gehabt haben musste. Nadine drückte ihn lange und schob ihn dann sanft Richtung Couch.

„Komm, setz dich. Ich mache Tee!"

Kitty trank vorsichtig einen Schluck heißen Pfefferminztee und entspannte sich langsam ein bisschen.

„Was war denn los? War Pauer so schlimm?"

„Ja. Aber das war zu erwarten gewesen. Was völlig überraschend kam: Er war erfolgreich - Frau Plettenberg hat gestanden."

„Oh, nein! Ich dachte, die Anwältin passt auf sie auf?"

„Ja. Für sie kam es auch völlig überraschend. Aber berechenbar war Frau Plettenberg noch nie."

„Aber du sagtest, sie sei es wirklich gewesen."

„Ja. Das ist das Schlimme. Sie sagt die Wahrheit. Sie hat aktive Sterbehilfe betrieben und ist stolz darauf."

„Ich glaub, sie hatte einfach keine Lust mehr auf Pauer. Schlimmer als mit ihm im Zimmer kann es im Knast auch nicht sein."

„Das war auch mein Gedanke. Insbesondere weil er wieder Zigarre geraucht hat. Naja, da war halt auch das Testament. Sie ist die Haupterbin. Ein ziemlich gutes Motiv. Sie meinte, sie habe davon nichts gewusst. Pauer hat ihr so lange vorgehalten, dass sie Frau Röber aus Habgier umgebracht habe, bis ihr der Kragen geplatzt ist: ‚Nein! Aus Liebe! Ich habe sie aus Liebe getötet!' Tja, auch wenn es mir nicht gefällt. Verhörtechnisch war das nicht schlecht..."

„Und nu?"

„Keine Ahnung. Ich wüsste nicht, wie wir Frau Plettenberg jetzt noch helfen könnten."

„Tja, ich auch nicht... Wenigstens habe ich eine Vorstellung davon, wie ich dir helfen könnte, auf andere Gedanken zu kommen..."

- 18 -

Nachdem die Nachricht vom Opfer durch die Presse gegangen war und somit natürlich auch alle PETA-Aktivistinnen davon erfahren hatten, entschlossen diese sich zu einer neuen Aktion:

Am Mittwochmorgen gingen sie alle zusammen zum Polizeirevier und jede Einzelne legte ein Geständnis ab, dass sie es gewesen sei, nur sie und die Anderen nicht.

Pauer war völlig aus dem Häuschen. 107 Geständnisse und überführte Mörderinnen an einem Tag und alle im grünen Zeitfenster. Ein Rekord für die Ewigkeit! Er hätte sie am liebsten gleich einsperren lassen.

Der dazu gerufene Staatsanwalt war weniger begeistert und ließ sie alle, nach einer ernstlichen Verwarnung und einer Belehrung darüber, was Behinderung einer Ermittlung sei und welche Strafen sie für Falschaussagen bekommen könnten, nach Hause.

Pauer hatte davon nichts mitbekommen, da er gerade damit beschäftigt war, seinen Kollegen einen langen Vortrag über seine tolle Statistik zu halten, die schon vorher toll gewesen sei, nun aber so dermaßen... - ab dieser Stelle wusste Kitty nicht mehr, was Pauer gesagt hatte, er kam erst wieder in der Wirklichkeit an, als Pauer gerade das Zimmer verlassen hatte und Britta völlig entnervt murmelte:

„Was haben die Pauer im Krankenhaus eigentlich gegeben? Einen Unerträglichkeitsverstärker?"

Sie warf das Lehrbuch, das ihr Pauer vor dem Rausgehen in die Hand gedrückt hatte (nachdem er ihr einen langen Vortrag darüber gehalten hatte, dass nicht nur seine Genialität für die bewundernswerte Erfolgsquote ursächlich sei, sondern auch die Beachtung dieses Buches usw.) in hohem Bogen in den Papierkorb in der anderen Ecke des Raumes.

Nico nickte anerkennend.

„Sehr guter Wurf! Ich denke aber nicht, dass es medikamentös bedingt ist; es war Pauers Apendektomie. Aus meiner Erfahrung als Pathologe, der schon in das Innere vieler Menschen geschaut hat, kann ich sagen, dass der Blinddarm oft der Zufluchtsort für den Rest von sympathischen Wesenszügen bei Menschen mit..."

„Würdet ihr bitte mal aufhören, meinen Kollegen zu mobben!"

Alle schauten Kitty erstaunt an.

„Ich fürchte, wir müssen uns daran gewöhnen, dass Kitty jetzt auch Witze macht...", grinste Nico.

„Könnten wir nicht wieder ins Rheinblick gehen? Da könnten wir Kittys Auferstehung feiern und Pauers Dasein ertränken."

Britta sah die anderen flehend an. Es gab keine Gegenstimme. Der gerade anwesende Georg wurde gleich mit eingeladen.

„Diese sich hier gerade gründende Tradition haben wir tatsächlich Pauer zu verdanken... Vielleicht sollten wir anfangs einen Zitronensaft auf sein Wohl trinken..."

Dieses Mal kamen sie alle gleichzeitig im Rheinblick an. Eine knappe Stunde lang unterhielten sie sich angenehm wenig über die Arbeit. Als Nadine dann Rachel am Flügel ablöste, fragte diese Kitty, ob es schon neues vom Mord am Putenmastchef gebe.

„Tja, Pauer geht immer noch davon aus, dass ihr einen gemeinschaftlichen Mord begangen habt. Ein Motiv habt ihr alle, am Tatort sind eure Fingerabdrücke, ein Alibi für die Tatzeit habt ihr nicht und für seine Statistik ist das natürlich bombenmäßig: 107 Mörder innerhalb der Grünkuchenfrist und alle am gleichen Tag von ihm überführt."

„Das meinst du nicht im Ernst, oder?"

„Was in seinem Kopf abgeht, keine Ahnung. Er machte so Andeutungen, dass ich befürchten muss, dass er die Ironie hinter eurer Aktion nicht begriffen hat und das wirklich glaubt. Jedenfalls seid ihr ihm alle suspekt. Aber wo wir davon sprechen: Du kennst ja ein paar von den Aktivistinnen und kannst vielleicht auch die Anderen einschätzen... Würdest du jemandem davon den Mord zutrauen?"

„Die meisten kenne ich nicht oder nur flüchtig. Wirklich gut kenne ich nur Julia Gavelner. Sie hat mich zu PETA gebracht und wir sind schon seit vielen Jahren befreundet. Sie ist zwar sehr aufbrausend, wenn es um die Verteidigung von Tierrechten geht, aber sonst eigentlich ein herzensguter Mensch. Das dürfte auf die meisten von uns zutreffen. Da sind zwar auch ein paar völlig Durchgedrehte bei, deren Aktionen mir zu heftig sind. Ungesetzliches passiert bei uns bestimmt häufig. Einbrüche in Mastbetriebe, um Missstände zu filmen oder beim Zirkus, um Tiere zu befreien. Viele von uns würden vieles tun, um Tiere zu retten, aber ein Mord? Denen, die ich kenne, traue ich das nicht zu."

„Ich wäre mir bei einigen nicht ganz so sicher", mischte sich Nico in das Gespräch ein. „Am Anfang, als wir noch nicht wussten, wer das Mordopfer ist, dachte ich, dass sei vielleicht ein Aktivist gewesen, der die Anweisungen falsch verstanden hatte oder durch einen Selbstmord einen besonderen Akzent setzen wollte. Sowas würde ich einigen dieser Fanatiker durchaus zutrauen."

„Du magst PETA nicht?"

„Überhaupt nichts dagegen, sich für Tierrechte einzusetzen und die meisten Aktivisten sind ja normal bis ganz in Ordnung, aber was ich mir von einigen anhören musste, als ich mich mit denen unterhalten habe. Unterhaltung konnte man das kaum nennen. *Tiere sind gut, Menschen sind schlecht*! Das ist bei einigen das ganze Weltbild, die Religion. Da sind Fanatiker dabei, die würden glatt einen Selbstmordanschlag durchführen, wenn sie wüssten, dass im Jenseits 72 Welpen auf sie warten..."

Rachel räusperte sich.

„Entschuldige, Rachel! Du warst natürlich nicht gemeint. Ich wollte nur sagen: Es geht auch weniger radikal. Ich helfe zum Beispiel bei der *Albert Schweizer Stiftung* und beim Tierschutzbund mit. Vielleicht wäre das auch was für dich? Manchmal kann man mit weniger Show mehr erreichen."

Rachel nickte.

„Da hast du Recht. Das ist leider bei vielen grundsätzlich guten Bewegungen so. Ich bin überzeugte Globalisierungsgegnerin und Antifaschistin, aber was die Kollegen und Kolleginnen da teilweise veranstalten, bewirkt ja manchmal doch eher das Gegenteil von dem, was wir eigentlich erreichen wollen. Eine gute Absicht, bringt nicht zwangsläufig gutes Handeln und schon gar nicht immer ein gutes Ergebnis..."

„Apropos gute Absicht...", wandte Kitty sich an Nico. „Hast du eine Idee, was man für jemanden tun kann, der der aktiven Sterbehilfe überführt worden ist, es aber aus guter Absicht..., naja, halt aus Liebe gemacht hat?"
„Frau Plettenberg?"
„Jo."
„Nichts, fürchte ich. Was sagt denn deine Intuition? Bist du der Überzeugung, dass sie ihr Geständnis ernst meint und nicht jemanden deckt?"
„Ja."
Kitty nickte, machte aber gleichzeitig ein nachdenkliches Gesicht.
„Was ist?", fragte Britta.
„Es war seltsam, als wir damals im Zimmer waren, hatte ich zuerst einen völlig anderen Eindruck."
„Erzähl!"
„Frau Plettenberg erschien mir unschuldig, aber die Kinder, der Arzt und die Schwester hinter dem Notfallwagen waren alle irgendwie schuld am Tod von Frau Röber."
„Oha!" Nico sah Kitty überrascht an. „Das könnte..., warum hast du das nicht gleich gesagt?"
„Naja. Ich habe nicht wirklich viel Ahnung von Medizin und die ganze Situation war irgendwie... Sie hatte ja eigentlich schon ein Geständnis abgelegt. Meinst du denn, da könnte irgendetwas dran sein?"
„Ehrlich gesagt, noch nichts Konkretes. Ich habe Frau Röber ja nicht untersucht, nur flüchtig gesehen, aber eigentlich... Frau Plettenberg hat gestanden, sie mit Insulin umgebracht zu haben?"
„Ja."

„Hat sie genauere Angaben gemacht? Wie viele Einheiten sie genommen hat?"

„Oh. Da müsste ich nachgucken. Das habe ich mir nicht gemerkt. Warum?"

„Ach, nur eine Idee. Mach dir nicht zu viel Hoffnung, aber ich werde mal etwas auf der Station nachforschen. Möchtest du mitkommen?"

„Nein danke! Habe mich in Krankenhäusern noch nie wohl gefühlt."

„Liegt wahrscheinlich daran, dass da zu viele Täter rumlaufen: Zum Beispiel Alkoholiker, die ihre Leber ermordet haben."

Britta verzog das Gesicht:

„Jetzt sind wir doch wieder bei Mord und Totschlag. Ich wollte mich hier eigentlich von der Arbeit erholen!"

„Du hast Recht."

Nico nickte entschuldigend.

„Widmen wir uns lieber den schönen Künsten. Was macht deine Verlagssuche, Rachel?"

„Nichts. Ich bin momentan nicht aktiv in der Richtung. Habe in den letzten Wochen mal wieder ein bisschen selber gelesen, also richtige, ernsthafte Literatur: Tolstoi und Dan Brown und dabei dachte ich mir: Hier schreiben Erwachsene über die richtige und ernsthafte Welt. Die Sprache, die Charaktere, die überzeugen mich, die könnten gar nicht anders sein und ich denke an meine Charaktere... Vom ersten Entwurf bis zur Fertigstellung werden oft völlig andere Menschen aus denen und das, was da am Ende so steht, sind alles schwache Menschen, die auch völlig anders sein könnten, wenn ich beim Schreiben andere Laune gehabt hätte..."

„Du weißt schon, dass auch andere Schriftsteller..."

Rachel unterbrach Nico: „Ja, ich weiß es. Aber es fühlt sich halt so an, als würde ich nur einen Schulaufsatz vorlesen. Alle nicken freundlich: Das war wirklich hübsch. Du hast die Aufgabenstellung beachtet und wenig Rechtschreibfehler gemacht. Toll, mein Kind! Jetzt bekommst du deine Lieblingsnachspeise und dann ab auf dein Zimmer und lass die Erwachsenen in Ruhe ihren ernsthaften Tätigkeiten nachgehen..."

„Tja, aber in Schulaufsätzen, wenn sie mit Herzblut geschrieben wurden, steckt doch viel mehr Leben, als in den meisten Erwachsenenromanen", sagte Nico. „Das ist schließlich aus der Zeit, nach der wir uns alle später irgendwie wieder zurücksehnen. Nicht, dass wir wirklich nochmal die ganzen Pickel und Probleme haben wollen, aber noch einmal die ganze Welt offen vor einem, alle Möglichkeiten strecken sich dir willig entgegen, keine Bindung, kein Festgelegtsein. Du wirst noch von Gefühlen, von Lust, von Illusionen angetrieben und gelenkt; nicht von Notwendigkeiten und Vernunft. Noch einmal als junger Bock unsinnig durch die Gegend springen, statt später ohne eigenen Willen mit der Herde mitzulaufen... Das ist doch die wichtigste Zeit, eigentlich die einzige Zeit, über die es zu schreiben lohnt..."

Britta schaute ihn mit glitzernden Augen an, Rachel nickte.

„Danke. Das war aufbauend. Ich habe auch nicht ernsthaft mit dem Gedanken gespielt, ganz aufzuhören. Ich kann gar nicht ohne Schreiben leben."

„Schreib doch mal ein Buch völlig ohne Drama; einfach nur Glück und Sonnenschein!", schlug Kitty vor. „Sowas würde ich gerne lesen."

„Als Leben wäre das wunderbar, Kitty, aber als Buch eine Katastrophe. Sonnenschein, blauer Himmel, wohltuend und schön. Aber wenn du ein Foto vom blauen Himmel machst, siehst du auf dem Foto...: Blau. Sonst nix. Ein dramatisch langweiliges Foto. Ein Foto vom Himmel mit vielen verschiedenen Wolkenformen, oder gar einer vereinzelten Gewitterwolke, oder sehr schwarzer Himmel mit etwas Sonne dahinter hervorbrechend, vereinzelte Strahlen... Das sind Bilder! Das sind Bücher! Pures Glück ist schön, aber man kann es nicht im Bild oder als Buch festhalten, ohne den Kontrast des Leids, des Zweifels, des Dramas... Warum hat uns Gott nicht einfach alternativlos im Paradies gelassen? Weil er uns Glück gönnte, das ohne die Möglichkeit des Unglücks, des Scheiterns, das ohne sein Gegenteil nicht spürbar wäre..."

Für ein (Kitty) bis drei Bier (Nico und Britta) unterhielten sie sich über Bücher, Filme und Musik.

Rachel berichtete irgendwann über den Film „Taucherglocke und Schmetterling" und Georg fiel dabei eine Reportage über einen jungen Wachkomapatienten ein, der schon als „lebend tot" ins Heim abgeschoben worden war, über passive bis aktive Sterbehilfe wurde nachgedacht, aber die Familie klagte dagegen und dann, nach jahrelanger intensiver Behandlung, konnte er tatsächlich wieder seinen Arm etwas bewegen und konnte durch Blicke, Mimik und Weinen kommunizieren.

„Ich fand sehr beeindruckend, was da an Leben wiederkam, bei jemandem, der fälschlicherweise schon für Tod erklärt worden war. Wir sollten uns nie zum Herrn über Leben und Tod machen!"

„Das machen wir doch längst", erwiderte Nico. „Dieser Wachkomapatient war ja bereits tot, wurde aber wiederbelebt. Wie kann man sich denn noch mehr zum Herrn über Leben und Tod machen, als wenn man den Tod rückgängig macht? Also entweder wir einigen uns darauf, dass niemand mehr reanimiert wird oder halt doch, dass auch in der anderen Richtung in den

Lauf der Natur eingegriffen werden darf, wenn dafür ein guter Grund vorliegt."

„Das ist nun aber doch ein Unterschied, ob ich eingreife, um Leben zu retten oder um es zu beenden. Jeder hat ein Recht auf Leben!"

„Aber niemand ist dazu verpflichtet zu leben."

„Leben ist das höchste Gut des Menschen!"

„Laut Grundgesetz ist das eigentlich die Würde. Leben an sich ist kein Wert, sondern lediglich ein Zustand. Ohne gutes Erleben, gute Erinnerung oder wenigstens mit einer hoffnungsvollen Perspektive ist es ein Nichts oder halt nur ein Verstoffwechseln; und wenn dann noch Schmerz und Verlust dazu kommt, die Würde tagtäglich verletzt wird, ist es eine Qual. Weiterleben müssen kann durchaus Folter sein."

„Aber der Bericht hat doch gezeigt, dass man nie die Hoffnung aufgeben..."

Nico unterbrach ihn und verzog dabei das Gesicht, als hätte er Schmerzen. Seine Stimme war leicht angeschlagen.

„Ich habe die Reportage auch gesehen. Ja, es gab Erfolge, mit denen niemand mehr gerechnet hatte. Die Erfolge waren sogar objektiv messbar: Zunehmende Gehirnströme, zunehmende passive und aktive Beweglichkeit, längere Wachphasen. Die Therapeuten waren sehr zufrieden mit sich. Ihr neues Konzept wird inzwischen international beachtet. Was nicht gemessen wurde: Die Zufriedenheit und die Gefühle des Patienten. Was genau sollten diese ‚Erfolge' denn für ihn bringen? Aus meiner Sicht wurde er jahrelang, jeden Tag, stundenlang mit anstrengenden und schmerzhaften Therapien gequält, damit andere einen Erfolg hatten... Falls ich mal so da liegen sollte: Wenn es irgendwie legal oder unauffällig machbar ist: Erlöst mich! Und wenn das nicht möglich sein sollte: Lasst mich wenigstens in Ruhe, wenn ich schon nicht sterben darf!"

„Du bist für aktive Sterbehilfe?"

Dem Ton seiner Frage nach, hatte Georg erhebliche Bedenken.

„Ja. Mit vielen Einschränkungen und strengen Regelungen zwar, aber ganz eindeutig: Ja! Sterben gehört zum Leben und es ist Aufgabe der staatlichen Gewalt, ein Leben in Würde und somit halt auch ein Sterben in Würde zu ermöglichen."

„Es kann doch nicht staatliche Aufgabe sein zu töten!"

„Mit Verlaub. Wir halten uns für viel Geld eine Bundeswehr, die auf staatlichen Auftrag hin unter anderem auch tötet. Ob man das gut findet oder nicht, ich eher nicht, aber egal... Jedenfalls kann es offensichtlich doch staatliche Aufgabe sein. Und wenn Hilfe beim Sterben die einzige Möglichkeit ist, die Würde eines Menschen zu schützen und zu achten, dann ist das meiner Meinung nach auch laut unserem Grundgesetz sehr wohl staatliche Aufgabe."

„Das ist eine sehr gewagte Interpretation, aber selbst wenn... Was ist mit unserer abendländischen Kultur, mit christlichen Werten?"

„Laut dem Namensgeber dieser Werte ist Liebe das allerhöchste und danach noch so einiges, bevor es um Leben an sich geht. Gott selber lässt seinen Sohn töten, damit wir alle von einer ominösen Urschuld befreit sind; er fordert Abraham auf, seinen Sohn zu töten; er selber bringt mal eben alle Erstgeborenen in Ägypten um, damit sein Volk auf Wanderschaft gehen kann, fordert die Todesstrafe für diverse Sünden... Mit Verlaub, mit dieser Religion für unbedingten Erhalt von Leben zu argumentieren, erscheint mir nicht gerade sehr fundiert."

„Du sollst nicht töten! Das ist doch wohl ziemlich eindeutig."

„In der Tat ist das ziemlich eindeutig, nämlich ziemlich eindeutig falsch übersetzt. Im hebräischen Original steht dort das Verb ‚ratsah', womit das Gebot eigentlich ‚Du sollst nicht morden!' lautet. Wäre wirklich ‚Du sollst nicht töten!' gemeint gewesen, hätte da ‚harag' stehen müssen. Nein, es geht bei diesem Gebot tatsächlich nur um verbrecherische Tötungshandlungen. Töten mit gutem Grund, gar aus Liebe oder zur Bewahrung der Würde wird damit aber sowas von nicht verboten!"

„Was ist mit eurem Hippokratischen Eid? Da wird doch die Hilfe zum Selbstmord ausdrücklich ausgeschlossen!"

„Genauso wie dort die Hilfe bei der Abtreibung und dass Ärzte Chirurgen sein könnten ausgeschlossen wird... Ich kenne tatsächlich einige Chirurgen, da wäre es besser gewesen wenn..., aber egal. Es gibt ja inzwischen zum Glück die Genfer Deklaration des Weltärztebundes, sozusagen eine neuzeitliche Fassung des Hippokratischen Eides, und da wird die Hilfe beim Selbstmord nicht mehr ausgeschlossen."

„Aber wären ausreichende Hospizplätze nicht eine bessere Lösung als aktive Sterbehilfe?", fragte Kitty, der auch immer noch nicht ganz überzeugt war.

„Die Hospizbewegung ist eine wunderbare Sache. Ich habe selbst bei der Errichtung von zwei Einrichtungen mitgeholfen und bin dort noch oft vor Ort. Es ist die bessere Lösung, aber sie reicht allein nicht aus. Du wirst ja erst aufgenommen, wenn die Sterbephase begonnen hat. Das unerträgliche Leid beginnt oft viel früher und dauert manchmal Jahre. Und...: Es wird nie ausreichend Einrichtungen geben. Es geht in unserem Gesundheitssystem nicht zuerst um den Bedarf, um Wohnortnähe, um das Wohlergehen der Sterbenskranken, es geht auch hier, wie immer, um die Wirtschaftlichkeit. Um ein neues Hospiz zu eröffnen, musst du nachweisen, dass genügend Nachfrage da ist, damit es sich von alleine trägt. Bestehende Hospize protestieren, wenn du ein neues in der Nähe aufmachen willst, weil sie ihre Kalkulation in Gefahr sehen. Der Mensch kommt wie üblich erst dann, wenn alles Finanzielle geregelt ist. Und das ist nur das aktuelle Problem. Es wird in Zukunft unmöglich sein, genügend Personal zu bekommen, um..."

„Erzähl doch mal den Fall aus Engelskirchen!", unterbrach Britta ihn. „Wir sind schon alle erschöpft und konkrete Beispiele sind immer besser als theoretische Abhandlungen."

„Gute Idee. Danke! Ich habe eine alte Bekannte in Engelskirchen, bei deren Mutter wurde ein beginnender Alzheimer diagnostiziert. Sie hatte bereits jahrelang ihren Mann gepflegt, der ebenfalls an Demenz erkrankt gewesen war und hatte eine Vorstellung davon, was mit ihr passieren würde. Sie hat sofort eine Patientenverfügung beim Notar verfasst, alles geregelt und genau festgelegt, dass sie keine lebenserhaltenden Maßnahmen und schon gar keine Reanimation wollte und als die Krankheit schlimmer wurde, hat sie mit allem abgeschlossen, hat alles geregelt... und dann hat sie sich mit Medikamenten umgebracht. Nicht sehr gekonnt und schön. Sie kämpfte erst mit Übelkeit und Schmerzen, das kann man eigentlich deutlich beschwerdefreier machen, wenn man sich auskennt oder Hilfe hat; jedenfalls entschlief sie, wurde aber dummerweise nach einigen Minuten vom Briefträger gefunden und reanimiert... Jetzt ist sie bettlägerig, Arme und Beine sind fast vollständig gelähmt; der Geist ist noch da, aber sie kann sich nicht mehr bewegen. Ein Zustand vor dem sie noch größere Angst als vor Alzheimer gehabt hatte, weil sie auch schon einen Sohn mit ALS pflegen musste... Jetzt könnte sie die Demenz wirklich gebrauchen, aber ihr Bewusstsein ist noch voll da und meldet ihr: Du bist in der Hölle! In genau dem Zustand, vor dem du immer am meisten Angst gehabt hast. Gefangen, geistig humpelnd und eine Belastung für alle, die du mal geliebt hast und das wahrscheinlich noch jahrelang..."

Für eine Weile waren sie alle still und nippten an ihren Getränken. Naja, bei Nico war es doch eher ein sehr zügiges Runterstürzen von viel Alkohol. Er wirkte ungewöhnlich unentspannt. Rachel stand mehrmals auf, um Bier nachzuholen. Die Bedienung war mit Nicos Schlagzahl deutlich überfordert.

Kitty stieß mit Nico an, trank sein Glas auch in einem Zug aus und sagte zu ihm:

„Okay. Mich hast du überzeugt. Aber was machen wir nun? Wie können wir da etwas verändern?"

„Das Thema aus seinem Versteck holen. Die Wichtigkeit klar machen. In der Bevölkerung gibt es ja sogar eine Mehrheit dafür, aber die meisten halten das für kein so wichtiges Thema wie zum Beispiel Wirtschaftswachstum, Asylpolitik oder Fußball. Ich kenne keinen Politiker, der das ganz oben auf der Liste hat, von dem, was er in seiner Amtszeit verändern möchte..."

„Dann musst du in die Politik gehen!"

Britta hatte nicht viel weniger getrunken als Nico, wirkte aber noch deutlich wacher und fitter.

„Wenn du meine Wahlkampfmanagerin wirst."

„Daran soll es nicht scheitern."

„Für welche Partei willst du denn antreten?", fragte Rachel.

„Ehrlich gesagt, für keine der aktuell im Rat vertretenen."

„Also gründen wir eine eigene Partei", sagte Britta fröhlich.

„Und wie soll die heißen?"

„Also, nach eurem Alkoholkonsum würde „Die Blauen" gut zu euch passen...", spottete Georg, der gleich deutlich machte, dass er sie nicht wählen würde, aber trotzdem konstruktiv mitarbeitete. Ein vorläufiges Wahlprogramm wurde zusammen erstellt. Die wichtigsten Punkte:

- Ein Recht auf einen selbstbestimmten, schmerzlosen Tod, auf Wunsch begleitet und medizinisch unterstützt.

- Die Schaffung einer unabhängigen Beratungsstelle zur Unterstützung bei allen Fragen zum Thema Tod und würdevollem Sterben.

- Massiver Ausbau von Hospizeinrichtungen, auch im ländlichen Bereich.

- Deutlich bessere Bezahlung für Pflegekräfte.

- Viertagewoche und vierzig Tage Urlaub im Jahr, bei vollem Lohnausgleich.

- Freibier.

- Sonnenschein.

„Wenn wir diesen Abend als Gründungsveranstaltung der Partei dokumentieren, müssten wir die Getränke eigentlich von der Steuer absetzen können", sagte Nico. „Kitty, du führst Protokoll."

„Ist okay. Ich hab zwar keinen Stift dabei, aber du kannst mir dann ja morgen wortwörtlich sagen, was wir heute besprochen haben..."

„Wie stellst du dir eigentlich deinen Tod vor, Nico?", fragte Rachel.

„Wie schon Reinhard Mey sang: *Ich möchte im Stehen sterben.* Um mich herum meine Freunde. Es soll gefeiert, getrunken und gesungen werden und am Ende der Feier will ich neben meinem Grab stehen, ein Glas Wein in der einen Hand, ein Tütchen in der anderen und trunken vor Alkohol, Glück und erfülltem Leben ausrufen: ‚Hey, was für ein genialer Trip!' und dann glücklich in die Grube fallen!"

Nico schien wieder besser drauf zu sein und als sie sich etwas später draußen voneinander verabschiedeten, hatte er wie üblich für jeden noch einen passenden lockeren Spruch parat. Da er aber wusste, dass Kitty ihn doch durchschauen würde, gab er diesem dabei einen diskreten Hinweis auf seinen Aufenthaltsort in dieser Nacht.

Kitty brachte Nadine nach Hause und ging dann auf die Hohenzollernbrücke, wo er, wie erwartet, Nico aufs Geländer gelehnt und auf den Rhein starrend vorfand. Neben ihm stand seine Tasche und eine halb volle Flasche Rotwein.
„Muss ich mir Sorgen machen?"
„Nein. Nicht wirklich. Aber danke, ja, es geht mir beschissen."
„Was ist los?"
„Sterbehilfe ist ein Thema, das mich manchmal völlig aus der Bahn wirft. Ich kann meine Erinnerungen nicht immer im Zaum halten. Ich habe dermaßen viele grausame Schicksale vor Augen, so viele gescheiterte Selbstmorde, so viel Leid, das sich endlos anfühlt, so viele Menschen, die litten wie Schweine und denen niemand half, obwohl die entsprechenden Mittel für einen schmerzfreien Tod direkt im Schrank neben ihnen waren. Es ist bei vielen Themen sehr anstrengend, Bescheid zu wissen und die, die zu entscheiden haben, haben keine Ahnung und wollen auch keine Argumente hören. Ihre Meinung steht fest und ist durch Fakten nicht zu erschüttern. Es mag arrogant klingen, aber ich kann ja nichts dafür, dass ich bei so vielen Dingen den Durchblick habe. Meist ist das nur nervig, aber hier ist es tragisch. Ein misslungener Abschluss kann einem das ganze Leben versauen. Adorno hat das etwas schöner ausgedrückt."

„Was du erzählt hast, ist wirklich hart. Aber sind das nicht nur Einzelfälle?"

„Ich kenne die Statistiken dazu. Selbst wenn man annähme, dass da wirklich alle erfasst wären, was ich nicht glaube, wären es mehrere ähnlich schreckliche Dramen jede Woche in Deutschland. Mit Dunkelziffer müssen wir von mehrfach täglichem unerträglichen Leid ausgehen."

„Glaubst du denn, du kannst etwas bewirken, wenn du in die Politik gehst?"

Nico starrte eine Weile überlegend auf den Rhein und schüttelte dann still den Kopf.

Beide schwiegen eine Weile.

„Das muss aber nicht wirklich etwas heißen..."

Kitty musste erst überlegen, worauf sich das bezog.

„Ich kann mich sehr gut erinnern, wie oft ich glaubte, das wird nix und es wurde was... Jedenfalls kann ich ja schlecht über die Politiker schimpfen, die sich vor einer Entscheidung drücken und dann selber keinen Versuch wagen."

„Sonst noch Wahlversprechen und Ziele für deine politische Laufbahn? Wirst du Bundeskanzler?"

„Nein."

Beide starrten wieder schweigend auf den Rhein.

„Hast du selbst schon mal mit dem Gedanken gespielt, dich umzubringen?", fragte Kitty.

„Jo. Früher oft. Ich sach mal: Die meisten geistig etwas tieferen Menschen haben drüber nachgedacht. Konkret geplant wie du und ich vielleicht nicht so viele..."

„Du weißt...?"

„Ja."

„Du warst...?"

„Ja."

„Oh... Danke!"

„Da nich für... Jedenfalls: Ich war, vor längerer Zeit, auch mal so weit, aber ich hatte Freunde, vor allem eine Freundin. Du hast sie im Krümel gesehen. Beate. Aussprechen ist manchmal eine wirksame Therapie. Aber wer hat schon so tiefe Freunde, dass man mit ihnen über sowas ehrlich und offen und heilend sprechen kann? Die meisten nicht. Was für eine Hilfe wäre es, wenn es eine Stelle gäbe, an die man sich wenden kann, Fachleute. Rat und, wenn gar nichts nützt, Hilfe zum Sterben... Das letzte Kapitel eines Buches ist wahrlich nicht das, welches misslingen sollte!"

„Und seitdem kein konkreter Gedanke mehr an Selbstmord?"

„Nein. Ich liebe das Leben, es ist seit Jahren sehr gut zu mir und ich habe mich halt entschlossen, es zu genießen. Durchaus auch Entscheidungssache, ob man glücklich ist oder nicht. Ich vermeide es, mich zu viel mit Sachen zu beschäftigen, die mich runterziehen könnten, deswegen bin ich mit der Idee, Politiker zu werden auch nicht gerade glücklich... Egal! Der Wirklichkeit muss man sich ja stellen, aber sich auf das Positive konzentrieren. Das ist eine Erkenntnis aus meiner Erfahrung mit Dementen: Das Wichtigste ist, sich gute Erinnerungen zu schaffen. Früher hatte ich eine kleine Zigarrenkiste unter dem Bett, wo ich Glücksbringer, schöne Briefe und die abgeschnittene Locke meiner ersten Freundin aufbewahrte. Heute habe ich eine Kiste im Kopf, in der ich schöne Erinnerungen, Bilder, Musik, Witze, Gedichte, weise oder liebe Worte aufbewahre, und wenn es mir schlecht geht, wie heute Abend, setze ich mich in meinem Kopf davor und stöbere, bis es mir besser geht."

„Tja, dafür ist so ein Gedächtnis natürlich ideal."

„Ja. Richtig gut. Aber die Zigarrenkiste habe ich trotzdem immer noch. Die Locke in der Hand zu halten, ist doch noch mal etwas Anderes... Eigentlich habe ich deine Frage eben unvollständig beantwortet. Ich denke immer noch an Selbstmord, aber nur noch als durchgeplanten Notausgang, für alle Begebenheiten, wo es nötig sein könnte..."

„Was für Begebenheiten?"

„Hauptsächlich für aussichtsloses Dahinsiechen mit Schmerzen im Alter oder bei schwerer Krankheit."

„Und was empfiehlst du so für den gewollten Abtritt?"

„Tut mir leid, Kitty, das werde ich dir nicht verraten."

„Du musst jetzt aber nicht dauernd darauf herumhacken, dass ich..."

Nico lachte.

„Entschuldige! So meinte ich das nicht. Ich sage das überhaupt niemandem einfach so. Es ist nämlich nicht so schwer, wenn man die richtigen Mittel hat. Manchmal ist es einfach besser, wenn da noch eine ordentliche Hemmschwelle zu überwinden ist, wie beim von der Brücke springen oder Aufhängen, damit man sich nicht in einer kurzen depressiven Phase mal eben ganz unkompliziert und schmerzlos aus dem Leben schleicht... Was ich dir aber versprechen kann: Falls ich noch lebe, wenn du es mal brauchen solltest... Du kannst auf mich zählen! Ich koch dir dann eine leckere Mahlzeit."

„Danke! Ich könnte im Bedarfsfall nur mit Erschießen dienen..."

„Ganz im Ernst: Das wäre mir eine wertvolle Option für den Notfall. Es kann ja immer passieren, dass man sein eigenes Material nicht dabei hat oder nicht mehr in der Lage dazu ist, es einzunehmen... Würdest du das echt machen? Es ist nicht ganz einfach, einen vertrauten Menschen umzubringen und sei es auch zu seinem Besten."

„Intuitiv würde ich sagen: Ja, im hoffentlich nie eintretenden Bedarfsfall. Das bekomm ich hin. Gerne aber erst in sechzig Jahren. Zumindest wenn ich dann noch so fit bin, einen gezielten Schuss abzugeben..."

„...und ich so fit bin, meinen Willen deutlich zu äußern. Es wäre übrigens sehr gut, wenn wir für den Fall einen Code festlegen könnten. Man kann sich nicht immer frei äußern oder hat das Sprachvermögen verloren und dann ist es gut, wenn man sich unmissverständlich festlegen kann."

„Ich hab schon ziemlich viel getrunken und verstehe nicht wirklich was du meinst. Vielleicht ein Beispiel?"

„Ein Wahrscheinliches oder das Unwahrscheinlichste?"

„Natürlich das Außergewöhnlichste."

„Okay. Für den Fall, dass ich gerade in die Hände von Terroristen falle und weiß, sie werden mich so oder so umbringen, aber vorher foltern, um irgendwas zu erfahren. Wenn ich dir im Moment der Entführung „Ich will ein Küppers-Kölsch!" zurufe, solltest du mich bitte sofort erschießen."

„Küppers-Kölsch?"

„Ja, das ist so abgedreht, da wirst selbst du dich dran erinnern."

„Aber woher soll ich wissen, ob du wirklich weißt...?"

„Ich werde niemals ein Küppers-Kölsch bestellen, außer wenn ich ganz sicher bin!"

„Versprochen?"

„Versprochen. Und du wirst mich dann ganz sicher erschießen?"

„Ja."

„Versprochen?"

„Versprochen."

„Danke, das ist mir sehr viel wert!"

Ein Zug fuhr mit wenig Passagieren, aber viel Lärm, über die Brücke.

„Diese Frau aus Engelskirchen... Ist sie körperlich noch sehr gesund? Wird sie lange so leiden müssen?"

Nico seufzte und starrte auf den Rhein.

„Sie hätte wahrscheinlich noch sehr lange leiden müssen..."

„Hätte?"

„Huch, habe ich etwa vorhin aus Versehen die falsche Zeitform gewählt? Nein, im Ernst. Ein natürliches Ende war nicht in Sicht, also wurde ihr geholfen..."

„Von dir?"

„Ja. Ihre Tochter ist eine wirklich gute alte Bekannte."

„Rumpelkoitus?"

„Kitty! Rompeculitos! Und in diesem Fall: Nein. Auch ich kann platonisch."

„Na, immerhin. Aber..."

„Ja?"

„Das kannst du doch nicht machen!"

„Aber zusehen wie sie leidet, wie sie ihre Würde von Tag zu Tag mehr verliert und das mitbekommt... Das kann ich machen? Ihre Verzweiflung spüren, hören wie sie weint, vor Schmerzen stöhnt und ihr nicht helfen... Das kann ich machen? Einfach zuschauen, wie sie von ihrem Körper gefoltert wird, wie sie tagtäglich durch die Hölle geht; tatenlos danebensitzen, obwohl ich weiß, wie ich ihr kurz und schmerzlos helfen kann..., das kann ich machen?"

„Tja, also..."

„Nein, das kann ich nicht machen! Selbst wenn ich dafür in den Knast müsste. Nein, das kann ich nicht machen!"

Nico nahm einen großen Schluck aus der Flasche.

„Okay. In diesem speziellen Fall kann dich wohl jeder verstehen. Selbst Georg war erschüttert."

„Ja."

„Aber...?"

„Ja."

„Moment! Wer ist hier der wortkarge Norddeutsche?"

„Du. Früher mal..."

„Ja... Ich bin auch beunruhigt."

„Nein. Musst du nicht. Das ist eine erfreuliche Entwicklung!"

„Danke."

Sie schwiegen eine Weile.

„Hilfst du öfters so... unkonventionell?"

„Also... Öfters ist ja ein sehr dehnbarer Begriff..."

„Es gibt Tage, da bin ich etwas beunruhigt und überlege wirklich, ob ich dich nicht mal ernsthaft zurechtweisen müsste."

„Oh, das mach ich schon selber..., aber trotzdem: Danke."

„Frau Kochem weiß irgendwas, was ihre Tochter beunruhigt?"

„Das war jetzt ein Sprung. Ja. Das glaube ich. Keine konkrete Ahnung, aber ein Freund von mir..."

„Herr Moning?"

„Ja. Er war zufällig dabei, wie Frau Kochem im Sessel saß und den Artikel im Kölner Tageblatt las, in dem um Hinweise bei Auffälligkeiten gebeten wurde und ihre Tochter sah, was sie las und wurde sehr blass und nahm ihr die Zeitung weg. Keine Ahnung was da ist, aber sie hat Angst. Du hast es ja auch gespürt..."

„Ja, in der Tat. Sterbehilfe, um einem Freund zu helfen, ich glaube da komme ich langsam mit zurecht. Aber Frau Kochems Tochter. Was auch immer sie gemacht hat, was auch immer sie verlieren könnte. Die eigene Mutter umbringen, das geht gar nicht!"

„Ich habe meine Mutter umgebracht", sagte Nico wie nebenbei, nahm einen Schluck Rotwein und starrte auf den Rhein.

Kitty sah in an und hoffte, dass seine Intuition falsch lag...

„Du... meinst... das... ernst..., oder?"

„Ja."

Kitty nahm einen sehr großen Schluck und überlegte, ob er irgendwie das Thema wechseln konnte, aber Nico begann zu erzählen...

„Ich habe zwar nie meinem Pharmakologie-Professor geglaubt, dass es für jeden Schmerz ein passendes Schmerzmittel gibt, aber dass es Fälle gibt, bei denen man nicht mal ein bisschen Linderung hinbekommt, hatte selbst ich nicht geahnt. Als meine Mutter unheilbar an Krebs erkrankt war und sie bei jedem Schmerzmittel nur die Nebenwirkungen hatte, da habe ich angefangen selber zu experimentieren... Muss ja für irgendwas gut sein, wenn man in Chemie der Klassenbeste ist..., okay, seien wir nicht zu bescheiden, auch noch Sieger beim Bundeswettbewerb und im Studium hatte ich auch, aber das ist ja... Jedenfalls habe ich dann..., danach... Wo war ich? ...Moment! Ich..."

Nico sah bestürzt aus, aber nur einen Moment, dann freudig überrascht:

„Ich habe wirklich keine Ahnung mehr. Ich weiß es nicht! Ich weiß nicht, was ich eben... Wahnsinn! Das ist so... Gott, was hat mir das gefehlt! Oh... Du glaubst nicht, wie gut das tut, mal etwas nicht erinnern zu können! Ich sollte mich öfter zu sehr betrinken oder das Zeug endlich absetzen!"

„Du wolltest etwas von der Versorgung deiner Mutter erzählen?"

„Oh, ja, genau! Es gab kein zugelassenes Schmerzmittel, das ihr half, da habe ich angefangen zu experimentieren... Morphin war das Einzige, was ihr gegen die Schmerzen half, sie aber völlig unruhig und desorientiert machte. Also machte ich ein paar Experimente mit Pflastern und Flüssigkeiten, nahm selber Hallowach, um die ganze Nacht zu recherchieren und experimentieren, es war schließlich eilig. Und siehe da, es ging auch ohne Benommenheit. Es waren nur noch wenige Wochen, aber die war sie bei Bewusstsein und ohne wesentliche Schmerzen."

Sie starrten schweigend auf die beleuchteten Wellen unter ihnen. Der Fluss murmelte etwas.

„Ach, Kitty! Diese Abende im Rheinblick sind toll, Rachel und Nadine spielen fantastisch, der Glendronach ist feurig, aber weißt du was mir fehlt?"

„Eine richtig gute Bedienung?"

„Aber sowas von ganz genau das!"

„Ja. An so einem Abend geht ein minutenlang leer stehendes Glas gar nicht!"

„Nicht nur das. Pascale oder Cora hätten gemerkt, was los ist und sich zu mir gesetzt."

„Ob Pascale heute da ist?"

„Nein."

„Sicher?"

„Ja. Ich habe einen ziemlich genauen Überblick, wer wann wo bedient..., also die wichtigen Bedienungen, in den gemütlichen Lokalitäten."

„Vielleicht ist Cora da."

„In der Tat. Könnte allerdings sein, dass das Hemmer schon zu ist um die Zeit."

„Wir schauen einfach mal nach; müssen ja sowieso in die Richtung."

Die beiden gingen von der Brücke und durch die Innenstadt Richtung Ehrenfeld und unterhielten sich weiter über ihre liebsten Kneipen.

„Bedienungen sind das wichtigste an einem Abend in der Kneipe", sagte Nico. „Ich habe schon eine ziemlich genaue Vorstellung davon, wie mein Himmel später aussehen wird: Die Tage und Nächte mit Britta verbringen und abends in Kneipen sitzen und dort bedienen im Wechsel Cora und Pascale, zwischendurch mal Katja, Judith und Martina... Wie stellst du dir deinen Himmel vor?"

„Nadine und Rachel am Klavier, Teddy, ein Brunnen mit Pfefferminztee, Bienenstich wächst auf den Bäumen, Glendronach fließt im Bachlauf vorbei..."

Nico nickte anerkennend.

„...der FC wird Meister..."

„Also völlig unrealistisch sollte die Vorstellung aber nicht sein!"

Sie wankten, schöne Luftschlösser teilend, über die Subbelrather Straße, als ihnen aus Richtung Hemmer ein Fahrrad entgegen kam. Kitty erkannte Chris, der fröhlich pfeifend freihändig an ihnen vorbei fuhr.

„Oh, Chris fährt schon nach Hause? Das wird knapp."

Tatsächlich ging, als sie zwei Minuten später beim Hemmer ankamen, gerade das Licht aus und Cora schloss die Tür ab..., um sie sogleich wieder aufzuschließen, als sie die beiden sah, und eine Flasche Cointreau zu holen.

Die drei setzten sich auf den Bürgersteig, tranken und philosophierten:

Nico zitierte Kafka und Schopenhauer,

Cora zitierte Saint-Exupéry und Nietzsche,

Kitty zitierte Heinz Erhard und Loriot.

- 19 -

Nach Dienstschluss am nächsten Abend fuhr Kitty Nico nach Hause, da dessen MX5 in der Werkstatt war.

„Wie geht es eigentlich Frau Kochem? Hast du einen Weg gefunden, auf sie aufzupassen?"

Nico schaute auf sein Smartphone, tippte etwas hin und her und nickte dann zufrieden.

„Ihr geht es gut. Sie wird gerade von ihrem Lieblingspfleger versorgt."

„Das ist ja erfreu... Moment! Das hat sie dir gerade geschrieben?"

„Nein. Sie kann keine SMS schreiben. Ich fürchte, sie kommt nicht mal mehr mit einem normalen Telefongespräch zurecht..."

„Stattdessen?"

„Tja, du bist ja gerade nicht im Dienst. Kann, was ich sage, trotzdem gegen mich verwendet werden?"

„Ich fürchte, du hast bei mir sowieso Immunität. Und bei Prinke habe ich mich ja auch nicht immer ganz nach Dienstvorschrift verhalten... Erzähl ruhig!"

„Also, da ich ja in ihrer Wohnung schlecht Wache halten kann, habe ich mit Hilfe von einem Freund..."

„Herr Moning?"

„Genau, mit Monings Hilfe ihr Telefon angezapft und in ihrem Schlafzimmer eine Überwachungskamera..."

„Okay! Danke! Es wäre mir glaube ich doch lieber, wenn ich nicht zu viele strafrechtlich relevante Details erfahre!"

„Oh, das ist womöglich sogar rechtlich grenzwertig in Ordnung. Antje zumindest meinte, man könnte mit etwas Flexibilität von Gefahr im Verzug reden und wenn man dann noch bedenkt, was unsere Geheimdienste die ganze Zeit..."

„Ist ja gut. Also eine Kamera im Schlafzimmer, wo du sie jetzt sehen kannst?"

„Ja. Und Bewegungsmelder, Atemzugszähler, Temperaturmessgeräte, Hygrometer, ein Art Babyphone mit Doppelfunktion: Zu laut, zu leise. Ganz viele Parameter und Details, die pausenlos an meinen Computer geschickt werden, der diese auswertet."

„Für sowas gibt es Software?", fragte Kitty beunruhigt. „Machen das etwa viele?"

„Nein. Die Software habe ich selber entwickelt und ich habe nicht vor, sie weiterzugeben. Ist auch sehr speziell für diesen Fall. Jedenfalls erhalte ich so, jedes Mal, wenn dem Computer eine außergewöhnliche Konstellation von Daten auffällt, einen Alarm und kann dann mit der Überwachungskamera gucken, ob alles in Ordnung ist. Gegen eine Pistole oder Messer hätte ich dann zwar trotzdem keine Chance, aber ich rechne eher mit Gift oder Ersticken..."

Kitty wusste ja schon lange, dass Nicos Gesetzestreue sich nur auf das Notwendigste beschränkte und doch war er ungewöhnlich stark beunruhigt. Irgendwas war diesmal anders! Die Beunruhigung steigerte sich immer weiter, ohne dass Kitty sich erklären konnte, warum... Zugegeben, das hier war extrem und

selbst für Nico mehr als... *Das bezieht sich gar nicht auf Nico!*
Kitty fuhr rechts ran und machte den Warnblinker an.

„Was ist los?" Nico schaute Kitty besorgt an.

„Keine Ahnung. Kannst du noch mal einen Blick durch die Überwachungskamera werfen?"

Nico holte sein Smartphone wieder aus der Hosentasche, das genau im gleichen Augenblick brummte.

„Oh, Scheiße! Kitty, schnell, fahr los! Da vorne direkt rechts und den Rest sage ich dir gleich!"

Kitty startete und fuhr los.

„Was ist los?"

„Frau Kochem hat eben bei der Polizei angerufen."

„Oh. Was hat sie gesagt?"

„Dass ihre Tochter versucht, sie umzubringen."

„Und... Ist sie wirklich dabei?"

„Nein. Sie liegt friedlich im Bett und ihre Tochter steht neben ihr. Da vorne rechts abbiegen!"

„Meintest du nicht vorhin, Frau Kochem kann nicht telefonieren?"

„Ja. Das ist das Beunruhigende. Sie würde es kognitiv kaum noch geregelt bekommen. An der Ampel links, bitte. Was erschwerend dazu kommt: Sie hat gar kein Telefon am Bett."

„Aber wie...?"

„Keine Ahnung, aber du hast ein schlechtes Gefühl und irgendwas stimmt hier offensichtlich nicht. Vielleicht hat Chris was mitbekommen und angerufen? Wir... Nach der Bushaltestelle links! Wir sind gleich da. Oha, jetzt geht es wirklich los..."

Kitty drückte das Gaspedal noch fester durch, obwohl er wusste, dass der alte Peugeot nicht schneller konnte.

„Was passiert?"

„Sie versucht es mit dem Kopfkissen... Da vorne, 47c!"

Sie sprangen gleichzeitig aus dem Wagen und rannten zu dem Mehrfamilienhaus, dessen Tür zum Glück offen stand. In der Ferne war ein Martinshorn zu hören. Die dürften zu spät kommen, hoffentlich kamen sie selber noch rechtzeitig.

Auch die Wohnungstür war offen und Kitty folgte Nico, der genau wusste, wo das Schlafzimmer war.

Frau Kochem lebte noch, schlug und trat ungezielt um sich, während ihre Tochter ihr das Kissen auf das Gesicht drückte. Sie drehte sich mit genervtem Blick und glasigen Augen zu Kitty und Nico um und lallte:

„Können Sie bitte einen Moment draußen warten? Ich bin gleich fertig!"

Zwei Stunden später saß Kitty mit Nadine auf ihrem Balkon und trank einen Pfefferminztee.

„Nico ist noch bei ihr im Krankenhaus. Es geht ihr gut und sie kann morgen wieder raus."

„Nach Hause? Wer kümmert sich da um sie? Ihre Tochter jetzt ja wohl nicht mehr."

„Soweit ich es verstanden habe, geht sie zuerst ein paar Tage in Kurzzeitpflege, damit Nico alles vorbereiten kann. Danach soll dann der Pflegedienst häufiger als vorher kommen und noch ein paar private Pflegepersonen. Nico will das morgen alles organisieren."

„Das muss für deine Statistik ja richtig gut sein: Tat und Aufklärung in einem. Pauer dürfte ziemlich neidisch auf dich sein."

„Ja. Eigentlich schon. Da es aber nur ein Mordversuch war, zählt es nicht so viel wie ein Mord. Ich nehme an, Pauer hätte tatsächlich auf Frau Kochems Tochter gehört, sie den Mord beenden lassen und erst danach verhaftet. Das wäre für die Statistik deutlich besser gewesen. Naja, es wird wahrscheinlich gar nicht in unsere Statistik kommen, weil Nico und ich ja nur als Privatpersonen da waren, Nico nicht mal ein Polizist. Jedenfalls verbuchen die Kollegen, die etwas später dazu kamen, den Fall bei sich. Unser Chef protestiert zwar, hat aber wahrscheinlich keine Chance. Die Kollegen haben das Verhör geführt."

„Sie hat gestanden?"

„Ja. Glücklicherweise. Ein umfassendes Geständnis. Sie war froh, sich mal alles von der Seele reden zu können. So wird es keine genauere Untersuchung geben müssen. Von wegen Telefonstandort und warum alle Türen offen waren..."

„...und du meinst, Chris ist gar nicht aufgefallen, dass das Telefon nicht beim Bett stand?"

„Nein. Er war viel zu aufgeregt."

„Wären denn die Kollegen rechtzeitig angekommen?"

„Das ist eine wirklich gute Frage..., auf die ich selber noch gar nicht gekommen bin... Nein. Wahrscheinlich nicht. Sie waren ungefähr fünf Minuten später vor Ort. Da wäre Frau Kochem wahrscheinlich schon tot gewesen."

„Außer wenn Chris eingegriffen hätte."

„Ja."

Kitty stellte sich ein paar alternative Szenarien vor. Alle nicht schön. Schon gar nicht eine Reanimation von Frau Kochem. Nein. Das mochte alles nicht völlig legal und ohne Lügen abgegangen sein, aber es war der ideale Ablauf gewesen.

Nadine ging rein, um noch einen Tee zu machen und Kitty starrte in den Innenhof...

Was wäre gewesen, wenn aktive Sterbehilfe legal wäre? Hätte Frau Kochems Tochter nicht womöglich einen Weg gefunden, eine gefälschte Willenserklärung ihrer Mutter zu erstellen und Sterbehilfe zu veranlassen? Vielleicht doch besser nur passive Sterbehilfe?

Erstaunlich..., bisher hatte Kitty sich nie mit diesem Thema beschäftigt und nun fiel es ihm dauernd vor die Füße.

- 20 -

Kitty war ausgeschlafen, geduscht, rasiert. Er hörte konzentriert zu; las Akten und wusste noch Seiten später, was vorne gestanden hatte; er stellte in zwei Stunden fünf Berichte fertig, die schon seit Wochen rumlagen. Ein vorbildlicher Arbeitnehmer durch und durch. Außergewöhnlich gut sortiert und doch: Der Kriminalist hätte heute auch zuhause bleiben können...

Es gab Tage, da merkte er schon auf dem Weg zur Arbeit: Die Intuition funktioniert nicht. Heute würde er nichts lösen, was nicht auch jeder andere durch Logik lösen konnte. Heute würde er nicht wesentlich besser sein als Pauer... Ein wirklich ernüchternder Gedanke, aber kein Drama. Andere machten immer relativ erfolgsarmen Dienst nach Vorschrift. Einfach abhaken. Pfefferminztee kochen und mit der heißen Tasse am Fenster stehen und von Nadine träumen...

Deutlich weniger entspannt war der Vormittag für Pauer. Sonst freute er sich eigentlich immer auf die Pressekonferenz, heute geriet er immer mehr in Panik, desto näher sie kam. Zu Recht.

Offensichtlich hatte er sich letzte Woche nicht zurückhalten können und dem Tageblatt schon angedeutet, dass es heute eine Sensation geben würde. Der Chefredakteur war extra aus dem Urlaub gekommen.

Da Pauer den Fabelrekord von 107 überführten Mördern an einem Tag aber nicht mehr präsentieren konnte - ein letzter verzweifelter Appell an den Staatsanwalt war ins Leere gelaufen - versuchte er nun einen von Georg gelösten Doppelmord so aufzubauschen, als wäre die Festnahme des Täters eine Sensation gewesen. Die Journalisten waren wenig beeindruckt, der Chefredakteur des Tageblatts stinksauer und völlig ungewohnter Weise sah sich Pauer einer Flut von Nachfragen zu diversen Fällen ausgesetzt, in der er immer mehr zu schwimmen begann.

„Gibt es endlich Fortschritte beim Serienmord an Dementen?"

„Nun, natürlich gibt es Fortschritte. Dieser Fall hat hohe Priorität für uns. Wir arbeiten mit Hochdruck und aller uns zur Verfügung stehenden Kraft und Zeit, können aber aus ermittlungstaktischen Gründen momentan noch keine weitere Auskunft geben."

„Aber sie ermitteln schon seit vielen Wochen und es gibt kein einziges konkretes Ergebnis!"

„In der Tat liegt das Ergebnis momentan noch..., trotz... dem großen Fortschritt, den wir schon erzielt haben..., äh, bisher deutlich unterhalb dem angestrebten Ziel. Wegen dem Fall mache ich mir in der Tat etwas Sorgen. Ich kann aber..."

„...keinen Satz mehr korrekt formulieren.", flüsterte Nico zu dem neben ihm sitzenden Kitty. „Er sollte sich mehr Sorgen um seine angeschlagene Grammatik machen. Hat er wegen seines verschwundenen Genitivs eigentlich schon eine Vermisstenanzeige aufgegeben?"

Pauers Sorge galt in Wahrheit einzig den hektischen Flecken, die er im Gesicht spürte und die hoffentlich auf den Fotos nicht zu sehen seien würden.

Nach diesem Desaster gab es eine außerplanmäßige Dienstbesprechung und am Nachmittag saßen alle verfügbaren Kräfte an dem Fall. Pauer schaute sich zum wiederholten Mal die Videos an.

„Vielleicht habe ich etwas übersehen..."

Alle anderen gingen in das Büro nebenan. Keiner hatte das Bedürfnis, sich das noch mal anzutun.

„Der kennt die Filme doch längst auswendig, so oft wie er sich die angeschaut hat!"

Georg schüttelte den Kopf.

„Aber diesmal stellt er sich vor, dass der Chefredakteur des Tageblattes gequält wird", mutmaßte Britta.

Wahrscheinlich hatte sie Recht. Jedenfalls sah Pauer hinterher deutlich entspannter aus.

„Ich finde es wirklich beunruhigend, wie faszinierend er Macht findet", sagte Kitty. „Wenn die falschen Zeiten wieder kämen, würde er sehr schnell den letzten Rest von Menschlichkeit ablegen, um aufzusteigen."

„Muss man nicht heute schon fast immer moralisch absteigen um aufzusteigen?"

Kitty schaute Britta verblüfft an. Er hätte ihr gerne widersprochen, denn das klang doch zu frustrierend. Aber eine glaubwürdige Erwiderung fiel ihm nicht ein. Er nickte wortlos.

Wie jeden Tag waren auch heute wieder zahlreiche Hinweise auf verschwundene Demente eingegangen. Normalerweise ließen sie sie, wie normale Vermisstenanzeigen, erst mal ein paar Tage liegen, da die meisten nach wenigen Stunden oder am nächsten Tag gefunden wurden oder selber wieder zurück kamen. Heute aber war aufgesetzte Betriebsamkeit angesagt, damit der Chef morgen eine Pressemitteilung mit schönen großen Zahlen, von Hinweisen, die bearbeitet worden waren, rausgeben konnte.

Am Abend hatten sie tatsächlich viele Ergebnisse vorzuweisen, zwar nicht zum Fall, aber der Chef war sehr zufrieden: Ergebnisse, Festnahmen und ähnliche Schlagwörter machten sich immer gut in einer Presseerklärung.

Unter anderem waren drei illegal ohne Steuerkarte beschäftigte 24-Stunden-Betreuungskräfte aus Osteuropa entdeckt und nach Hause geschickt worden. Die Verwandten hatten ein Verfahren zu erwarten und die Betreuten, die anfangs vermisst worden waren, dann aber wieder auftauchten, wurden ins Heim verfrachtet.

Zwei illegale Marihuana-Plantagen wurden entdeckt und zerstört. Hier war mit deutlich höheren Strafen zu rechnen, obwohl in beiden Fällen verzweifelt versichert wurde, dass der Hanf nur angebaut worden war, um als Schmerzmittel eingesetzt zu werden.

Britta packte sich an den sich schüttelnden Kopf:

„Nico wird einen Tobsuchtsanfall bekommen, wenn er das hört. Was Pauers Unfähigkeit an Kollateralschäden verursacht, ist aber auch echt nicht mehr zu ertragen!"

Kitty hatte nur drei Fälle bearbeiten können.

Der Erste war ohne wesentliche Vorkommnisse, allerdings mit einer sehr erzählfreudigen Ehefrau, die froh war, dass sie endlich mal ihr Herz ausschütten konnte.

„Wissen Sie, es kommt ja sonst niemand vorbei. Keiner unserer vielen guten Freunde meldet sich. Er erkennt sie ja auch nicht mehr..."

Bei der zweiten Vermissten war sich Kitty ziemlich sicher, dass es sich um ein Verbrechen handelte. Es war ein älterer Fall. Die Heimbewohnerin war schon vor zwei Wochen verschwunden und drei Tage später erfroren im Wald gefunden worden. Sie hatte damals abends unbemerkt den Wohnbereich verlassen, was nicht so einfach war, weil man einen Code eingeben musste, damit die Tür aufging. Das hatte sie vorher nie geschafft und die Schwester, die Kitty befragte, war sich sicher, dass sie das nicht alleine gemacht haben konnte.

„Vielleicht ist jemand anders rausgegangen und sie ist schnell mit durchgeschlüpft? Das passiert ab und zu, wobei ich das gerade ihr nicht zugetraut hätte. Sie war eigentlich sehr langsam, hatte ja auch Parkinson... Ach, warum gerade an diesem Abend, wo es die Nacht so gefroren hat?"

Tja, das war wahrscheinlich die richtige Frage. An diesem Abend war es am günstigsten gewesen, sie nach draußen zu schleusen, wenn man hoffte, dass sie dort den Tod finden würde. Laut Wetteraussichten sollte es drei Nächte hintereinander Frost geben...

Nico hatte Kitty erzählt, wie viel die Verwandten für einen Heimplatz der Eltern bezahlen müssen.

„Da braucht sich so manches erhoffte Erbe schnell auf, oder auch schon mal das eigene Angesparte. Ich kenne eine Familie, die wurde gezwungen einen Kredit auf ihr Haus aufzunehmen, um die Heimkosten für den Großvater zu bezahlen...Wir züchten uns unsere Mordmotive."

Kitty hatte große Lust, sich in den Fall zu verbeißen, aber obwohl er sich relativ sicher war, dass hier ein Mord durch Befreiung aus dem geschützten Wohnbereich vorlag..., noch sicherer war sich sein Instinkt, dass er nicht den Hauch einer Chance hatte, irgendwas zu beweisen...

Beim dritten Vermissten, einem Herrn Birkenbaum, wurde Kitty vor Ort von einer Schwester des Pflegedienstes empfangen. Das kleine Einfamilienhaus in Ostheim war in keinem guten Zustand. Die Teppiche und Tapeten zum Teil deutlich verschmutzt, in den Nebenräumen stapelten sich alte Zeitungen, ein Meer von leeren Flaschen und Dosen stand oder lag auf dem Boden, es roch unangenehm.

„Tut mir leid, dass es hier so aussieht. Wir würden gerne deutlich mehr machen, aber die Kinder wollen nichts zuzahlen und die Pflegestufe reicht nur für Pflege am Morgen und einmal die Woche Haushalt. Am Wochenende kommen wir gar nicht."

„Dann kommen die Kinder?"

„Das versprechen sie immer wieder, aber wir sehen ja, wie er und die Wohnung am Montagmorgen aussehen. Nein, er hat fünf Kinder, die hier alle in der Nähe wohnen, aber es kümmert sich keiner um ihn. Sie haben alle angeblich keine Zeit, obwohl nur einer eine volle Stelle hat. Und wenn wir fragen, ob sie vielleicht bereit wären, ein bisschen zuzuzahlen, damit wir auch am Wochenende noch kommen können, dann sagt jeder einzelne immer: ‚Ja, natürlich! Aber nur, wenn meine Geschwister auch etwas zahlen! Ich sehe nicht ein, dass ich alleine..., bla, bla, bla.' Die hätten alle genug Geld, aber... Wir machen schon deutlich mehr, als wir abrechnen können, sonst ließe sich das hier nicht aushalten."

„Und Herr Birkenbaum wird seit heute Morgen vermisst?"

„Ja. Als ich kam, war er nicht da. Kann natürlich sein, dass er schon seit gestern Vormittag weg ist. Er war schon zweimal verschwunden dieses Jahr, da haben wir ihn aber immer im Park wiedergefunden, da ist er heute nicht."

„Sie haben schon nach ihm gesucht?"

„Ja, aber nur kurz, halt im Park, ich musste ja noch meine Runde fahren und im Büro gab es auch noch einiges zu erledigen."

„Suchen denn die Kinder nach ihm?"

„Oh, ich bin noch nicht dazu gekommen, sie anzurufen. Ich bin seit sechs Uhr auf den Beinen und habe erst eine kurze Pause gemacht."

„Dann machen Sie jetzt mal Feierabend! Ich rufe bei den Kindern an."

„Ich würde mir da nicht viel Hoffnung machen, aber Sie können es gerne versuchen. Die Nummern sind hier in der Doku."

Kitty telefonierte mit den zwei Töchtern und drei Söhnen von Herrn Birkenbaum. Keiner wusste, wo er war. Nein, er sei schon länger nicht bei ihnen gewesen.

„Wissen Sie Lieblingsplätze Ihres Vaters, wo er früher immer gerne gewesen ist, wo er vielleicht auch jetzt hingegangen sein könnte?"

„Lieblingsplätze? ...Nein, da fällt mir gerade nichts ein."

Als Kitty weiter nachfragte, wurde immer deutlicher, dass sie ihn dieses Jahr noch gar nicht gesehen hatten. Alle erzählten von einer Weihnachtsfeier im letzten Jahr, die der Pflegedienst organisiert hatte.

„Könnten Sie uns eventuell beim Suchen helfen?"

Kitty rechnete nicht wirklich mit einer Zusage, aber mit den Ausreden hätten sie sich schon etwas mehr Mühe geben können. Der älteste Sohn, mit dem Kitty als letztes telefonierte, war wenigstens ehrlich:

„Hören Sie! Ich arbeite seit über dreißig Jahren, bin fast noch nie krank gewesen, bezahle immer meine Steuern und Abgaben, nicht so wie dieses faule Hartz-IV-Pack. Ich kann ja wohl erwarten, dass der Pflegedienst die Versorgung meines Vaters übernimmt, dafür werden die bezahlt, von meinen Beiträgen zur Pflegeversicherung! Und Sie suchen jetzt gefälligst nach meinem Vater, dafür zahle ich Steuern und zwar nicht zu knapp! Ich kann ja wohl erwarten, dass davon auch mal was für mich getan wird und nicht nur neue luxuriöse Unterkünfte für angebliche Flüchtlinge gebaut werden. Ha, Flüchtlinge! Haben Sie mal gesehen, wie die aussehen?! Alles gesunde junge Männer und jeder hat ein Smartphone. Das sind alles Schmarotzer, denen vorne und hinten alles reingesteckt wird, die hier auf meine Kosten Urlaub machen, während sich niemand um unsere Deutschen Rentner und Obdachlosen kümmert..."

Wahrscheinlich redete er immer noch. Kitty hatte längst aufgelegt. Eine Weile spielte er mehrere Möglichkeiten durch, wie er diesem „Besorgten Bürger" irgendwas anhängen und ihn verhaften könnte. Gerade hatte er einen konkreten Plan entwickelt, als die Schwester vom Pflegedienst anrief und Kitty mitteilte, dass sie Herrn Birkenbaum gefunden habe. Sie hatte sich doch in ihrer Freizeit auf die Suche gemacht. Kitty war erleichtert und beschloss, Karma die Rache zu überlassen und selber Feierabend zu machen.

Zwei Tassen Pfefferminztee lang schüttete Kitty bei Nadine sein Herz aus.

„Eigentlich müsste ich jedes Mal, wenn ich mich mit Pflege beschäftige, eine ganze Hand voll Leute verhaften! Für viele sogenannte Verbrecher habe ich Verständnis. Haschischkonsumenten, Ladendiebe, die klauen um zu überleben oder gar um zu helfen, manchmal sogar Mörder, sind oft sympathische Menschen, mit sozialer Ader, Menschen mit Empathie, die sich liebevoll um ihre Familie kümmern. Und dann bin ich mit Nico in einem Heim und da kommt ein Manager mit einer Rolex am Handgelenk vorbei, faltet das Pflegepersonal zusammen und geht wieder und es fällt ihm gar nicht auf, dass er vergessen hat, seine Mutter zu besuchen. Andere gehen wenigstens rein, haben dann aber kein wirkliches Interesse, ständiger Blick auf das Smartphone. Und wenn sie Interesse haben und der Bewohner schildert seine Leiden, seine Schmerzen, seine Einsamkeit... Dann wird sich im Schwesternzimmer beschwert. Mein Vater leidet! Sie machen etwas falsch! Da muss ein Fehler in der Behandlung oder der Pflege vorliegen. Das kann nicht einfach zum Leben dazugehören. Da muss etwas gemacht werden, da muss doch jemand verantwortlich für sein. Selber Zeit nehmen? Daneben setzen? Zuhören? Sorry, ich habe wirklich ungeheuer wichtige Dinge zu tun. Ich bezahle Beiträge, sehr hohe Beiträge, damit sich um meinen Vater gekümmert wird!"

„Du träumst also von einer Welt, wo jeder kiffen, klauen und wenn es berechtigt ist, auch morden darf. Aber sich nicht um seine Familie kümmern, das wäre ein Kapitalverbrechen?"

„Ja. So in der Art."

„Du verstehst es, eine Frau während ihres fruchtbarsten Zeitpunkts heiß zu machen..."

Sie nutzten trotzdem ein Kondom.

- 21 -

Kitty hatte sich über das Schlechte in der Welt und herzlose Angehörige im Besonderen so in Rage geredet, dass er in der Nacht mehrmals davon träumte. Er gehörte zu einer Spezialeinheit, die herzlose Angehörige und gewaltbereite Pflegekräfte überführte und festnahm. Mehrmals stürmte er als Anführer eines Sondereinsatzkommandos Privatwohnungen, einmal sogar die Uniklinik. Die Anklagen liefen meistens auf Körperverletzung durch unterlassene Hilfeleistung hinaus, teilweise aber auch auf Mord.

Endlich kämpfe ich wieder auf der Seite des Guten!

Kitty betrachtet sich nach der morgendlichen Wäsche zufrieden im Spiegel, als das Telefon klingelte.

„Moin."

„Kitty? Gut, dass ich dich endlich erreiche!"

„Sandra. Was ist los?"

„Ach, Kitty. Ich weiß nicht mehr was ich machen soll! Es ist furchtbar!!"

Kitty rollte mit den Augen, sagte aber nichts. Teddy sah ihn beunruhigt an. Sandra neigte dazu, einen längeren Gefühlsausbruch vor die eigentliche Information zu setzen. Heute hörte sie sich allerdings besonders verzweifelt an.

„Und das, wo Brianna es doch sowieso gerade so schwer in der Schule hat!"

„Was ist denn jetzt eigentlich passiert?"

„Oh. Ja. Du weißt ja noch gar nicht..., wo warst du eigentlich die letzten Tage? Ich habe bestimmt hundert Mal..."

„Ich hatte viel zu tun. Was ist passiert?"

„Ja." Sandra holte tief Luft. „Vater hat mich vorgestern die Kellertreppe runter geworfen."

„Was?"

„Na, aus Versehen. Ich kam gerade mit dem Wäschekorb hoch und war schon mit einem Fuß auf dem Flur, da macht er mit viel Schwung die Tür zu. Du weißt ja, wie er Zugluft hasst. Vor drei Wochen hat er doch glatt das Fenster im Bad..."

„Und was ist mit dir passiert? Wie geht es dir?"

„Ich? Ich habe mir einen Lendenwirbel und das rechte Handgelenk gebrochen. Der Notarzt meinte, ich hätte noch Glück gehabt... Naja. Ich bin noch bis Ende der Woche im Krankenhaus und komme dann in eine Reha. Jedenfalls. Vater dreht durch und Phillip und die Kinder sind überfordert und jetzt haben wir ihn in die Kurzzeitpflege gegeben, aber da kommt er gar nicht zurecht. Er hat Panikattacken, randaliert, hat schon eine Pflegekraft mit der Bettpfanne geschlagen. Auf Beruhigungsmittel reagiert er nicht, wie er soll. Paradoxe Wirkung oder so heißt das... Wenn wir ihn nicht bis morgen ruhig bekommen, müssen wir ihn wieder nach Hause nehmen oder er wird in die Psychiatrie weggesperrt..."

Kitty hörte ein Schluchzen am anderen Ende der Leitung. Nach einmal Schnäuzen und Räuspern ging es weiter.

„Ich weiß wirklich nicht, was ich machen soll! Könntest du eventuell für eine Woche herkommen, oder wenigstens das Wochenende und auf ihn aufpassen?"

„Tja, eigentlich gerne, aber ich..."

Kitty setzte schon zu einer wenig überzeugenden Entschuldigung an, als er wieder sein Gesicht im Spiegel sah. Noch so ein herzloser Angehöriger... Das Einsatzkommando bereitete sich draußen im Garten wahrscheinlich schon vor...

„Ich... Wie geht es dir denn eigentlich? Hast du Schmerzen?"

„Ein komplizierter Bruch im Handgelenk. Ob es wieder richtig funktionieren wird, ist noch unklar."

„Hört sich nicht so an, als ob du schnell wieder einsatzbereit wärst..."

„Nein."

Sie schwiegen einen Moment.

„Und du meinst trotzdem, es würde helfen, wenn ich das Wochenende da wäre?"

„Ja. Es wäre wenigstens ein Anfang."

„Was genau benötigt er denn an Hilfe?"

Die emotionale Einleitung, ohne konkreten Inhalt war sprudelnd hervorgebrochen. Die unangenehmen Details musste Kitty seiner Schwester mühsam aus der Nase ziehen. Zwischendurch hatte er das Gefühl, dass Sandra ihren Anwalt neben sich sitzen hatte, aber nach einem längeren und mühsamen Verhör lag das Geständnis auf dem Telefonboard:

Sandra wusste nicht, ob sie überhaupt jemals wieder die sehr aufwendige Versorgung ihres Vaters würde übernehmen können. Ob Handgelenk und Wirbelsäule wieder voll oder wenigstens gut funktionsfähig werden würden, war noch unklar, die nächsten fünf Wochen war sie definitiv nicht einsatzfähig.

Und der Vater war nur einigermaßen ruhig und führbar, wenn er zuhause war und bekannte Gesichter sah... Mit den meisten Menschen, wie auch seinem Schwiegersohn, konnte er nichts anfangen...

Das Heim hatte versucht, ihn medikamentös abzuschießen, hatte damit aber das Gegenteil erreicht. Er war nachts erst zu mehreren Nachbarinnen ins Zimmer gekommen und anschließend nackt auf das Dach des Heimes geklettert und habe dort

Tuba gespielt. (Die hatte als Dekoration im Speisesaal gehangen.)

Kurz: Eine dauerhafte Unterbringung in diesem Heim kam nicht in Frage. Zuhause bei Sandra ging nicht ohne sie. Die Kinder hatten inzwischen Angst vor ihm und Phillip wäre mit einer betreuenden Aufsicht rund um die Uhr auch ohne Vollzeitbeschäftigung überfordert gewesen, insbesondere da zeitweise eine Inkontinenz vorlag und alles Pflegerische ihm völlig fremd war...

„Dann macht es aber doch nicht wirklich viel Sinn, wenn ich das Wochenende da bin und Vater wieder in die Wohnung zu den Kindern käme..."

„Nein. Die fahren am Wochenende mit Phillip weg. Vielleicht könntest du ja in der Zeit noch ein anderes Heim mit ihm ausprobieren oder mit dem Pflegedienst... Ich weiß doch auch nicht!"

„Tja..."

„Am besten wäre natürlich, wenn du ihn für ein paar Wochen zu dir nehmen könntest. Er redet seit einiger Zeit sowieso dauernd von Köln."

Kitty sah verzweifelt zur Tür und hatte Mühe seinen Fluchtinstinkt zu unterdrücken. Wie einfach und klar war das Urteil gewesen, als es um andere gegangen war; wie klein schienen die Mühen für sie zu sein, obwohl er nichts von ihrem sonstigen Leben wusste, und nun bei sich selbst... Ihm fielen tausend Entschuldigungen ein, warum es nicht ging, warum er es nicht mit dem restlichen Leben vereinbaren konnte... Würde einer der Gründe ihn selbst überzeugt haben, wenn die Kinder von Herrn Birkenbaum ihn genannt hätten? Die klare und einfache Antwort auf diese Frage wollte Kitty nicht hören...

Sandra hatte schon vor ein paar Wochen erzählt, wie sehr ihr Leben eingeschränkt war. Er hatte es geglaubt, aber nicht ansatzweise nachgefühlt, bis er nun die Nachmittage mit Nadine und den Kindern verschwinden sah, die Abende bei Rachel und Cora, das stundenlange CDs stöbern bei Saturn, Spaziergänge am Rhein... Stattdessen ein ständiger Bereitschaftsdienst für seinen Vater, den er in den letzten Jahren nur ein paar Mal gesehen hatte und der ihm zuletzt sehr fremd geworden war.

Natürlich, es war sein Vater und er war verantwortlich für dessen Wohlergehen..., aber er war ja nicht der Einzige, dem er Zeit und Respekt schuldete... Nadine..., gerade hatte er sie aus ihrer Einsamkeit gelockt, um sie jetzt zu vernachlässigen? Die Kinder liebten und verehrten ihn, freuten sich über jedes bisschen Zeit und konnten eine Vaterfigur wirklich gut gebrauchen. Selbst Nico und Britta... Ach, die würden schon alleine klar kommen..., oder vielleicht nicht? Wäre er ohne Nico alleine klar gekommen mit Nadine? Vielleicht, vielleicht auch nicht... Welch eine Katastrophe diese Vorstellung... Wenn Nico und Britta ihn gerade jetzt brauchten?

Verzweifelte, aber vergebliche Suche nach Ausflüchten, die ihn überzeugen würden. Eine bequeme Lösung gab es nicht. Sandra weinte am anderen Ende der Leitung und Kitty wusste, dass er jetzt eine Entscheidung fällen musste und dass es eigentlich nur eine Möglichkeit gab. Seine Intuition sagte ihm zwar, dass sich da eine Katastrophe anbahnte, aber sie sagte ihm auch, dass er sich für jeden anderen Weg ewig hassen würde...

Kitty legte auf. Die Entscheidung hatte er gefällt. Ein gutes Gefühl..., kurzzeitig. Er hatte keine Ahnung, mit welchem der

42 Probleme, die ihm spontan eingefallen waren, er anfangen sollte. Er ging erst mal auf Toilette. Kein Problem weniger, aber trotzdem erleichternd.

Sein wedelnder Mitbewohner musste auch auf Toilette, aber eine Etage tiefer. Kitty setzte sich auf die Bank in seinem Garten, während Teddy sehr ausgiebig an allen Bäumen und Sträuchern schnupperte, bevor er sich endlich entschieden hatte, wo er sein Bein heben konnte.

Ob Kittys Entscheidung irgendetwas mit einer lebbaren Wirklichkeit zu tun hatte, würde sich in den nächsten Tagen rausstellen. Sein Optimismus hielt sich in Grenzen.

Die Sonne kam kurz hinter den Wolken hervor und Kitty schloss die Augen, nahm Wärme und Licht in sich auf. Positive Zeichen konnte er gerade sehr gut gebrauchen. Dass die Sonne schon wenige Sekunden später für den Rest des Abends verschwand und es anfing zu hageln... Ach nein. Das war Wetter, kein Zeichen!

Kitty war noch nicht wirklich sortierter als er bei Nadine klingelte. Die diffuse Vorstellung, dass Nadine sauer sein würde. Schließlich hatte sie konkrete Pläne fürs Wochenende gemacht, die Kinder bei *Heldenhelfen* angemeldet und überhaupt: ‚Du musst dich entscheiden!' Und genau an dieser Stelle seiner Vorstellung, war der unlösbare Knoten: Entschied er sich für seinen Vater, war dies eine Entscheidung gegen Nadine, entschied er sich für Nadine, würde diese ihn trotzdem verachten, weil er seinen Vater im Stich ließ...

Eine Minute später nahm Kitty sich zum wiederholten Mal vor, endlich mit dem sinnlosen Zergrübeln der Zukunft aufzuhören oder wenigstens nicht immer das Schlimmste zu befürchten.

Nadine nahm Kitty erst mal lange in den Arm und dann löste sie innerhalb weniger Minuten die Hälfte seiner Probleme mit grübelfreier Leichtigkeit. Dass Kitty hinfahren und seinem Vater helfen musste, war für sie selbstverständlich. Sie würde auf Teddy aufpassen.

„Am liebsten käme ich ja mit. Würde gerne mal sehen, wo du herkommst. Außerdem bin ich schon seit Jahren nicht mehr wirklich aus Köln rausgekommen..."

„Das wäre wunderbar! Aber Teddy liebt Autofahren gar nicht und das sind über dreihundert Kilometer! Mein Vater mag keine Hunde und dann ist da auch noch Mittens. Wir könnten natürlich Frau Geißler fragen, ob sie auf die Tiere aufpasst..."

„Sicherlich. Würde sie vielleicht sogar machen, aber nur um mal in Ruhe meine Wohnung durchstöbern zu können."

„Tja. Schade..."

„Aber es muss ja nicht Frau Geißler sein. Was ist mit Britta? Die liebt Hunde und Katzen. Vielleicht hätte sie Lust."

Tatsächlich hatte Britta nicht nur Lust, sondern auch noch eine gute Idee für die Versorgung von Kittys Vater. Ihre pflegebedürftige Nachbarin wurde von einer 24-Stunden-Betreuungskraft aus Polen versorgt und war damit sehr glücklich.

Britta hatte leider nur am Samstag Zeit, aber zum Glück sagte Rachel für Sonntag zu, so dass Nadine tatsächlich mit nach Varel fahren konnte.

- 22 -

Auf der Fahrt an die Nordsee erzählte Kitty über seine Kindheit. Aktuelles über seinen Vater konnte er kaum berichten. Viel hatte er in den letzten Jahren nicht mitbekommen, was zu der komplizierten und oft eskalierenden Beziehung von vorher aber eher ein Fortschritt war.

Sie fuhren kurz bei dem Haus vorbei, in dem Kittys Vater bis vor Kurzem gelebt hatte.

„Was passiert mit dem Haus?", fragte Nadine.

„Wir werden es verkaufen. Sandra und ich haben keinen wirklichen Bezug dazu, weil wir da nicht aufgewachsen sind und er erkennt es auch nicht mehr wieder. Hat ja auch nur ein paar Jahre darin gelebt."

„Mir gefällt die Gegend und aus dem Grundstück könnte man etwas machen. Können wir nicht hier einziehen?"

„Och... Schöner Gedanke. Aber leider: Nein. Das Gebäude ist sehr verfallen. Mein Vater hat die letzten Jahre, seit dem Tod meiner Mutter, nichts mehr dran getan und dann noch der Brand neulich in der Küche... Es müsste jetzt komplett saniert werden, für sicherlich weit über 50.000 Euro und es sind sowieso noch 120.000 Euro Schulden auf dem Grundstück. Wir können froh sein, wenn nach dem Verkauf die Schulden getilgt sind. Der Makler meinte, er habe schon ein paar Interessenten und mit etwas Glück könne er 150.000 als Kaufpreis rausholen. Nach Abzug von Maklercourtage und sonstigen Nebenkosten blieben dann genau die 120.000 für die Tilgung übrig. Und wenn es doch mehr als etwas Glück werden sollte, bekämen wir vielleicht noch ein kleines Weihnachtsgeld..."

„Das Geld würde dann aber doch eurem Vater zustehen?"

„Nein. Das ist tatsächlich unser Haus. Meine Mutter hat darauf bestanden, dass Sandra und ich als Eigentümer eingetragen werden. Sie ahnte schon, dass bei Vaters Lebensstil nicht viel Geld zu vererben übrig bleiben würde."

„Lebensstil?"

„Ja. Er hat hier in Köln leider eine ordentliche Spielsucht entwickelt und auch in Varel gibt es genügend Spielhallen... Ach, lass uns wenigstens eine Stunde Urlaub machen. Ich glaube es ist nicht gesund, wenn ich mich jetzt schon zu viel über meinen Vater aufrege..."

Sie fuhren nach Dangast an den Strand, gingen etwas spazieren und aßen danach einen Rhabarberkuchen im Kurhaus. Es war nicht mal eine Stunde, aber Nadine spürte deutlich, dass Urlaub etwas war, wovon sie ganz dringend, ganz viel brauchte.

Der angenehme Teil der Reise war sehr lecker, aber leider auch sehr schnell vorbei. Der Hauch von Erholung verwehte sofort, als sie Sandra im Krankenhaus besuchten und diese von den letzten Wochen mit ihrem Vater berichtete. Desto länger sie erzählte, umso häufiger brach sie in Tränen aus. Kittys Sorgen hingegen hatten schon nach kurzer Zeit ihren Zenit erreicht. Er war dermaßen ratlos und pessimistisch, wie das mit seinem Vater und ihm funktionieren würde, dass es ihn kaum noch mehr beunruhigen konnte. *Würde er nach den Wochen..., Wochen? Würde das reichen? Oh Gott, wie lange mochte das werden? Oder würde es schon nach wenigen Tagen eskalieren? Tage? Stunden?* Wie auch immer, er hatte seine Schwester noch nie so fertig und dünnhäutig erlebt. Sie hatte auch früher viel geweint, aber da hatten sich die Gründe mehr Mühe geben müssen. Würden Kitty in einigen Wochen auch die Tränen in die Augen treten, wenn er von der vollen Windel im Kühlschrank und dem Toast im Videorecorder erzählen würde?

Sandra redete sich immer mehr in Rage.

„Manchmal hätte ich ihn wirklich..."

Sie versuchte vergeblich beide Fäuste zu ballen und für einen skurrilen Moment lang streifte Kitty die Vorstellung, dass

Sandra auch zum Konsumentenkreis der Dementen-Snuff-Filmchen gehören könnte... Aber nein, da war zwar eine ganze Menge unterdrückter Aggression, aber sowas mündete eher in einer Affekttat.

Diese Filme und die User, die „Bestellungen" abgaben, das war keine Affekttat, das war Lust am Quälen, das war tiefkrank und nicht nur kurzfristig überlastet. Er schüttelte den Kopf. Sandra nickte.

„Ja. Furchtbar, oder?"

Und wieder begann sie zu weinen. Nadine half ihr beim Abtrocknen der Tränen.

„Ich brauch etwas zu trinken. Könnt ihr mir einen Tee holen?"

„Was für Tee möchtest du?", fragte Nadine, schon auf dem Weg zum Wagen mit dem Heißwasserbehälter vor der Tür.

„Schwarz natürlich!"

Nadine kam kurz danach ohne Tee wieder ins Zimmer.

„Tut mir leid, aber schwarzer Tee ist aus und die Schwestern machen gerade Übergabe. Willst du warten oder soll ich dir vielleicht doch etwas anderes machen? Kitty trinkt ja zum Beispiel gerne mal einen Pfefferminztee."

„Nein!"

„Doch."

„Oh... Das ist ja! Das ist..."

Sie errötete. Ein heftiger innerer Kampf war nicht zu übersehen.

„Ja, also..., wenn sonst nichts da ist. Wenn du mir bitte einen Fencheltee bringen könntest? Das geht wohl auch."

Nadine und Kitty tranken Pfefferminztee, Sandra Fencheltee. Nach einer halben Tasse wurde sie deutlich ruhiger. Als sie sich verabschiedeten, konnte sie sogar schon wieder lächeln.

Nadine und Kitty fuhren zum Pflegeheim, in dem sie schon sehnsüchtig erwartet wurden.

„Gott sei Dank, Herr Kittel! Wären sie heute nicht gekommen, hätten wir ihren Vater doch wieder in die Psychiatrie einweisen lassen. Er hätte Frau Bennert vergewaltigt, wenn die Nachtwache nicht zufällig vorbeigeschaut hätte."

„Nein!"

„Doch! Er sagte, er habe es eigentlich nicht gewollt, aber sie habe ihn ja dauernd darum gebeten. Sie sollten auf jeden Fall mal zum Neurologen mit ihm und ihn wegen der Halluzinationen behandeln lassen! Er hat die letzten Tage oft erzählt, dass er Stimmen hört."

Nachdem Kitty kurz darauf ins Zimmer seines Vaters kam und dieser, fixiert im Rollstuhl, gleichzeitig fasziniert und angeekelt auf den Fernseher starrte, in dem RTL2 in altengerechter Lautstärke lief, hatte Kitty sofort eine sehr genaue Vorstellung von der Quelle der Halluzinationen und Stimmen und davon, was in der Nacht abgelaufen sein mochte. - Er wusste ja, was bei RTL2 ab 23:00 für Reklame lief und wie offensiv die nackten Frauen dort zu sehr konkreten Handlungen aufforderten...

Sein Vater beachtete Kitty und Nadine anfangs nicht. Erst als Kitty ihn an der Schulter berührte, „Hallo Paps!", schaute er vom Fernseher weg. Einige Momente lang starrte er Kitty ratlos an, dann kam die Erkenntnis:

„Maximilian! Ist die Schule schon aus?"

„Ich gehe nicht mehr zur Schule! Ich bin jetzt bei der Polizei."

In Herr Kittels Kopf arbeitete es sichtbar.

„Ja. Klar. Weiß ich doch! Und wie war es heute?"

„Bis eben noch recht ruhig..."

„Und..., ist das eine Klassenkameradin von dir?"

„Ich gehe nicht mehr... Ach, egal! Das ist Nadine, meine Freundin."

Das Packen der Sachen dauerte nicht lange. Die meiste Kleidung war in einen großen Müllsack gestopft, der leider nicht geruchsdicht war.

Als sie vor Sandras Haus anhielten, hatte Kittys Vater offensichtlich keine Ahnung, wo sie hier waren.

Sandras Mann begrüßte sie kurz, zeigte ihnen das Wichtigste im Haus, stellte ihnen die polnische Pflegekraft Maria vor, die wenige Stunden vorher angekommen war und auf der jetzt alle Hoffnungen ruhten und verschwand dann mit den Kindern zu seinen Eltern nach Wittmund. Er hatte letzte Woche einen Nervenzusammenbruch erlitten. Ob er nach dem Wochenende wieder einsatzfähig sein würde?

Kitty bemühte sich, seine Intuition, die zu dieser Frage und zu den Erfolgsaussichten von Maria eine ziemlich deutliche Meinung hatte, nicht zu beachten.

Die ersten zwei Stunden waren in Ordnung. Kittys Vater kam mit Maria gut zurecht, ließ allerdings eine anzügliche Bemerkung nach der anderen fallen. Beim ersten Vorlagenwechsel kam es zu einer etwas lauteren Unterhaltung zwischen den beiden.

Als Maria wenig später nach Hause telefonierte und dabei Polnisch sprach, drehte Kittys Vater völlig durch. Er rief zuerst Verwünschungen auf das polnische Volk im Allgemeinen und dann auf Maria im Speziellen, als wäre diese für das Leid, welches seinen Eltern bei der Vertreibung aus Pommern angetan worden war, persönlich verantwortlich. Maria kannte allerdings auch eine große Auswahl von drastischen Schimpfwörtern und zeigte, ähnlich wie Kittys Vater, einen Hang zu Handgreiflichkeiten, so dass Kitty nach der fast eine halbe Stunde andauernden Auseinandersetzung froh war, dass dies kein Fall für die hiesige Mordkommission geworden war. Ein kaputter Stuhl, drei Gläser und eine Vase in Scherben.

Irgendwann war Kittys Vater im Bett, Maria auf dem Weg zurück nach Polen und Nadine und Kitty saßen auf der Couch und hätten gerne die Ruhe genossen, doch die Frage, wie es nun weitergehen sollte, machte unangenehme Geräusche...

Die Hoffnung, dass ihnen über Nacht eine einfache Lösung einfallen würde, erfüllte sich nicht.

Der Vormittag verlief einigermaßen friedlich, nur die Pflege gestaltete sich sehr schwierig. Kittys Vater mochte Nadine zwar sehr gerne, erzählte fröhlich mit ihr, aber anfassen lassen wollte er sich von ihr nicht. Kitty durfte ihm zwar, nach längerer Überredung und Diskussionen darüber, ob das wirklich nötig sei, beim Waschen helfen und die verschmutzte Kleidung wechseln, wurde dabei aber fast ununterbrochen kritisiert und beschimpft.

Zum Glück hatte Kittys Vater noch immer den geregelten Lebensrhythmus von früher und legte sich nach dem Mittagessen ins Bett. Es roch zwar so, als wäre die Hose schon wieder nicht ganz sauber, aber Nadine und Kitty brauchten ganz dringend diese kleine Pause.

„Hast du irgendeine Vorstellung, was wir machen sollen?"

„Tja, jetzt ist es wohl an dir, spontan ein Kind zu adoptieren, ein sehr großes. Und ich fürchte, der macht mehr Arbeit als die beiden Kinder, die ich damals überraschend geschenkt bekam...

Vielleicht geht es ihm in Köln ja besser. Er lebt in der Erinnerung sowieso gerade da."

„Aber wie soll das funktionieren?"

„Jeden Morgen bevor du zur Arbeit gehst, verhaftest du ihn, legst ihm Handschellen an und schließt ihn in Untersuchungshaft in sein Zimmer ein. Abends wird er dann aus Mangel an Beweisen freigelassen."

„Ich fürchte abends sind dann sehr viele Beweise seiner Taten im Zimmer zu bewundern."

„Dafür kannst du ihn dann am nächsten Morgen wieder verhaften."

„Immerhin eine deutlich bessere Idee als alles, was mir bisher eingefallen ist."

Nadine ging zum Telefon.

„Ich ruf mal bei meinen Kindern an und bereite sie darauf vor, dass da demnächst noch jemand auf der Etage wohnt, du deutlich weniger Zeit für uns hast und ich auch öfter mal helfen muss..."

Zuerst war Rachel am Telefon und fragte, wie es ihnen und Kittys Vater gehe. Nadine und Kitty erzählten ein bisschen von ihrem Abenteuerurlaub. Nachdem Nadine länger mit den Kindern gesprochen hatte, kam Rachel nochmal ans Telefon. Sie bot an, bei der Versorgung mitzuhelfen. Sie könnte tagsüber auf Kittys Vater aufpassen und gegebenenfalls auch bei nötiger Pflege helfen. Sie hatte etwas Erfahrung durch die Versorgung ihrer Oma im letzten Jahr.

Ein kurzer Moment von Erleichterung und Hoffnung endete unsanft mit einem lauten Knall im Nebenzimmer. Nadine verabschiedete sich schnell, legte auf und lief Kitty in das Schlafzimmer hinterher.

Kittys Vater lag nackt auf dem Boden auf der einen Seite des Bettes und stöhnte, auf der anderen Seite des Bettes lag das große alte Röhrenradio, vor dem Bett lag ein Haufen verschmutzte Kleidung und eine Zahnprothese. Was genau passiert war, konnte selbst der erfahrene Kriminalist nicht herausfinden.

Besonders verwirrend war der Umstand, dass Kittel senior seine eigenen Zähne noch im Mund hatte. Bei der Spurensuche fanden sie noch zwei weitere Zahnprothesen, die ihm nicht gehörten.

Kitty führte ein unangenehmes Gespräch mit dem Pflegedienstleiter und auf dem Weg nach Köln fuhren sie noch kurz beim Heim vorbei und gaben die überzähligen Zahnprothesen dort ab.

Kitty umklammerte das Lenkrad so fest, dass die Knöchel weiß waren. Er wusste, sobald er das Steuer loslassen würde, würden seine Hände automatisch an die Kehle seines Vaters gehen. Wenn dieser gerade mal nicht über Kittys Fahrstil schimpfte, wärmte er irgendwelche Geschichten aus Kittys Kindheit auf.

„Zwei Tage hat das Kettcar gehalten, dann hast du es schon zu Schrott gefahren."

„Es war nicht Schrott. Der rechte Hinterreifen war abgebrochen, aber ja auch nur weil Alexander mit seinem Kettcar gegen..."

„Ich hatte dir gesagt, dass du mit dem nicht..."

„Ich habe..."

Nadine unterbrach die beiden Streithähne:

„Herr Kittel, sind sie eigentlich jemals auf dem Rosenmontagszug mitgefahren?"

„Ja! 1979 war ich Leibwächter der Prinzessin auf unserem Wagen..."

Während sein Vater nun zum dritten Mal die gleiche Geschichte erzählte, konnte Kitty endlich wieder seine Zähne aus dem Lenkrad nehmen und in Ruhe weiter fahren.

Es war fast wie bei „Ich packe meinen Koffer": Nadine wusste immer mehr Details aus den bisherigen Versionen von Kittels Erzählungen und setzte diese geschickt für Nachfragen ein, so dass Kittys Vater diesmal, nachdem er bei der ersten Version nur 15 Minuten benötigt hatte, fast eine Stunde voll seliger Erinnerung vom Rosenmontagszug 1979 berichtete und erst kurz vor dem Leverkusener Kreuz fertig war...

- 23 -

Kitty hatte keine Ahnung, wie das jetzt gleich funktionieren würde. Wo sollte sein Vater schlafen, in Kittys Bett oder würde er auf dem Sofa zurechtkommen? Wie würde er sich mit Teddy vertragen? Gab es irgendetwas, womit er die Wohnung in Brand stecken konnte? Wie klemmt man einen Herd ab? Wie genau sollten sie rund um die Uhr auf ihn aufpassen?

Kitty wusste, die Liste der Fragen hatte gerade erst angefangen, aber er war von der Fahrt schon zu erschöpft, um noch weiterzudenken. Irgendwie würde es sich richten... oder halt in einer Katastrophe enden...

Kitty öffnete die Tür zu seiner Wohnung. Teddy flitzte raus und rannte bellend, winselnd, wedelnd zwischen Kitty und Nadine hin und her. Dann bemerkte er Kittys Vater, blieb abrupt stehen und begann zu knurren. Kittys Vater versuchte den Hund zu treten, verfehlte ihn aber knapp.

Es entstand ein Tumult, an dessen Ende Nadine mit Teddy in ihrer Wohnung verschwunden war und Kitty mit Rachels Hilfe seinen Vater in seine Wohnung gezerrt hatte.

Kittys Vater war anfangs kaum zu beruhigen, die ungewohnte Umgebung irritierte ihn sehr, bis er Rachel auf einmal länger musterte, die Stirn runzelte und sie erkannte. (Wen auch immer... Rachel kannte er definitiv nicht, aber offensichtlich erinnerte sie ihn an eine gute Bekannte von früher. Sein Vater hatte nie viel von seiner Jugend erzählt und Kitty hatte auch nicht gefragt.)

Kittys Vater wurde sofort ruhig, setzte sich hin und begann Rachel von seinem Tag zu erzählen...; also von dem in seiner Zeitrechnung heutigen Tag, der nichts mit einer Fahrt von Varel nach Köln zu tun hatte... Irgendeine Karnevalssitzung? Kitty konnte sich nicht auf die Geschichte konzentrieren, weil er von der anderen Seite des Flures sehr aufgeregtes Bellen hörte. Rachel setzte sich zu seinem Vater und nickte Kitty zu:

„Geh mal nachgucken. Ich habe hier alles im Griff."

„Danke!"

Kitty klingelte und eine deutlich gestresste Nadine öffnete die Wohnungstür.

„O weh! Ich dachte ja, meine zwei Kinder wären anstrengend und jetzt guck dir diese beiden Chaoten an!"

Kitty sah Teddy hektisch durch die Wohnung laufen, auf der Flucht vor der Katze, die wild fauchend hinter ihm her raste, immer wieder auf ihn sprang und sich im Fell festkrallte, bis sich Teddy schüttelte und die Katze in hohem Bogen wegflog. Zwei Stühle waren umgefallen, die Tischdecke lag auf dem Boden, daneben ein Teller in Scherben.

„Oh, Scheiße!"

„Ja. Das ist wohl der kriminaltechnisch korrekte Fachterminus für diese Situation."

Teddy bemerkte Kitty und versuchte sich hinter ihm zu verstecken. Mittens sah in Kitty aber kein ernsthaftes Hindernis und lief durch seine Beine. Bevor sie sich wieder in Teddys Fell hängen konnte, hatte Kitty sie am Nacken gepackt und hielt sie hoch:

„Fräulein Mittens! Sie sind verhaftet! Ich nehme sie fest wegen Dog-Mobbings!"

Teddy sah stolz zu seinem Helden hoch und lief dann schnell zur Tür.

„O weh! Jetzt aber flott!"

Nadine lief auch zur Tür.

„Wenn er sich aufregt, schafft er es manchmal nicht mehr bis nach draußen. Auf dem Wohnzimmertisch stehen übrigens ein paar Plätzchen. Die hat Britta gebacken. Nimm dir welche, sind wirklich sehr lecker."

Sie öffnete die Tür, Teddy lief schnell raus, ohne auf mehr oder doch eher weniger zufällig dort rumstehende Nachbarinnen zu achten.

Frau Geißler landete unsanft auf ihrem Steiß. Teddy lief weiter, ohne dieses unbedeutende Hindernis wirklich wahrzunehmen, und war inzwischen schon bei der Tür zum Garten angekommen. Frau Geißler funkelte Nadine zornig an:

„Ich werde euch alle eigenhändig..."

„Lieb von Ihnen, dass Sie uns helfen wollen!", unterbrach Nadine, dabei weiter laufend. „Sie auch noch dabei und das Chaos ist endlich perfekt!"

Frau Geißler wollte ihr gerade etwas nicht ganz Christliches hinterherrufen, als Kitty aus Nadines Wohnungstür trat, in der einen Hand eine Katze, in der anderen Hand einen angebissenen Keks.

Er lächelte freundlich und streckte ihr den Keks hin.

„Gebäck?"

Genau in diesem Augenblick brach hinter Kittys Tür ein schallendes Gelächter von Rachel und Kittys Vater los und Frau Geißler fiel in Ohnmacht.

- 24 -

Kitty war froh, wieder arbeiten zu dürfen. Erst mal einen Tee machen und dann Mörder und andere Schwerverbrecher jagen. Im Vergleich zu dem, was gestern bei ihm zuhause abgelaufen war, konnte das nur erholsam werden.

Das Chaos hatte sich erst spät am Abend gelegt. Mittens war müde geworden und hatte sich unter die Couch verzogen. Teddy hatte sich daraufhin auch irgendwann beruhigt, so dass er tatsächlich bei Nadine hatte übernachten können, nachdem vorher ein erneuter Versuch, Teddy und Kittel senior anzufreunden, grandios gescheitert war.

Kittys Vater war erst wieder ruhiger geworden, nachdem Nico vorbeigekommen war und ihm ein paar Tropfen aus einem Fläschchen gegeben hatte. Details zur Medizin wollte Kitty nicht wissen. Die Wirkung reichte ihm völlig aus.

Nur Frau Geißler war überhaupt nicht zu beruhigen gewesen, zeterte auch am späten Abend noch in unveränderter Lautstärke herum und weigerte sich standhaft die Entschuldigung von Nadine und Kitty anzunehmen. Wenn alle anderen Probleme bloß auch so unbedeutend gewesen wären!

Stand der Dinge war jetzt, nach vielen, überwiegend hektischen Telefonaten, Diskussionen und Entscheidungen des Vortages:

Kitty und Teddy würden bei Nadine wohnen, bis eine andere Lösung gefunden war und Rachel würde für diese Zeit in Kittys Wohnung zu dessen Vater ziehen und sich um Pflege und Betreuung kümmern. Sie war die Einzige, die ihn richtig gut führen konnte.

Nadine würde Rachel diese Woche im Rheinblick vertreten und Kitty in der Zeit auf die Kinder aufpassen.

Nico hatte versprochen jeden Tag vorbei zu kommen und nach Bedarf medizinisch oder betreuend zu helfen.

Ob das wirklich funktionieren konnte, war Kitty nicht klar. Im Vergleich zu Chaos und Anarchie von gestern, war es aber immerhin ein strukturierter Plan, mit einer geringen Chance auf Erfolg...

Pauer war schlecht gelaunt. Der Staatsanwalt wollte auch seiner leicht abgeänderten Version, dass es sich beim Fall Pinterost um einen gemeinschaftlichen Mord von 107 geständigen Tätern handelte, keinen Glauben schenken und forderte weitere Ermittlungen. Seine Laune hob sich allerdings schlagartig als mittags die neue Auflage des Lehrbuchs ankam.

Pauer saß am Nachmittag mit zufriedenem Gesicht in seinem Büro und las das Kapitel über Deeskalationsstrategien bei Geiselnahmen.

Die Assistentin des Chefs, Frau Wagner, kam aufgeregt bei ihm vorbei und berichtete, dass Britta, Georg und Kitty einen ausgebrochenen Mörder verfolgten, der auf seiner Flucht eine

Geisel genommen habe. Gerade habe sich Kitty gegen die Geisel austauschen lassen.

„Das ist ja jetzt völlig falsch!", sagte Pauer kopfschüttelnd. „So hat man das vielleicht noch bei der dritten Auflage gemacht, aber das ist doch schon lange nicht mehr Stand der Wissenschaft."

Frau Wagner war beunruhigt. „Kann das gefährlich werden?"

„Das wird höchstwahrscheinlich in einer Katastrophe enden."

„Oh nein! Wenn Sie doch bloß dabei gewesen wären!"

„Tja, ich kann halt nicht immer überall zugleich sein. Aber ich werde mal sehen, ob ich die Situation noch retten kann... "

Pauer rief bei Britta an und erklärte ihr ausführlich, wie sie die Geiselnahme, trotz Kittys unbedachten Handelns, laut Lehrbuch wieder in den Griff bekommen und friedlich lösen könnten und Britta erklärte Pauer kurz und knapp, wie und wo er sich das Lehrbuch hin schieben solle...

Pauer legte mit einem souveränen Lächeln auf und Frau Wagner sah ihn gespannt an:

„Und... Konnten Sie helfen?"

„Natürlich konnte ich helfen!"

Frau Wagner war von Brittas, Georgs und Kittys Benehmen, als diese zwei Stunden später im Büro ankamen, sehr enttäuscht. Kein Wort des Dankes an Pauer! Schlimm! Als wenn sie es ohne ihn geschafft hätten, die Geisel unverletzt zu befreien und den Mörder wieder dingfest zu machen... Kopfschüttelnd ging sie in ihr Büro und schrieb einen Pressetext für Pauer, damit dessen Verdienst wenigstens in der Zeitung gewürdigt würde...

Obwohl es ein sehr anstrengender und dramatischer Arbeitstag gewesen war und er kurzzeitig sogar in Lebensgefahr geschwebt hatte... Als Kitty am Feierabend nach Hause fuhr, hatte er das Gefühl, dass jetzt die schwierigste Aufgabe des Tages auf ihn wartete. Die Betreuung seines Vaters war etwas, womit er sich gar nicht auskannte und was ihn deswegen am meisten beunruhigte. Dauernd musste er momentan Entscheidungen fällen, in Angelegenheiten, von denen er keine wirkliche Ahnung hatte und zu denen ihm deswegen auch kein sicherer Instinkt zur Verfügung stand.

Er machte sich auf das Schlimmste gefasst, als er bei seiner eigenen Wohnung klingelte. Rachel öffnete ihm äußerlich unversehrt und lächelnd. Kitty fiel der erste von sehr vielen Steinen vom Herzen.

„Alles okay bei euch?"

„Oh. Besser als gedacht! Es war sehr anstrengend, besonders der Vormittag, aber Nadine hatte eine geniale Idee mit Tee und seitdem ist dein Vater deutlich umgänglicher."

„Tee?"

„Ja. Das will sie dir bestimmt selber erzählen. Nun geh schon rüber! Sie freut sich auf dich und du..."

Rachel lachte.

„...Du kannst deine Gefühle noch schlechter verbergen. Und nebenbei: Du musst dir Teddy und Mittens ansehen. Es ist unglaublich!"

Nadine öffnete die Tür mit strahlenden Augen.

„Ich habe keine Ahnung, was heute Nacht passiert ist, aber es ist ein Wunder. Ich glaube, unsere beiden Tiere sind jetzt feste Freunde oder verlobt, wenn nicht gar verheiratet..."

Was genau passiert war in der Nacht, wurde nie geklärt, aber seither waren Teddy und Mittens ein Paar, wenn auch mit klarer Rangordnung:

Teddy hörte bei Mittens aufs Wort...; in welcher Form auch immer sie sprach: Blick, Ohrenstellung, Fauchen, Zeichen mit den Pfoten. Teddy lief ständig hinter ihr her, beschnupperte sie, solange sie es duldete und machte ihr nach, was er körperlich hinbekam... Wenn Mittens irgendwo auf den Tisch wollte oder auf das Fensterbrett, wo ihr Futternapf stand, machte Teddy „Sitz" und die Katze kletterte über seinen Rücken und Kopf nach oben.

„Tja, manchmal kann eine Nacht ein ganzes Leben verändern...", Nadine zwinkerte Kitty zu.

„In der Tat." Kitty lächelte. „Aber ich bin schon froh, dass aus unserer Nacht eine etwas gleichberechtigtere Beziehung geworden ist."

„Wie geht's deinem Vater?"

„Gut, wie es scheint. Ich war nicht lange da. Rachel sagte aber was von einer genialen Idee mit Tee von Dir, die sehr geholfen habe?"

„Oh, wirkt der Tee immer noch? Das freut mich."

Nadine war beim Frühstück Sandra und die wohltuende Wirkung ihres heimlich geliebten Fencheltees eingefallen. Sie hatte daraufhin alle Sorten Tee gekocht, die sie im Vorratsschrank hatte und wie zufällig an Kittys Vater vorbei getragen. Bei Hagebutte hatten sich seine Augen freudig erregt geweitet.

- 25 -

Pauer war nicht zu gebrauchen..., gut, das war jetzt keine wirkliche Sensation. Noch mal:

Pauer weigerte sich an neuen Ermittlungen bezüglich des PETA-Mordes mitzuarbeiten. Er hatte den Fall gelöst, in sehr guter Zeit und mit unglaublich vielen geständigen Mördern. Er hatte eine Belobigung bekommen und sein Vater hatte ausnahmsweise mal mit bewegter Stimme gesagt, wie stolz er auf ihn sei. Das würde er sich nicht alles von einem unfähigen Staatsanwalt zerstören lassen. Außerdem wurden die 107 von ihm überführten Mörder immer noch in seiner Statistik geführt und somit lag er das erste Mal seit vier Jahren auf Platz 1 in Nordrhein-Westfalen. Er wäre ja schön blöd, wenn er das mit einer anderen Lösung des Falles zerstören würde...

Seine Mitarbeit fehlte allerdings niemandem wirklich.

Am Feierabend fuhr Kitty die gleiche Strecke wie gestern und doch war es ein völlig anderer Rückweg:

Gestern voller dunkler Vorahnung, was für Katastrophen bei seinem Vater und bei Teddy passiert sein würden. Heute relativ optimistisch, was seinen Vater betraf und große Vorfreude auf die Tiere und natürlich auf das rothaarige Frauchen...

Zuerst schaute er bei Rachel vorbei:

„Hallo Kitty."

„Moin. War mein Vater friedlich?"

„Ja, doch, überwiegend. Ich darf ihn halt nie aus den Augen lassen, dann geht es gut. Die meiste Zeit haben wir Tee getrunken und er hat mir Geschichten erzählt."

„Geschichten?"

„Ja. Aus seinem Leben. Ich hatte zum Glück ein Diktiergerät mit. Spannende Sachen, manche müsste ich dir als Polizist eigentlich melden."

„Oha."

„Ist dir irgendwas darüber bekannt, dass deine Mutter gewalttätig gegenüber deinem Vater war?"

„Wie bitte?"

„Also nicht. Wird wohl ähnlich seiner Phantasie entspringen wie, dass er mal Jagdbomberpilot und später Astronaut war. Er wäre beinahe der erste Deutsche im All gewesen. Wusstest du das?"

„Das... ist mir neu."

„Tja, vielleicht warst du da gerade mal wieder auf dem Deich, Sonnenuntergang gucken."

„Das hat er auch erzählt?"

„Ja. Du seist abends immer auf dem Deich gewesen und morgens auch oft, statt zur Schule zu gehen..."

Kitty errötete leicht, obwohl diese Ordnungswidrigkeiten nun wirklich schon verjährt waren.

„Ich wusste nicht, dass er davon wusste..."

„Aha. Also doch auch reale Elemente dabei. Ich glaube, er hatte sehr viel Phantasie und Träume und ich fürchte, eine nicht immer einfache Beziehung zu deiner Mutter und jetzt bekommt er das Geschehene und das Phantasierte nicht mehr auseinander. Das dürfte bei mir später auch sehr verwirrend werden. Ich lebe doch den größten Teil meiner Zeit in meinen Büchern..."

„Was hat er denn erzählt über Gewalttaten meiner Mutter?"

„Sie hat ihn regelmäßig abends an den Küchenschrank gekettet, damit er nicht ausgehen konnte."

„Das mag mit immateriellen Ketten durchaus gewesen sein."

„Naja, und die zwei Finger, die ihm fehlen?"

„Ein Unfall mit der Kreissäge."

„Warst du dabei?"

„Nein."

„Dann erzähl ich dir jetzt mal die grausame Wahrheit. Deine Mutter hat ihm die Finger mit der frisch geschärften Schneiderschere abgeschnitten, als sie ihn beim Onanieren erwischt hat..."

Für einen skurrilen Augenblick lang versuchte sich Kitty die Situation vorzustellen. Das war bestimmt schon 15 Jahre her. Die Spuren am Tatort dürften nicht mehr verwertbar sein. War es möglich, dass die Eltern sie damals angelogen hatten? Zum Glück hatte Kitty immer noch großes Vertrauen in seine Intuition, die ihm sagte, dass das sicher ein Teil aus Vatterns Phantasie war. Wirklich ausschließen konnte er es nicht. Er hatte bei seiner Arbeit schon in tiefere Familienabgründe geblickt.

„Okay. Sonst noch Straftaten von denen ich wissen sollte?"

„Ja, da war noch eine Geschichte von einem Schulfreund, Bernd glaub ich. Der habe als Unternehmensberater viele krumme Dinge gedreht und mehrere Leichen im Keller. Die Geschichte war aber ziemlich wirr und unzusammenhängend. Wenn du genauere Informationen benötigst, kann ich ja morgen nochmal nachfragen."

„Och nein, danke. Langeweile habe ich auf der Arbeit nicht und Ermittlungen nach der Aussage eines fortgeschritten Dementen ist nicht das, was ich meinem Chef gut vermittelt bekomme, insbesondere wenn es um ehrbare Berufe geht..."

„Ich weiß auch nicht, ob er morgen noch davon wüsste. Er hat heute über ganz andere Sachen erzählt als gestern. Ich würde sagen: Ein Jahr vorher."

Erst jetzt fiel Kitty auf, dass das Schachspiel nicht mehr auf dem Klavier, sondern auf dem Wohnzimmertisch stand. Rachel bemerkte seinen Blick und errötete.

„Oh. Kitty! Es tut mir leid, aber auch ich muss zwischendurch auf Toilette. Dein Vater hat das Schachbrett vom Klavier auf den Tisch geräumt und euer Spiel abgebrochen. Er meinte, Schwarz hätte sowieso keine Chance mehr gehabt. Er wollte unbedingt mit mir spielen. Was sollte ich tun?"

„Ist schon in Ordnung..."

Nützte ja nichts.

„Er spielt übrigens richtig gut. Bei allen vier Partien hatte ich keine Chance und so schlecht spiele ich eigentlich nicht. Wusstest du, dass er mal in Varel im Verein gespielt hat?"

„Das ist mir neu. Habe dazu keinerlei Erinnerung. Und er hat nichts erzählt, dass er mal Weltmeister war und beim Simultanschach hundert Großmeister auf einmal geschlagen hat?"

„Nein. Keine übertriebenen Geschichten dazu. Könnte also wirklich etwas dran sein."

- 26 -

Als Kitty im Büro ankam, war Pauer schon fleißig am Recherchieren. Mit Erstaunen sah Kitty, dass er die Akte Pinterost vor sich liegen hatte.

Kitty machte sich erst mal einen Pfefferminztee und ging zu Britta ins Büro auf der anderen Seite des Flurs.

„Was ist denn mit Pauer los? Hat er einen Anschiss bekommen?"

„Nein. Ganz im Gegenteil. Er hat einen Artikel bekommen. Der Monat ist um, und nun ist er ganz offiziell Mr. November, der beste Kriminalkommissar von ganz Nordrhein-Westfalen. Er ist auf dem Titelbild unserer internen Zeitschrift."

„Wir haben eine interne Zeitschrift?"

„Ach Kitty. Von dir können wir wirklich alle lernen, das Überflüssige im Leben auszufiltern. Ja, es gibt eine interne Zeitschrift und die hat einen Artikel über ihn und ein Interview mit ihm gebracht, weil er die Statistik anführt. Du brauchst das nicht zu lesen. Da steht nix drin, außer dass er toll ist. Aber das wussten wir ja schon vorher."

„Na, *toll* ist aber doch, in Bezug auf unsere heldenhafte Berühmtheit, eine maßlose Untertreibung!"

„Da magst du, aus Pauers Sicht, Recht haben. Jedenfalls... Jetzt hat er es schriftlich, er ist zufrieden, kann seinem Papa was zeigen und hat mit erstaunlicher Gelassenheit hingenommen, dass die 107 Mordverdächtigen kurz nach dem Monatsabschluss aus seiner Statistik rausgenommen wurden. Der Staatsanwalt hatte aber sowas von die Faxen dicke!"

„Irgendwelche Fortschritte bei dem Fall?"

„Nein. Nichts Konkretes jedenfalls. Dafür aber bei Frau Röber."

„Frau Röber? Der Fall ist doch abgeschlossen! Dachte ich..."

„Naja, du hattest neulich gesagt, dass du eher die Kinder, die Schwester und den Arzt als schuldig gefühlt hättest."

„Ja. Aber..."

„Nico wollte dich eigentlich beauftragen, aber du bist ja gerade etwas beschäftigt mit deinem Vater. Jedenfalls... Er hat schon einiges über Schwester und Arzt rausbekommen und ich habe mal Sohn und Schwiegertochter ein bisschen durchleuchtet. Das klassische Motiv: Geldsorgen. Frau Röber war vor gut zwei Jahren schon einmal sehr krank, die Ärzte gingen davon aus, dass sie in den nächsten Wochen stirbt. Genau zu der Zeit haben sich die Kinder ein Haus gekauft, obwohl sie kaum Eigenkapital hatten. Das Erbe war wohl schon fest eingerechnet. Frau Röber hat sich dann aber, mithilfe ihrer Kräuter, noch einmal bekrabbelt und lebte lästigerweise weiter. Okay, vielleicht tue ich ihnen Unrecht. Aber es passt einfach zu gut. Ihre Schulden steigen und sie sind kurz vor einer Privatinsolvenz."

„Das Motiv ist schon mal gut, aber sonst irgendwelche Hinweise, wie sie es vielleicht durchgeführt haben?"

„Ja. Frau Röber hatte mit hoher Wahrscheinlichkeit eine Überdosis Paracetamol im Körper. Dürfte allerdings kaum beweisbar sein, dass die Kinder ihr das gegeben haben."

„Aber falls sie gewusst haben, dass Frau Plettenberg als Haupterbin eingesetzt ist, hätte es für sie doch gar keinen Sinn gemacht, sie umzubringen."

„Ja, sie wussten davon. Sie haben vergeblich versucht, sie umzustimmen. Deswegen nimmt Nico an, dass ihr Plan war, die Sterbehilfe von Frau Plettenberg zu provozieren, damit deren Erbteil verfallen und sie doch alles bekommen würden. Durch das Paracetamol bekam Frau Röber starke Beschwerden und sie ahnten, dass ihre Freundin ihr helfen würde zu sterben. Eine Schwester auf Station hat wohl erzählt, dass die Kinder an dem Tag länger auf dem Flur hin und her gegangen wären, als hätten sie auf etwas gewartet."

„Darauf Frau Plettenberg in flagranti zu erwischen..."

„Genau. Nichts wirklich Beweisbares bisher, aber doch immerhin eine brauchbare Theorie, um berechtigte Zweifel an der bisherigen Version geltend zu machen. Dieser Fall scheint mir noch weit von abgeschlossen entfernt zu sein."

„Das hört sich nach einem ernstzunehmenden Hoffnungsschimmer an."

Rachel bekam von Tag zu Tag müdere Augen, aber sie schaute immer noch sehr fröhlich drein, wenn Kitty am Feierabend vorbeikam.

„Ich habe inzwischen eine ganze Krimireihe zusammen. Wusstest du, dass dein Vater auch schon mal eine Postkutsche überfallen hat?"

„Eine Postkutsche? Er ist 1939 geboren."

„Tja, wer weiß? Vielleicht erinnern sich Demente ja nicht mehr so exakt an ihr jetziges, dafür wieder an frühere Leben. Aber der Überfall war wirklich genial geplant."

„Okay. Erzähl."

„Von wegen. Du kaufst mal schön das Buch. Ich habe, als dein Vater Mittagsschlaf machte, schon vier Kapitel geschrieben."

„Ich glaube, ich will da auch gar nicht zu viel von wissen. Du hältst das noch gut aus?"

„Also momentan geht es noch, aber im Ernst: Ich könnte nächste Woche mal ein paar Tage Pause gebrauchen. Es ist spannend und inspirierend, aber auch wahnsinnig anstrengend. Ich träume die Geschichten weiter und leider auch immer öfter vom Windelwechseln. Ich brauche ein paar Tage zum Aufschreiben und für traumlosen Schönheitsschlaf."

„Bis jetzt hat es deiner Schönheit nicht geschadet."

„Danke!"

Rachel strahlte ihn an.

„Aber, selbstverständlich kannst du eine Pause haben. Schaffst du noch das Wochenende?"

„Ja."

„Wie viel freie Tage brauchst du?"

„Ich dachte so an zwei oder drei. Wenn das für dich machbar ist?"

„Klar! Wir sind ja froh, dass du solange durchgehalten hast. Ich hab noch einige Überstunden zum Abfeiern. Mir fällt schon was ein. Vielleicht trinke ich ihn jeden Abend unter den Tisch. Ich bin deutlich trinkfester als er."

„Das glaubst du. Er ist doch nur aus der russischen Kriegsgefangenschaft rausgekommen, weil er alle Wächter unter den Tisch getrunken hat..."

„Russische Kriegsgefangenschaft? Haben die auch im kalten Krieg Gefangene gemacht? Na, wie auch immer. Montag bis Donnerstag Pause und wenn es danach auch noch nicht geht, sag Bescheid."

„Ach, übrigens: Es gibt neue Erkenntnisse zum Verlust der zwei Finger deines Vaters."

„Wahrscheinlich wieder mit meiner Mutter als Täterin?"

„In der Tat. Sie hat ihn immer ermahnt, Bedienungsanleitungen zu lesen und ernst zu nehmen. Insbesondere beim Rasenmäher hat sie immer mit ihm geschimpft, weil er nie den Stecker rausgezogen hat, wenn er Gras aus den Scherblättern holte. *Das steht hier in der Bedienungsanleitung! Mit einem Ausrufezeichen!* Er hat ihr erklärt, dass da nichts passieren könne, weil man zwei Knöpfe auf einmal drücken müsste, damit der Rasenmäher wieder angeht; das sei aus Versehen gar nicht möglich. Sie war so empört darüber, dass er Recht hatte, dass sie eine russische Schlägerbande bestellte, die ihn irgendwann beim Rasenmähen, als er gerade den Mäher umgedreht hatte, überfiel und seine Hand im Gehäuse festhielt, während einer den Rasenmäher wieder anstellte. Die ganze Zeit, bis der Notarzt da war, hat sie immer wieder gesagt: *Siehst du, ich hatte recht! Du solltest lieber auf mich hören! Versuch nicht, schlauer zu sein als ich!*"

„Das wird ja jedes Mal schlimmer! Ich bewundere deine Ruhe. Ich würde durchdrehen, wenn ich mir sowas die ganze Zeit anhören müsste."

„Oh, ich finde das sehr inspirierend. Dein Vater hat eine übersprudelnde Phantasie. Momentan benötigt er sie zwar hauptsächlich zum Übertünchen seiner kognitiven Einbußen und zu irgendeinem verspäteten Kleinkrieg gegen die längst verstorbene Ehefrau, aber von seinen Gedankensprüngen kann ich noch viel lernen."

Nico schaute kurz danach vorbei, um sich nach dem Wohlergehen des neuen Mitbewohners zu erkundigen.

„Eigentlich gut, aber er hat die letzten zwei Tage keine Verdauung gehabt", berichtete Rachel.

„Hat er irgendwelche Beschwerden geäußert?"

„Gesagt hat er nichts, aber er war heute irgendwie unruhiger als die letzten Tage."

„Hm. Ich werde mal den Bauch abtasten."

Nico hatte kaum Herrn Kittels Bauch leicht berührt, da traf ihn dessen Hand, weniger leicht, im Gesicht.

„Untersteh dich, mich anzufassen!"

Er machte Anstalten, auf Nico loszugehen, ließ sich von Rachel aber schnell beruhigen. Diese durfte ihn dann auch abtasten und berichtete Nico, wie der Bauch sich anfühlte.

Kittys Vater warf Nico einen verächtlichen Blick zu:

„So, genau so, muss das sein! Das macht sie nur bei mir, nicht bei dir!"

Nico lächelte, kramte in seiner Tasche und drückte Rachel ein Abführmittel in die Hand.

Als Nico sich verabschiedete, entschuldigte sich Kitty für das Benehmen seines Vaters. Nico schüttelte den Kopf:

„Mein Fehler. Ich habe schon viele Demente versorgt und hätte damit rechnen sollen."

„Wer kümmert sich jetzt eigentlich um Frau Kochem?"

„Oh. Die hat das Rundumwohlfühlpaket bekommen. Ich schaue viel nach ihr, Chris ist oft da, Herr Moning kommt fast täglich und vor allem Frau Tietze. Die kann erzählen! Wunderbar. Und Kekse backen und Musik machen... Alles was Frau Kochem liebt. Ich glaube, sie wird den Übergang in den Himmel nicht wirklich bemerken. Zumindest werden die sich da oben mal richtig Mühe geben müssen. Wenn nicht, wird das ein Abstieg!"

„Keine Kandidatin für Sterbehilfe?"

„Solange sie nicht irgendwelche nicht beherrschbaren Schmerzen bekommt..., sicher nicht! Vielleicht kommt das falsch rüber. Ich bin nicht wirklich begeisterter Befürworter, der sich über jede durchgeführte Sterbehilfe freut. Es sollte halt bloß als letztes Mittel frei zur Verfügung stehen, wenn Schmerzen oder Verzweiflung nicht mehr anders zu beheben sind. Wenn das Leiden überwiegt, sollte jeder, der noch ausreichend bei Verstand ist, selber entscheiden können..."

Hund und Katze verstanden sich weiterhin sehr gut. Mittens stellte sich häufig auf die Hinterpfoten und schmuste an Teddys

Nase, ritt auf seinem Rücken oder kuschelte sich in sein Fell ein, wenn er auf dem Boden lag.

Teddy versuchte immer häufiger, der Katze etwas nachzumachen, was oft nicht ungefährlich war. Der Sprung auf das Fensterbrett endete sehr schmerzhaft und den Versuch auch auf dem Balkongeländer zu balancieren, konnte Kitty zum Glück noch im letzten Moment verhindern.

Mittens spielte oft „Tote Katze", lag regungslos auf dem Rücken, bis Teddy sie anstupste und dann rannten beide wild bellend durch die Wohnung; Mittens mit deutlichem Akzent.

Nur die erste Etage wurde zum immer größeren Problem.

„Das geht so nicht auf Dauer!"

Nadine schaute Kitty mit sehr müden Augen an.

„Du und die Kinder ihr schlaft prima und ich muss dreimal in der Nacht aufstehen, weil die Katze Randale macht. Ich verdiene zwar kaum etwas, aber auch ich muss arbeiten."

„Du könntest mich ja wecken..."

„Nützt ja nix. Ich bin dann sowieso wach und du brauchst auch deinen Schlaf, schließlich hast du neben deiner vollen Stelle auch immer wieder deinen Vater."

„Die Kinder?"

„Ich bin ja froh, wenn sie endlich im Bett sind und schlafen. Die würden begeistert aufstehen, mit Mittens rausgehen, die Nacht durchmachen und in der Schule schlafen..."

Passend zum Thema kamen die Kinder gerade nach Hause. Nach kurzer Begrüßung verschwanden sie in ihrem Zimmer. So glaubten die beiden Erwachsenen jedenfalls und unterhielten sich weiter.

„Kannst du nicht einfach jemanden aus dem Erdgeschoss verhaften? Irgendwas haben die bestimmt verbrochen. Irgendeine Leiche hat doch jeder im Keller."

„Kennst du die? Ich habe ehrlich gesagt keine Ahnung, wer da wohnt."

„Auch nichts Genaues. Jeweils alleinstehende Männer, nicht mein Fall. So mittelalt glaube ich. Irgendwie sehr unauffällig."

„Okay." Kitty grinste. „Unauffällig ist meistens schon sehr verdächtig. Vielleicht haben wir Chancen."

„Im Ernst?"

„Nein. Nicht wirklich. Ich könnte höchstens versuchen, mir Fingerabdrücke oder DNA von ihnen zu besorgen und sie mit unserer Verbrecherdatei abzugleichen. Wo ich bisher noch nie länger mit ihnen gesprochen habe, dürfte es allerdings etwas auffällig sein, wenn ich sie umarme und dabei versehentlich ein Haar ausreiße..."

„Was sagt dein Instinkt?"

„Hm. Ich bin eigentlich der Überzeugung, dass ich etwas gespürt hätte, wenn in unserem Haus ein Kapitalverbrechen begangen worden wäre... Ich habe eher Herrn Strohmann von gegenüber im Verdacht, mit dem stimmt was nicht, aber der wohnt in der zweiten Etage, das wäre wahrlich keine Verbesserung. Nein, hier höchstens etwas Harmloses... Falschparken vielleicht oder, wenn es hoch kommt, Besitz von zu viel Cannabis..., es riecht manchmal komisch im Treppenhaus..."

„Das könnte aber auch Frau Geißlers Fehlinterpretation des Rezeptes aus der Wochenendbeilage des Tageblattes sein... Würde Cannabis-Besitz denn ausreichen, um jemanden zu verhaften?"

„Nicht wirklich. Es wäre jedenfalls nichts, was ihn in den Knast brächte und die Wohnung frei machen würde. Man könnte ihn höchstens damit erpressen..."

„Du meinst, damit drohen, es Frau Geißler zu verraten? Weil, dann wäre er verloren."

„Genau."

„Ich habe noch nie irgendwelche illegalen Drogen genommen. Ich wüsste gar nicht, wie das riecht."

„Außer ein paar Joints bin ich auch noch sauber, wobei ich mir nicht ganz sicher bin, ob mir Nico nicht schon einiges verabreicht hat, was eigentlich unter das Betäubungsmittelgesetz fällt... Naja, und das Marihuana war für mich auch kein wirkliches Erlebnis. Alle um mich wurden locker und lustig und ich wurde müde und bin eingeschlafen, bevor die Party richtig losging..."

„Bleiben wir also lieber bei Baileys und Glendronach?"

„Ja. Das wäre mir sehr recht."

Kitty war immer noch fasziniert. So viel wie er momentan sprach, ganze lange Sätze, teils sogar mit Nebensätzen..., was ihn sogar beim Denken immer noch überforderte, er wusste mal wieder nicht, was er gerade hatte denken wollen..., ah ja. So viel hatte er in den letzten 28 Jahren zusammen nicht gesagt. „Ja." und „Nein." und „Moin." Das waren vollständige Sätze mit Subjekt, Prädikat und Objekt für ihn gewesen. Nach „Nützt ja nix." oder „Da nich für", war er sich geradezu geschwätzig vorgekommen. Das hatte jahrelang völlig gereicht. Selbst bei Marie: „Ja." hätte er gerne noch gesagt und danach 60 Jahre Ehe, wo er auch nicht viel mehr gesagt hätte... Das war angenehm gewesen, passte zu ihm, eigentlich der Deckel für seinen Topf, aber Nadine nun... Sie hatte einen Kitty in ihm geweckt, den er bisher nicht gekannt hatte. Er erzählte gerne, er machte Witze. Er war sich fremd, aber auf eine angenehme Weise...

Als Kitty ins Büro kam, strahlte Pauer ihn zufrieden an. Das ließ Schlimmes ahnen.

„Gut, dass ich wieder hier bin! Ich weiß ja nicht genau, was ihr getan habt, während ich weg war, ob ihr überhaupt etwas getan habt, oder ob ihr..."

„Was hast du denn Tolles rausgefunden?"

„Ich habe die Mörderin von Herrn Pinterost überführt und sie hat ein vollständiges Geständnis abgelegt."

„Ach, doch nur eine?"

„Intuition mag ja was Tolles scheinen, aber wenn du dir mal die Statistik anschaust, bin ich mit Methodik deutlich erfolgreicher. Beharrlichkeit, Gewissenhaftigkeit, Genauigkeit! Damit solltest du mal arbeiten. Ich kann dir gerne mein altes Lehrbuch geben, die neue Auflage ist allerdings noch besser."

„Danke für das Angebot, aber ich..."

„Gerne doch, ich bringe es morgen mit. Ah, und du solltest dir das Video meiner Vernehmung anschauen. Da kannst du was lernen! Ich habe nämlich nicht nur..."

„Ja, sicherlich. Ich schaue mir das mal an. Danke."

Kitty verließ schnell den Raum, bevor das Eigenlob sein komplettes Aroma entfalten konnte. Natürlich schaute er sich das Video nicht an.

Draußen traf er Britta, die froh war, dass dieser unübersichtliche Fall abgeschlossen war, aber eine völlig andere Sicht auf Pauers Verdienst daran hatte.

„Auf der Pressekonferenz hat es sich so angehört, als wäre der Fall dank seiner überragenden kriminalistischen Fähigkeiten gelöst worden, dabei hat die Spusi deutlich mehr Anteil an der Auflösung als er. Sie haben doch noch einen brauchbaren Fingerabdruck auf dem Aschenbecher finden können und der gehört zu einer der PETA-Aktivistinnen. Kein sehr schweres Verhör nehme ich an."

„Ich fürchte fast, Pauer glaubt das, was er da sagt. Er sah jedenfalls sehr zufrieden aus."

„Ja. Das kann gut sein. So ein beschränktes Gehirn kann schon manchmal ein Quell des Glücks sein. Selig sind die geistig Armen, denn sie werden glauben, dass sie den Fall gelöst haben."

„Und wer war jetzt die Mörderin von Herrn Pinterost?"

„Eine Frau Gavelner."

„Nein!"

„Doch."

„Mist! Das ist... Bist du dir sicher?"

„Ja. Warum?"

„Sie ist eine gute Freundin von Rachel. Das wird sie sehr treffen, fürchte ich."

Das war fast wie eine Todesnachricht überbringen. Rachel begrüßte Kitty heute nicht so fröhlich wie sonst. Sie sah sehr erschöpft aus. Es war ein Scheißtag gewesen, im wahrsten Sinne des Wortes.

„Oh Kitty! Ich glaube, ich brauche doch früher einen freien Tag. Das war echt anstrengend heute. Dein Vater hatte nur noch Scheiße im Kopf und Unfug in der Hose. Oder umgekehrt. Keine Ahnung. Ich bin völlig durcheinander. Ehrlich gesagt: Ich wünschte, er hätte wieder Verstopfung! Wenn ich wenigstens Schnupfen hätte! Wo sind die Birkenpollen, wenn man sie mal braucht?! Ich habe selber inzwischen Verstopfung, weil ich mich nicht mehr auf Toilette traue..., jedenfalls nur kurz. Dann sitze ich und höre draußen verdächtige Geräusche und denke: Was stellt er jetzt wieder an? Naja, bald sollte ja alles raus sein. Wie war dein Tag so?"

„Tja... Für mich ganz in Ordnung, aber leider habe ich eine schlechte Nachricht für dich."

Rachel streckte ihre Arme aus.

„Ich weiß zwar noch nicht weswegen, aber wenn ich schon verhaftet werden soll, dann nur von dir!"

„Tja, du warst ja in der Tat auch schon verdächtig für diesen Mord."

Rachel runzelte die Stirn und wurde ernst.

„Der Putenmastchef? Habt ihr den Mörder?"

„Ja. Die Mörderin."

Rachel wurde blass. „Eine schlechte Nachricht?"

Kitty nickte.

„Julia?"

„Ja. Julia Gavelner."

„Scheiße! Das... Das kann nicht sein!"

Rachel musste sich setzen. Kittys Vater kam ins Zimmer und sah Rachel beunruhigt an.

„Was ist Ursula? Belästigt der Mann dich?!"

Kittel senior ging mit erhobenen Fäusten auf Kitty zu und ließ dann verwirrt die Hände sinken. Er schaute noch einmal zwischen den beiden hin und her und sagte dann zu Kitty:

„Maximilian, kannst du das bitte mal aufräumen!"

Damit verließ er das Zimmer.

„Ist sie schon verhaftet?"

„Ja. Sie ist in Untersuchungshaft. Morgen hat sie dann einen Termin beim Haftrichter."

„Kann ich sie besuchen?"

„Klar. Heute dürfte es allerdings etwas spät sein. Ich ruf mal an. Vielleicht klappt es doch. Sie ist eine wirklich gute Freundin?"

„Wir waren... Ja. Sie ist eine meiner allerbesten Freundinnen!"

Rachel wischte sich Tränen aus beiden Augen.

„Ist denn wirklich sicher, dass sie es war?"

„Sie hat es gestanden."

„Ich glaube das einfach nicht!"

„Ich nehme an, dir ist gerade nicht mehr so nach Dementenbetreuung?"

„Nein... Also, wenn es nicht anders geht, mach ich die zwei Tage noch..."

„Das bekommen wir schon geregelt", sagte Kitty, ohne einen blassen Schimmer wie genau das funktionieren sollte, schon gar, falls der Durchfall weiter anhielt.

„Danke. Ich weiß wirklich nicht... Hat sie schon einen Anwalt?"

„Keine Ahnung. Ich kann mal nachhören."

„Was hältst du von dieser Antje Flieder?"

„Sehr viel. Also, persönlich. Ob sie mit einem Mordfall zurechtkommt..., keine Ahnung. Sie ist noch sehr unerfahren, aber bei Frau Plettenberg macht sie gute Arbeit."

Nachdem Kitty ein gutes Wort (genaugenommen knapp zweihundert gute Worte) für Rachel eingelegt hatte, durfte sie noch am Abend zu ihrer Freundin. Kitty blieb bei seinem Vater und übernahm die Versorgung. Weder er noch sein Vater waren begeistert. Kittys Nase war zwar einiges gewohnt, aber das hier war ähnlich unangenehm wie Leichengeruch.

Noch schlimmer waren die endlosen Diskussionen mit seinem Vater, der keinen Hilfebedarf sah, auch wenn die Windel schon wieder bis oben hin voll war. Er schrie Kitty an, der schrie zurück und um kurz nach Mitternacht klingelte eine Polizeistreife. Es habe eine Anzeige wegen Lärmbelästigung gegeben.

Kitty nickte der auf dem Flur stehenden Frau Geißler zu:

„Danke, dass Sie sich die Mühe gemacht haben, vorbei zu kommen. Ich hätte aber auch so gewusst, wer die Polizei gerufen hat."

Kitty war wirklich versucht, seinen Vater verhaften zu lassen. Aber die Kollegen hatten gar kein Interesse daran, beließen es zu Frau Geißlers Enttäuschung bei einer Ermahnung und fuhren ohne die nicht schuldeinsichtige Lärmquelle wieder davon.

Gegen ein Uhr nachts war Kitty kurz davor bei Nico anzurufen und um Hilfe zu bitten.

Um zwei Uhr konnte Kitty vor Müdigkeit kaum noch geradeaus gucken.

Kurz nach drei spielte Kitty das erste Mal ernsthaft mit dem Gedanken, seinen Vater einfach k. o. zu schlagen, um ein paar Stunden Ruhe zu haben. Als er wenig später erste Mordgelüste in sich verspürte, rief er doch noch an.

Nico war um 3:30 vor Ort; um 4:00 schlief Kittel senior endlich; Kitty um 4:01...

Um 7:00 wünschte sich Kitty, dass Nico auch dem Wecker etwas zum Beruhigen gegeben hätte, aber dieser ging hochmotiviert seiner Arbeit nach...

Nützt ja nix.

Kitty wusch sich und schaute bei seinem friedlich schlafenden Vater vorbei. Dem fehlenden Geruch nach zu urteilen, war der Darm endlich wieder friedlich, alles andere wäre nach den sieben vollen Windeln von gestern aber auch eine Sensation gewesen. Kitty war froh, so konnte er seinen Vater mit etwas weniger schlechtem Gewissen Nadine anvertrauen. Er würde möglichst früh Feierabend machen.

- 28 -

Tatsächlich durfte Kitty schon zwei Stunden früher gehen. Von Feierabend konnte allerdings keine Rede sein. Seit Rachel nicht mehr da war, war Kittys Vater unruhig, unausgeglichen, streitsüchtig und unberechenbar. Hagebuttentee half immer noch gut, leider jedes Mal nur für kurze Zeit und wenn er zu viel trank, wurde er wieder unruhig, rannte alle zehn Minuten zur Toilette und machte, falls nicht sowieso schon alles in der Windelhose war, nicht immer in die Kloschüssel.

Kitty hatte gerade mal wieder den Boden im Bad gewischt und brachte die volle Mülltüte in den Container im Hof. Einen Moment in den Garten auf die Bank setzen. Früher hätte er das so oft gekonnt und es war ihm nicht sonderlich erstrebenswert erschienen... Wenigstens zwei Minuten?

Als Kitty zurück kam, war sein Vater verschwunden, nur seine Kleider waren noch da, wie üblich auf dem Fußboden liegend.

Kitty suchte im Treppenhaus, im Keller, auf allen Straßen im Umkreis von 400 Metern. Vergeblich. Erschöpft ging er nach Hause. Sollte er die Vermisstenmeldung direkt abgeben, oder noch einen Moment die Ruhe... Was war das?

Gut ein Dutzend Menschen stand vor seinem Haus und schaute nach oben. Dort stand sein Vater auf dem Dach und spielte splitterfasernackt Weihnachtslieder auf einer Trompete.

Kitty versuchte möglichst unauffällig in das Haus zu gehen und lief dann auch aufs Dach. Es gab eine längere Diskussion und ein kleines Handgemenge, bei dem die Trompete in den Garten, auf eine von Frau Geißlers Rosen, fiel, dann kam Kittel senior endlich wieder mit in das Haus.

Als Nadine kurz darauf vom Einkaufen zurückkehrte und Kitty sah, rief sie sofort bei Nico an, der wenige Minuten später bei den beiden eintraf.

„Oha! Nadine hat nicht übertrieben. Du siehst echt Scheiße aus!"

„So habe ich das nicht gesagt!"

„Stimmt. Sie hat das deutlich liebevoller ausgedrückt. Erzähl, was ist los?"

Kitty war zu erschöpft für lange Erzählungen, berichtete nur stichwortartig.

„Oh weh. Vielleicht ein Beruhigungsmittel?"

„Auf jeden Fall, gib her!"

„Ich meinte eigentlich für deinen Vater..."

„Ach so."

Kitty klang enttäuscht.

„Du brauchst nur Ruhe, keine Chemie. Und dein Vater... Tja, ich kann ihm etwas geben, wenn du das willst. Ist schwierig abzuwägen, was das Beste für ihn ist. Wenn er verzweifelt und angstgeplagt wäre, hätte ich überhaupt kein Problem, aber es scheint ihm fast Spaß zu machen, womöglich sogar seinem Wesen und damit seiner Würde zu entsprechen. Und dann ist Ruhigstellung mit Medikamenten eigentlich nicht viel anders als ihn anzubinden. Andererseits musst du an deine eigene Gesundheit und Würde natürlich genauso viel..."

Die Wohnungstür fiel ins Schloss und die drei schauten sich erschrocken an. Sie konnten ihr Sorgenkind noch kurz vor der

Haustür einholen. Auf dem Rückweg die Treppe hoch kamen ihnen die Kinder mit Mittens entgegen. Die Katze beschnupperte neugierig die Hosenbeine des ihr noch unbekannten Mitbewohners. Kittys Papa kniete sich sofort zu ihr und streichelte sie.

„Hallo Peterle! Du siehst dünn aus. Fang dir mal eine fette Ratte."

Mittens war pikiert, als Kater angesprochen zu werden und lief schnell nach unten. Kittys Vater schaute ihr liebevoll und wenigstens mal für einen Moment ruhig hinterher.

„Tiere! Dass ich da nicht früher drauf gekommen bin!"
Nico sah aus, als wollte er sich hauen.
„Was für Tiere hattet ihr früher?"

Der Gedanke war gut, half aber nicht wirklich weiter. Kitty konnte sich an Peterle nicht erinnern, das musste vor seiner Zeit gewesen sein. Sie hatten selber nie Haustiere gehabt. Auf einem Hof in der Straße hatte es Kühe, Schafe und Ziegen gegeben. Dort war sein Vater gerne mit ihnen hingegangen..., aber das waren keine geeigneten Tiere für ein Mehrfamilienhaus.

Zu einem Beruhigungsmittel für seinen Vater konnte sich Kitty auch nicht durchringen.

„Tja, dann müssen wir zu ganz altmodischen Mitteln greifen...", seufzte Nico. „Was hat dein Vater gerne gelesen?"

Kitty fiel spontan nichts ein. Ein kurzer Streit mit seinem Vater beim nächsten Windelwechsel brachte die Erleuchtung.

„Lass mich endlich in Ruhe! Da ist nichts. Ich kann mir selber helfen. Weg da!"

Weg da - Der Spitzname von Theophil Grimm, dem ewig unfähigen Dorfpolizisten aus den Geheimnis-Büchern. Sie hatten früher oft sonntags zusammen gepuzzelt und einer von ihnen hatte dabei vorgelesen. Die Kinder hatten sich meistens die Abenteuer der Spürnasen gewünscht.

„Die Geheimnisbücher von Enid Blyton?" Nico sah ratlos aus. „Ich habe ja locker mehrere Tausend Bücher wortwörtlich im Kopf, aber die kenne ich nun leider gar nicht."

Zum Glück kannte Nadine sie und Ben besaß sogar drei davon.

Kitty las aus „Das Geheimnis um einen roten Schuh" vor und Nadine und Nico saßen mit Kittys Vater am Tisch und halfen ihm bei einem Kinderpuzzle mit 50 Teilen. Kittel senior ging danach Punkt zehn friedlich ins Bett. Nico schlug Kitty auf die Schulter.

„Das hat schon mal gut geklappt. Jetzt zu deinem Beruhigungsmittel: Ich halte hier bis morgen früh Wache und du kannst mal wieder eine Nacht in Ruhe schlafen, soweit das neben Nadine möglich sein sollte..."

- 29 -

Nadine zischte: „Mist! Frau Geißler kommt die Treppe runter!"

Kitty stöhnte: „Och nö! Was will die mitten in der Nacht hier?"

„Keine Ahnung. Schnell zu uns in die Wohnung!"

Doch schnell war nicht einfach mit dem schweren Schaf in den Armen. Kitty war gerade bei der Tür angelangt, da stand Frau Geißler vor ihnen und zeigte eine schulmäßige Darstellung der Schnappatmung.

„Ist das..., ist das?"

Bevor sie zu dem Schrei ansetzen konnte, der ihr wohl angebracht erschien, öffnete sich Kittys Wohnungstür und sein Vater stand dort, nackt, außer ein paar Strohhalmen die ihm in Haaren auf dem Kopf und im Schritt hingen; rechts neben ihm Hennes VI, der Geißbock, den Nico über seine Beziehungen hatte ausleihen können, links eine schwarz-weiß gescheckte Kuh. Irgendwo in der Wohnung hörte man das Schnauben eines Pferdes.

Frau Geißler verdrehte die Augen, griff in die Luft, doch da war nichts zum Festhalten und so fiel sie hintenüber die Treppe runter...

Kitty saß kerzengrade im Bett. Nadine rieb sich die Augen.

„Was ist los?"

„Nichts. Nichts. Ich hab nur... geträumt."

„So schlimm?"

„Noch schlimmer!"

„Erzähl."

Sie konnten eine halbe Stunde lang nicht wieder einschlafen, weil Nadine immer wieder so heftig in Gelächter ausbrach, dass das Bett bebte.

Kitty konnte sich nicht erinnern, dass er jemals vor Lachen nicht hatte schlafen können.

Das Bett hingegen fand es nicht außergewöhnlich, dass es beben musste, wenn diese beiden Personen in ihm lagen...

So lustig die Träume waren, die Realität war wirklich hart. Sie konnten Kittys Vater keinen Moment aus den Augen lassen. Er hatte inzwischen mehrmals in die Ecke des Wohnzimmers gepinkelt und zeigte eine immer deutlichere Weglauftendenz; zum Glück hielt er meistens die Gartentür für die Ausgangstür und im Garten kam er dann nicht weit, zertrampelte allerdings einmal das Blumenbeet von Frau Geißler.

Auch aufs Dach war er noch einmal gestiegen und hatte dort wieder nackt Trompete gespielt; woraufhin der Staatsanwalt Kitty am nächsten Tag beiseite nahm. Es sei jetzt schon die zweite Anzeige wegen Erregung öffentlichen Ärgernisses gegen seinen Vater eingegangen.

„Da unten gehen viele Kinder vorbei. Wenn Sie vielleicht mal mit ihrem Vater sprechen könnten?"

„Mein Vater ist dement!"

„Trotzdem muss er sich an Gesetze halten! Mir liegen außerdem noch zwei Anzeigen wegen Vandalismus im Blumenbeet und wegen zerstörter Rosen vor. Das geht so nicht. Es wäre wirklich gut, wenn Sie ihm das verbieten!"

„Mein Vater vergisst sofort alles, was ich ihm sage!"

„Dann schreiben Sie es ihm halt auf!"

Kitty atmete tief ein und aus. Das war ja fast so aussichtslos, wie seinem Vater etwas zu erklären... Denn das war das Anstrengendste überhaupt: Die endlosen Diskussionen mit seinem Vater, überwiegend in nicht gerade freundlichem Tonfall geführt. Dass man mit einem früher mal intelligenten Mann nicht mehr ordentlich diskutieren konnte! Selbst richtig gute Argumente nützten überhaupt nichts. Es war keine Unterhaltung, mehr so ein stundenlanges Verhör, ohne dass ansatzweise klar war, wer der Verdächtige war, aber das typische Lauern auf den Fehler des anderen, das unbedachte Wort, dann schnell nachhaken und die kurze Unsicherheit ausnutzen, Druck aufbauen. Gnadenloses Ausnutzen eines schwachen Moments, hilfreiche Sache, aber nicht wirklich Kittys Ding... Er registrierte - nicht erfreut über sich selber - dass er angesäuert war, dass sein Vater das besser konnte als er selbst.

Und dann, am nächsten Tag, dasselbe Thema wieder von vorne. Selbst wenn Kitty mal eine Diskussion „gewann", manchmal sogar mit für ihn selbst überraschend einfallsreicher Rhetorik seinen Vater überzeugt hatte... Morgen würde genau das Gleiche wieder ganz von vorne anfangen...

Es war erst der vierte Tag ohne Rachel, aber Kitty kam sich vor, als habe er schon mehrere Wochen Schwerstarbeit geleistet.

Britta und Nico unterstützten so viel sie konnten, hatten aber nur wenig Zeit. Nadine wusste Kittys Vater tagsüber gut bei Laune zu halten, fand immer wieder die richtigen Themen, um ihn erzählen zu lassen. Pflegerische Hilfen durch sie ließ er weiterhin nicht zu.

Kitty durfte ihn pflegen, aber es kam immer wieder zu lautstarkem oder sogar handgreiflichem Streit, nicht nur bei der Pflege, auch beim Schach.

„Wieso hast du das gemacht? Dann zieh ich mit dem Läufer auf d4, dann musst du mit deinem Springer verteidigen, ich ziehe mit dem Turm, du musst den Bauern opfern und dann kann ich hier mit der Dame deinen Springer nehmen und: Schach matt! Denk doch mal nach, bevor du etwas tust!!"

Wie Kitty diesen Spruch hasste! Er hatte ihn erfolgreich verdrängt, aber nun stand sie wieder vor ihm, die größte pubertäre Auflehnung gegen seinen Vater:

Nicht nachzudenken, sondern seinem Instinkt zu folgen. Musste er womöglich seinem Vater noch dankbar sein, ohne dessen verhassten Spruch er seine Intuition nicht so gut entwickelt hätte?

Aber die Erkenntnis nützte nichts. Er hasste den Satz trotzdem.

Okay, kannst du haben, Paps, spiele ich ab jetzt intuitiv!

Kitty schaute kurz aufs Schachbrett, ließ es auf sich wirken, schaute seinen Vater provozierend an und machte einen völlig undurchdachten Zug.

Kitty wusste, er hatte sich die letzten Tage so oft vorgenommen, seinen Vater nicht zu provozieren, aber das hier tat einfach gut.

Sein Vater verdrehte die Augen, öffnete schon den Mund, mit dem Kitty so unangenehm vertrauten verächtlichen Ausdruck im Gesicht: „Du..."

Er verstummte beim nochmaligen Blick auf das Brett, wurde leicht blass und versank dann für fast zehn Minuten in tiefem Grübeln. Zwischendurch warf sein Vater ihm einen anerkennenden Blick zu, als er endlich doch gezogen hatte, sogar ein Lächeln.

Kitty gewann acht Züge später...

Am Nachmittag kam Rachel überraschend vorbei. So niedergeschlagen hatte Kitty sie noch nie gesehen.

„Ich übernehme den Laden hier wieder. Ich brauche dringend Ablenkung und außerdem kommt ihr ohne mich nicht zurecht, stimmt's? Bitte sag Ja! Ich brauche was Aufbauendes!"

„Ja."

„Danke."

„Das hätte ich übrigens auch ohne Aufforderung gesagt. Ohne chemische Hilfsmittel von Nico hätte ich die letzten Nächte nicht überstanden."

„Oh. So schlimm?"

„Nein. Du so gut!"

„Danke!!!"

Sie umarmten sich kurz aber heftig.

„Im Ernst. Du hast da eine Begabung."

Rachel runzelte die Stirn.

„Du hast viele Begabungen!"

„Aber hier wäre halt mal eine, mit der ich Geld verdienen könnte? Tja..., ist was dran. Wirklich reich wird man in der Pflege zwar auch nicht gerade, aber ich muss zugeben, es macht mir mehr Spaß als ich gedacht habe. Ich werde mal überlegen..."

„Ich kenne einen Krankenpflegeschüler aus Weyertal, der schreibt auch. Teilweise gar nicht so übel..."

„Er hat neben der Ausbildung noch Zeit dafür?"

„Ja. Er sitzt immer abends in Kneipen und schreibt."

„Hm... Hört sich sympathisch an. Doch ja. So könnte ich mir eine Ausbildung vorstellen. In Weyertal sagst du?"

„Ja."

„Tja. Vielleicht ist ein Schock wie momentan ja auch eine Gelegenheit, sein Leben neu zu sortieren."

„Was hat deine Freundin eigentlich genau erzählt? Ich wollte schon immer mal das Geständnis angeschaut haben, bin aber nicht dazu gekommen."

„Sie hat Herrn Pinterost über eine Partnervermittlung kennengelernt. Im Fragebogen hatte sie nach einem veganen und tierliebenden Mann gesucht. Sie haben sich einmal zum Essen getroffen, veganes Restaurant, verstanden sich gut. Er lud sie für nächste Woche ein, wollte für sie bei sich zu Hause zu kochen. Das Essen war gut, sie landeten im Bett und danach findet sie auf dem Weg ins Bad einen an ihn und seine Firma adressierten Brief. Sie kannte die Firma, weil sie da mit ein paar Freundinnen eingebrochen war und gefilmt hatte. Jedenfalls wurde ihr klar, dass sie gerade mit einem der größten Tierquäler Deutschlands geschlafen hatte. Sie hat sich erst mal übergeben, ist dann völlig ausgeflippt, es gab Handgreiflichkeiten in beide Richtungen und dabei hat sie ihn im Affekt und eigentlich auch ein bisschen in Notwehr, das will die Anwältin jedenfalls so darstellen, den Aschenbecher gegen den Kopf geschlagen. Er brach tödlich getroffen zusammen, sie war völlig geschockt und ist weggelaufen, draußen traf sie..."

„Moment!"

„Was?"

„Tschuldige. Hat sie das Erschlagen genauer beschrieben?"

„...mit dem Aschenbecher gegen den Kopf. Sie hatte nicht damit gerechnet, dass er..."

„Einmal zugeschlagen? Sonst hat sie ihm nichts angetan?"

„Hm... Reicht das nicht? Was für Qualifikationen benötigt man denn noch, um sich erfolgreich als Mörder zu bewerben?"

„Ganz im Ernst. Sie wirkte so, als würde sie dir alles erzählen, die ganze Geschichte?"

„Ja. Wir sind sehr offen zueinander."

„Was hat sie gemacht, nachdem sie ihn mit dem Aschenbecher erschlagen hat, sofort weggelaufen?"

„Sie hat noch versucht ihre Spuren zu verwischen, offensichtlich nicht sehr erfolgreich und wollte dann schnell nach Hause, traf aber draußen zwei Kolleginnen von PETA und ging dann doch mit zum Protest, um nicht aufzufallen. Als sie dort dann nachher seine Leiche sah, ist sie in Ohnmacht gefallen."

„Und hat sie sich nicht gewundert, wie Herr Pinterost dorthin gekommen ist, wenn sie ihn doch zuhause erschlagen hatte?"

„Doch natürlich. Aber es stand ja in der Zeitung, dass er sich womöglich tödlich verletzt noch bis dahin geschleppt hat oder geschleppt wurde. Wieso fragst du? Gibt es Hoffnung?"

„Ja, vielleicht. Herr Pinterost hatte zwar eine Kopfplatzwunde, aber da war mehrmals zugeschlagen worden, außerdem hatte er noch einen Messerstich im Bauch... Davon hat sie nichts angedeutet?"

Rachel wagte nicht wirklich zu glauben, was sie hörte.

„Nein! Das wusste ich nicht. Julia auch nicht. Das hätte sie... Du meinst... Sie hat ihn vielleicht gar nicht tödlich verletzt?"

„Versprechen kann ich dir nichts, aber hoffnungsvoll hört sich das an. Ist aber auch zu blöd, dass ich da nicht gleich drauf gekommen bin, aber ich war hier etwas eingespannt. Komm, wir gehen noch mal zusammen zu ihr hin."

„Was ist mit deinem Vater?"

„Oh. Ja. Vielleicht kann Nadine kurz rüber kommen."

Nadine kochte Hagebuttentee mit Rum, schaute mit Kittel senior seinen Lieblingsfilm und Kitty fuhr mit Rachel zur Dienststelle. Dort trafen sie Britta, die gerade gehen wollte.

„Moin Britta! Warst du damals bei der Vernehmung von Frau Gavelner dabei?"

„Nein. Wieso?"

„Könnte sein, dass sie sich nur einbildet die Mörderin zu sein."

„Echt? Ich dachte, wenigstens hier müsste man mal nicht hinter Pauer aufräumen. Klang doch recht wasserdicht, so mit Fingerabdrücken auf der Mordwaffe und in der Wohnung, Motiv, Geständnis."

„Von dem Messer wusste sie zum Beispiel nichts."

„Nicht? Oh. Dann lass uns mal das Verhör anschauen."

Das Video war nicht sehr lang. Pauer konfrontierte Frau Gavelner mit ihren am Aschenbecher gefundenen Fingerabdrücken und war dann schon völlig zufrieden, als sie sagte, sie habe Herrn Pinterost ja wirklich umgebracht, aber doch nur aus Versehen. Er habe sie belogen und sie hätten sich deswegen gestritten und er hätte sie beleidigt und angegriffen und da habe sie nach dem Aschenbecher gegriffen, um sich zu verteidigen; sie habe nicht damit gerechnet, dass...

Pauer unterbrach sie freudig erregt: „Sie geben also zu, Herrn Pinterost im Affekt mit dem Aschenbecher erschlagen zu haben?"

„Ja. Aber ich..."

„Wir machen hier eine kleine Pause", sagte Pauer mit einem hektischen Blick auf die Uhr.

„Ich formuliere das gerade und dann können Sie das unterschreiben. Die Details nehmen wir später auf."

„Das war alles? Da hört der auf?!"

Kitty starrte ungläubig auf den Bildschirm. Britta schüttelte den Kopf:

„Nicht, dass wir wirklich Gutes von ihm erwartet hätten..., aber so niedrig man die Latte der Erwartungen auch legt, Pauer schafft es immer wieder, aufrecht darunter durch zu gehen."

„Sie wollte doch gerade erst loslegen!"

„Tja, das passte ihm offensichtlich nicht. Dafür gibt es zwei mögliche Erklärungen: Er ahnte, dass sie es womöglich nicht wirklich war, wollte das aber nicht wissen, weil die Freude über einen neuen positiven Eintrag in seine Statistik einfach überwog..."

„...oder?"

„Der Blick auf die Uhr verrät seine wahren Motive: In einer Stunde war Pressekonferenz und wenn Pauer sowohl diesen Erfolg verkünden und sich vorher auch noch, wie üblich, eine halbe Stunde im Bad um seine Frisur kümmern wollte, musste er sich beeilen und mindestens genauso wichtig: Wenn das schriftliche Geständnis nur zwei Stunden später gekommen wäre, dann wäre der Abschluss des Falles knapp über einem Monat gewesen und damit in der Statistik schlechter bewertet."

„Das wird stundengenau dokumentiert?"

„Nein, nur nach Vormittag und Nachmittag unterteilt. Wenn es nach Pauer ginge wahrscheinlich sekundengenau... Du hast dich noch nie um die Statistik gekümmert, stimmt's?

„Jo."

„Okay. Gehen wir mal bei ihr vorbei und lassen uns erzählen, wie ihre Geschichte weitergeht..."

Rachel sprach zuerst mit ihr und lobte Kitty dabei so als guten Freund, dass es Kitty ganz warm ums Herz wurde.

„Hallo, Frau Gavelner. Können Sie mir bitte auch noch mal alles erzählen, was sie noch von dem besagten Tag wissen?"

Sie hatte wirklich nur einmal zugeschlagen, war natürlich geschockt, als sie ihn auf der Domplatte liegen sah, war näher gekommen und hatte den Arzt sagen hören, dass das Kopfverletzungen seien, zwar eigentlich nicht so stark, dass man an ihnen versterben müsste. Vielleicht hätten sie aber eine Hirnblutung ausgelöst, an der er dann verstorben war. Von dem Messer wusste sie nichts. Die Bauchverletzung fand der Gerichtsmediziner ja auch erst später.

Offensichtlich hatte jemand nach ihr häufiger und kräftiger zugeschlagen und später noch zugestochen... Wenn derjenige gefunden wurde, bliebe für Frau Gavelner wahrscheinlich nur noch eine Anklage wegen Körperverletzung und die auch noch in Notwehr. Vielleicht gab es sogar jetzt schon eine Möglichkeit, sie aus der Haft zu bekommen? Britta nahm die Aussage komplett auf und informierte Staatsanwalt und Richter über das neue Geständnis.

Rachel blieb bei ihrer Freundin und Kitty ging nach Hause, um Nadine abzulösen.

- 30 -

Rachels Freundin war tatsächlich am nächsten Tag wieder auf freiem Fuß, nicht wegen ihrer neuen Aussage, sondern weil Nico die ganze Nacht im Internet recherchiert und auf einem privaten Facebookprofil eine Bilderserie über die PETA-Aktion gefunden hatte. Auf einem von den 30 Fotos war tatsächlich zu sehen, wie Herr Pinterost zum „Leichenhaufen" geführt wurde. Er war, trotz des Blutes im Gesicht und auf seinem Körper, gut zu erkennen; die Person, die ihn stützte oder eher zog, war hingegen dermaßen mit Blut verschmiert, dass man außer der Größe kaum etwas über ihn sagen konnte... Mit hoher Wahrscheinlichkeit war es ein Mann, jedenfalls keine weiblich geformte Figur, wie bei Rachels Freundin.

Pauer war dermaßen beleidigt, dass ihm schon wieder ein gelöster Fall geklaut worden war, dass er sich krank meldete und nach Hause ging.

Britta und Kitty vernahmen noch einmal zwei der männlichen PETA-Aktivisten, die von der Größe her gepasst hätten. Genau genommen fuhren sie bei beiden vorbei, Kitty sprach jeweils kurz mit ihnen, sah dann Britta an und schüttelte den Kopf...

Als Kitty nach Hause kam, waren nur Teddy und Mittens in Nadines Wohnung. Vor einer Dose mit selbstgemachtem Gebäck lag ein Zettel: Ben übernachtete bei einem Schulfreund und Nadine war mit Katrin auf einem Informationsabend über weiterführende Schulen.

Kitty nahm die Kekse und ging damit rüber zu Rachel und seinem Vater. Rachel spielte gerade Klavier und Kitty merkte, wie sehr ihm Klavierspiel in den letzten Wochen gefehlt hatte. Nicht gefehlt hatten ihm die Fragen seines Vaters.

„Maximilian, hast du denn auch schon Trompete geübt?"

„Ich spiele schon seit zehn Jahren nicht mehr Trom..."

Kitty war durch das Klavierspiel so abgelenkt gewesen, dass er die diskrete Realitätsferne seines Vaters kurzzeitig ganz vergessen hatte.

„Nein. Heute noch nicht."

„Du weißt schon, wie viel die Trompete gekostet hat? Du wolltest unbedingt eine haben."

„Ich wollte eigentlich nur..."

„Deine Mutter und ich haben uns jahrelang..."

„Herr Kittel, schauen Sie nur, was ich gefunden habe!"

Rachel kam mit einem Fotoalbum zu den beiden Streithähnen.

„Wer ist das hier vorne auf dem Wagen?"

Kittel senior entspannte sich deutlich und rückte nahe an Rachel ran, die Kittel junior auch heranwinkte:

„Das könnt ihr euch mal zusammen angucken, das könnte doch ein netter Familienabend werden."

Komplett begeisterungsfrei setzte sich Kitty neben die beiden und tat so, als ob ihn interessieren würde, wie das Funkenmariechen hieß oder wer als Krokodil verkleidet war.

Anfangs stellte er noch ein paar Fragen, die sein Vater auch mit Begeisterung beantwortete, wobei er aber immer zu Rachel schaute... Kitty verstummte irgendwann und driftete in seinen Gedanken ab. Er erinnerte sich daran, wie sehr er selber Karneval immer gehasst hatte.

Hoffentlich hielt Rachel das noch lange durch. Ihm fehlte jegliche Geduld und dabei hörte er die Geschichten gerade zum ersten Mal. Zum wievielten Mal hörte Rachel sie? Wie hielt sie das aus?

Gut, dass Nadine auf die Idee mit den alten Karnevalsbildern gekommen war und mehrere Fotoalben aus alten Archivbildern zusammengestellt hatte. Das war ja fast mal eine gute Seite der Demenz: Kittys Vater war jeden Tag aufs Neue glücklich in dieser Erinnerung.

Welche Erinnerung habe ich, in der ich später immer wieder neu erwachen will?

Kitty fiel spontan nichts Überragendes ein, also schon einige Tage mit Nadine und Marie, aber von nichts hatte er Fotos. Er sollte häufiger Bilder machen und vor allem noch mehr Unvergessliches mit Nadine erleben! Vielleicht eine Hochzeitsreise mit ganz vielen Fotos? Aber wie funktionierte das Gedächtnis später? Würde er sich nur an die Situationen auf den Bildern erinnern oder auch an die nicht im Bild festgehaltenen Teile der Reise? Und natürlich würde er nicht wollen, dass eine junge... Moment!

„Mooooooment!!!"

Rachel schaute Kitty erstaunt an. Auch Kitty war erstaunt. Warum war er plötzlich aus seinem Dämmerzustand aufgewacht und hatte laut gerufen? Da war etwas Wichtiges gewesen, er hatte allerdings keine Ahnung, worum es gerade überhaupt gegangen war.

„Was hast du eben gesagt?"

Sein Vater sah ihn verwirrt an.

„Äh... Ich sagte, ich meinte... Na... Hast du etwa nicht zugehört?!"

Rachel war die einzig nicht demente im Raum.

„Er sagte: Das sind Piet und Walter. Die Pinterost Brothers."

Kitty schaute auf das Foto, das sein Vater gerade angeguckt hatte und dachte für einen Moment, es wäre das Foto vom Tatort auf der Domplatte. Auch auf diesem Foto vom Karneval 1977 hielt sich Herr Pinterost, ein sehr junger Herr Pinterost, aber die Gesichtszüge, insbesondere Nase und Augen waren deutlich zu erkennen, an einem einen Kopf größeren Mann fest. Herr Pinterost spielte einen Schwerverletzten oder Zombie, der von dem Arzt neben ihm gestützt wurde, der beim Lächeln Draculazähne sehen ließ...

„Du kennst Herrn Pinterost?"

„Herrn Pinterost?"

„Du kennst Piet Pinterost?"

„Den Piet, ja natürlich!" Kittys Vater wurde vor Aufregung ganz rot im Gesicht.

„Wir waren viermal zusammen auf dem Prinzenwagen. Piet wohnt doch in der Breuerstraße und wir sind ab der siebten Klasse immer zusammen zur Schule gegangen."

Kittys Vater war kaum zu bremsen, offenbar war das sein bester Jugendfreund gewesen.

„Und der neben Herrn, neben Piet heißt Walter und ist sein Bruder?"

„Ja. Natürlich! Du kennst doch die Pinterosts!"

„Ehrlich gesagt..., äh... Einen Moment!"

Kitty kramte das Foto vom Tatort hervor und zeigte es seinem Vater.

„Ich habe hier ein Foto von einem anderen Karnevalsumzug. Könnten das auch...?"

„Ja. Das ist Piet, kein Zweifel! Hat etwas übertrieben mit dem Blut diesmal. In welchem Jahr war das?"

„Und das neben ihm, könnte das Walter sein?"

Kittys Vater sah sich das Foto etwas näher an. Kitty und Rachel hielten den Atem an.

„Nein. Walter ist das nicht."

Rachel und Kitty atmeten enttäuscht aus.

„Das ist nicht Walter, der hat doch viel größere... Och nö, sind die schon wieder zusammen!"

Das Gesicht von Kittys Vater verdunkelte sich.

„Wer ist mit wem zusammen?"

„Na, ich wette zwei Kisten Gilden, dass das da neben ihm der Markus ist."

„Du erkennst den Mann, der Piet stützt?"

Kitty und Rachel starrten Kittel senior gespannt an.

„Ja. Alberne Maskerade, aber Geschmack hatte der noch nie, ich weiß gar nicht, was Piet..."

„Woran erkennst du ihn?"

„Sieht man doch an den verschieden großen Ohren! Und das Rechte steht mehr ab als das Linke. Den habe ich bisher noch in jeder Verkleidung erkannt, außer 1978, als er den Sturzhelm aufhatte."

„Wie heißt Markus mit Nachnamen?"

„Müller."

Och nö, hätte das nicht ein etwas seltenerer Name sein können? Kitty stöhnte innerlich. *Wie viele Markus Müllers mochte es in Deutschland geben?*

„Und wo wohnt Markus?"

Rachel war auf die naheliegende Frage gekommen, die den großen Kreis von Markus Müllers radikal reduzieren sollte...
„Grenzstraße 17."
„Und... Die waren richtig zusammen..., ein Paar?"
„Warum?" Kittys Vater schaute erfreut. „Sind sie nicht mehr zusammen?"
Also wohl wirklich. Das war neben dem Namen schon ein Hinweis auf ein mögliches Motiv.
„Weißt du noch etwas über Markus?"
„Er hat einen grauenhaften Musikgeschmack und er liest allen Ernstes *Hanni & Nanni*. Ich weiß wirklich nicht, was Piet an dem findet!"
Da waren nicht mehr viele aktuelle Informationen zu erwarten. Allerdings: Ein paar überraschende Wissensbrocken aus seiner Jugend konnten bei einem späteren Verhör durchaus hilfreich sein. Wenn der Verhörte merkte, dass seine geheimen Rückzugsorte bekannt waren, dass er offen wie ein Buch da lag, brach so mancher zusammen. Die nächste Stunde hörte Kitty aufmerksam zu, während sein Vater mit glühendem Gesicht vom Karneval in Kölle und von sich, Piet, Walter und Markus erzählte...

Kitty war am nächsten Morgen sehr früh im Büro und recherchierte. Tatsächlich hatte ein Markus Müller von 1960 bis 1982 in der Grenzstraße 17 gewohnt, inzwischen hieß er Degen mit Nachnamen, wohnte in Sachsen und führte dort einen Kreisverband der NPD, für die er auch im Landtag saß. Er war die große Hoffnung der rechten Szene. Da war eine homosexuelle Vergangenheit eine gefährliche Hypothek.
Nachdem Kitty auch noch Beziehungen zwischen Barabhebungen von Herrn Degen und Einzahlungen auf dem Konto

von Herrn Pinterost und mehrere Telefonate der beiden belegen konnte, war die Indizienlage so gut, dass der Staatsanwalt gar nicht mehr fragte, woher die plötzliche Erleuchtung käme. Er konnte ja nicht ahnen, dass der Tippgeber der nackte Mann mit der Trompete auf dem Dach gewesen war...

Tatsächlich biss Kitty beim Verhör von Herrn Degen anfangs auf Granit; als er dann aber wie nebenbei immer wieder Begebenheiten aus dessen Jugend und von diversen Karnevalsumzügen mit einfließen ließ, der gemeinsame Urlaub mit Piet, von dem bisher außer Kittel senior keiner wusste, davon sogar ein Foto vorzeigte, gab Herr Degen irgendwann auf.

(Pauer war beeindruckt...; später beleidigt, weil Kitty ihm einfach nicht sagen wollte, aus welchem Lehrbuch er das hatte...)

Herr Degen gestand, Herrn Pinterost umgebracht zu haben, um nicht mehr von ihm erpresst zu werden. Er habe ihn leicht verletzt vor seinem Haus angetroffen, ihn Richtung Krankenhaus begleitet, im Domgäßchen die tödlichen Verletzungen zugefügt und ihn dann auf dem Haufen sterben lassen. Als er sicher war, dass er tot war, habe er sich verdrückt, als gerade alle nach vorne zu einer Rednerin hinschauten.

Rachel strahlte, als sie hörte, dass ihre Freundin jetzt tatsächlich nur noch eine Anklage wegen leichter Körperverletzung zu erwarten hatte und laut Antje, wenn überhaupt, nur eine Bewährungsstrafe bekommen würde.

Nicht ganz so zufrieden war sie mit der Qualität des Geständnisses.

„Das war alles, was er gesagt hat?"

„Ja, sehr gesprächig war er nicht."

„Da saßen dann ja die richtigen zusammen..."

„Jo."

Kitty grinste, fuhr dann aber fort.

„Nein, im Ernst. Viele überführte Täter sind nicht sehr gesprächig. Ist nicht so wie im Fernsehen, dass sie auf einmal das Bedürfnis haben, ihre Tat in allen Einzelheiten, mit allen Hintergründen zu erzählen. Oft sind die Details und Motive sehr peinlich. Herr Degen war besonders schweigsam. Es fiel ihm sehr schwer, darüber zu sprechen. Ich musste ihm jeden Satz aus der Nase ziehen. Alles, was wir für eine ziemlich wasserdichte Anklage brauchten, hat er gesagt. Vielleicht erzählt er später mehr."

„Damit ich da ein Buch draus machen kann, hätte ich aber schon gerne ein paar Details mehr. Der Ablauf ist mir nicht ganz klar und ein paar Sachen erscheinen mir sogar unlogisch oder sagen wir: nicht vernünftig. Warum zum Beispiel hat er eine so theatralische Inszenierung gewählt? Wäre es nicht unauffälliger gewesen, ihn in die Wohnung zurück zu locken und ihn da zu erschlagen oder ihn wenigstens im Domgäßchen liegen zu lassen, statt sich noch mit ihm sehen zu lassen?"

„Tja, du siehst das zu sehr als Schriftstellerin. Im Krimi muss alles logisch und vernünftig begründbar sein. Im richtigen Leben verhalten sich die meisten Menschen oft weder logisch noch vernünftig, schon gar, wenn starke Gefühle und Aufregung im Spiel sind. Mörder sind selten Genies. Gut geplante und durchdachte Morde wie bei Columbo sind eine Seltenheit."

„Ja, das stimmt wohl."

„Es war halt eine improvisierte Aktion, als er ihn zufällig in diesem Zustand vor dem Haus vorfand. Eine unerwartete Gelegenheit, ihn loszuwerden."

„Ja, okay. Wahrscheinlich so, wie wenn deine Angebetete plötzlich vor dir steht und du weißt: Jetzt ist die Gelegenheit! Und ab da macht man meistens nur noch alles falsch."

„Ja, in der Art."

„Aber... Zum Beispiel: Woher hatte er all die Utensilien? Ketchup, Messer und so?"

„Okay. Ein paar Details hat er ja noch angedeutet. Ich erzähl dir jetzt mal, wie ich es mir ungefähr vorstelle:

Herr Degen will gerade klingeln, da kommt sein ehemaliger Lebensgefährte aus der Haustür. Er trägt eine Plastiktüte in der einen Hand und presst mit der anderen Hand ein Tuch gegen eine Platzwunde an der Stirn.

‚Piet! Was ist passiert?'

‚Nichts Aufregendes. Eine Frau hat mich geschlagen, aber der Sex mit ihr vorher war richtig gut. Ich würde sagen: Hat sich gelohnt.'

Er grinst, verzieht dann aber das Gesicht.

‚Habe bloß ordentlich Kopfschmerzen und die Blutung will nicht aufhören, wahrscheinlich weil ich Marcumar nehme.'

‚Und wo willst du hin?'

‚Zu meinem Auto, den Verbandskasten holen.'

Als er den Blick auf die Plastiktüte sieht:

‚Die hat die Frau liegen lassen, Utensilien für diese PETA-Demonstration. Ketchup und Kunstblut und Unterwäsche. Kommt gleich in den Müllcontainer.'

Herr Degen begreift die Chance und hat eine Idee.

‚Unterwäsche? Ist doch zu schade zum Wegschmeißen. Gib her! Und zeig mir mal die Wunde! Das sieht nicht wirklich gut aus. Kopfschmerzen hast du? Da sollte man nicht mit spaßen. Ein Freund ist mal gestürzt, nahm das auch nicht ernst und hatte dann eine Hirnblutung. Komm, ich bring dich ins Krankenhaus.

Nur zur Sicherheit. Sind doch keine zehn Minuten bis zum Marien-Hospital von hier. Hak dich bei mir ein!'

Im schmalen Gässchen, kurz vor der Domplatte, ist wie erhofft kein Mensch. Er greift ihn von hinten an und schlägt seinen Kopf mehrmals gegen die Mauer, so dass Herr Pinterost bewusstlos zusammensackt, sticht ihm zur Sicherheit noch mehrmals in den Bauch, mit dem Schweizer Taschenmesser, welches er, wie viele Männer, immer bei sich trägt.

Er will ihn gerade liegen lassen, da kommt doch jemand in das Gässchen und fragt, ob alles in Ordnung sei.

‚Ja, klar. Wir bereiten uns nur für diese Aktion vor.'

‚Ah ja. Hab schon so ein paar Typen gesehen.'

Danach zieht er sie beide aus, präpariert sich und ihn, bekommt den Sterbenden noch mal halb wach, begleitet oder schleppt ihn zum Platz, legt sich mit ihm zusammen in den Haufen, wartet, bis Herr Pinterost nicht mehr atmet und verschwindet dann unauffällig, als alle nach vorne gucken, wo die Reden gehalten werden."

„Das hat er erzählt?"

„Nein, nur das mit der Plastiktüte und dem Tuch an der Stirn. Marcumar wusste ich aus der Akte und ein Schweizer Taschenmesser trug er bei der Verhaftung in der Hosentasche. Der Rest ist jetzt mal meine schriftstellerische Freiheit. Ach ja, wegen Theatralik: Vielleicht war es auch umgekehrt: Herr Pinterost wollte zum Krankenhaus, Herr Degen überredet ihn, in die Wohnung zurück zu gehen, aber Herr Pinterost stellt fest, dass er so durcheinander von dem Schlag ist, dass er den Schlüssel vergessen und sich ausgesperrt hat und dann gingen sie halt doch. Oder Herr Pinterost wollte gar nicht mit ihm mitgehen, da er ihm nicht traute, wurde aber mit dem Messer gezwungen. Wahrscheinlich ist die Wirklichkeit noch einfallsreicher und es war ganz anders."

„Du solltest Bücher schreiben."

„Oh, nein danke! Ich finde unsere Arbeitsteilung so sehr gut. Und übrigens: Einige Details würden mich ja wirklich auch interessieren, aber die erfahren wir, wenn überhaupt, erst später. Heute ist erst mal ein Tag zum Feiern, würde ich sagen. Deswegen haben wir uns alle spontan im Rheinblick verabredet."

„Oh... Viel Spaß! Da wäre ich wirklich auch gerne mitgekommen. Nach feiern wäre mir jetzt auch."

„Da wir uns das gedacht haben, haben wir Babysitter für meinen Vater organisiert. Nico kennt da drei ehemalig selbst Demente, die sich heute Abend um ihn kümmern werden."

„Und du meinst, er kommt mit denen zurecht?"

„Wir sind sehr optimistisch. Sie haben alle viel Erfahrung mit Betreuung und erfolgsversprechende Begabungen: Herr Moning kann sehr gut erzählen und Bücher rezitieren, Frau Tietze macht tolle Musik und leckeres Gebäck und Herr Bäumer kennt sich mit Karneval aus, erzählt gerne schmutzige Witze und hat zur Not ein paar sehr wirksame chemische Substanzen zur Beruhigung mit..."

- 31 -

Der Pianist, der diesen Abend im Rheinblick spielte, machte gerade Pause und Rachel ging sofort an den Flügel und spielte ein paar Lieder, ein paar für sie außergewöhnlich gut gelaunte Lieder.

Auch die Unterhaltung danach war sehr fröhlich. Kitty berichtete noch einmal von dem Geständnis, Rachel von ihren schriftstellerischen Zweifeln und mit Brittas, Nicos und Georgs Hilfe hatten sie nach einer Stunde neun verschiedene mögliche Tathergänge, wobei insbesondere Nicos sehr unwahrscheinlich, aber dafür sehr unterhaltsam waren.

Als wenn die Stimmung nicht schon ausgelassen genug gewesen wäre, kam überraschend Antje Flieder zu ihnen an den Tisch und umarmte Nico. Britta beobachtete das konzentriert, aber gelassen.

„Es hat geklappt! Er lässt die Anklage gegen Frau Plettenberg fallen. Der Fall wird tatsächlich komplett eingestellt! Kein ausreichend sicherer Anhalt für ein Gewaltverbrechen."

„Wow! Noch besser als ich dachte! Das müssen wir feiern! Magst du dich zu uns setzen? Ich gebe einen aus. Hier sind noch mehr, die sich darüber freuen werden."

Nico stellte Antje denen, die sie noch nicht kannten, vor und sie erzählte ihnen, wie sie den Staatsanwalt davon überzeugt hatte, das Verfahren einzustellen.

Sie hatte ihm so viele Möglichkeiten aufzählen können, was Frau Röbers Tod verursacht haben konnte, dass er einsehen musste, dass er kaum eine Chance hatte, einen dieser vielen möglichen Tathergänge zu beweisen. Letztlich wäre noch nicht einmal auszuschließen gewesen, dass sie das Paracetamol selber genommen hatte, also Selbstmord, oder womöglich ein natürlicher Tod eingetreten sei, bevor eines der anderen Gifte wirken konnte.

Frau Plettenberg hatte zwar ein Geständnis abgelegt..., es lagen aber mehrere ärztliche Gutachten vor, die übereinstimmend zu dem Ergebnis kamen, dass Frau Röber an der geringen

Dosis Insulin, die ihr Frau Plettenberg nach ihrer eigenen Aussage gegeben hatte, nicht gestorben sein konnte. Es ging also bei ihr nicht mehr um Mord, sondern nur um versuchte aktive Sterbehilfe..., eine seltene und nie dankbare Anklage. Als der Staatsanwalt dann auch noch das Vernehmungsvideo mit Frau Plettenberg und Pauer angesehen hatte und sich vorstellte, wie ein Verhör mit ihr im Gerichtssaal in aller Öffentlichkeit ablaufen würde...

„Oh weh!", sagte Britta. „Damit ist auch noch dieser Fall aus der Statistik und Pauer hinter Georg zurück gefallen."

„Die guten Nachrichten reißen ja gar nicht mehr ab", grinste Nico. „Noch eine Runde!"

„Und was glaubst du, wie es wirklich abgelaufen ist, Nico?"

„Vom Ablauf habe ich tatsächlich eine ziemlich genaue Vorstellung, aber das Ende verstehe ich nicht. Annikas Spritze dürfte eher homöopathisch gewesen sein..., nicht viel Wirkung. Die hat sie garantiert nicht getötet, noch nicht mal ernsthaft gesundheitlich beeinträchtigt. Geschwächt war sie durch Dr. Verheugens unsinnige Medikation, ihre Organe wurden stark angegriffen durch die falsche Infusion, die ihr Schwester Gitta aus Versehen angehängt hat, Schmerzen bereitet und den unausweichlichen Tod vorbereitet haben die Kinder mit der großen Menge Paracetamol und ich hege den dringenden Verdacht, dass sie schon länger ein metastasierendes Karzinom hatte."

Nico schüttelte den Kopf:

„Die vier Sachen hätten, jede für sich alleine, schon ausreichen können, um sie umzubringen, aber da kämpft sie gegen an; dann kommt Annika und gibt ihr einen medizinisch uninteressanten Pieks und sie stirbt. Ich muss nicht immer alles verstehen..."

Nadine lächelte:

„Du bist halt Arzt und siehst es aus der falschen Perspektive. Sie wollte ja sterben, aber doch nicht als Ermordete; dagegen hat sie sich gewehrt. Sie wollte sterben in freier Entscheidung und in Begleitung eines Freundes. Als sie wusste, dass da nur jemand war, der sich nicht für sie interessierte, wie Schwester Gitta oder Doktor Verheugen, oder der sie gar umbringen wollte, wie ihr Sohn, da wollte sie diesen so wichtigen und einmaligen Schritt nicht gehen. Aber als da die gute Freundin an der Seite war, die die Hand hielt, da konnte sie endlich loslassen..."

Einen Moment schwiegen sie alle berührt. Nico prostete Nadine mit einem fröhlichen Lächeln und Rührung in den Augen zu:

„Danke, jetzt habe ich es verstanden. Nicht nur in diesem speziellen Fall..."

Kitty sah Nico belustigt an. Er konnte geradezu spüren, wie der gerade die Erinnerungskiste in seinem Kopf öffnete und Nadines Worte darin ablegte.

Auf einmal hatten sie alle das Bedürfnis, fröhliche Geschichten aus einem eigentlich schönen Leben zu erzählen und irgendwann waren sie alle trunken, selbst wenn sie, wie Antje (Kaffee) und Kitty (Pfefferminztee) keinen Alkohol tranken.

Der Abend war an Perfektion kaum noch zu überbieten, da stellte Kitty eine Frage, die noch eine kleine besondere Befriedigung obendrauf setzte:

„Weißt du eigentlich, was aus unserem Audifahrer geworden ist, Antje?"

„Oh. Der Staatsanwalt war leider nicht sehr motiviert. Womöglich gab es da irgendwelche Beziehungen zwischen den beiden. Bewährungsstrafe und einen Monat keinen Führerschein. Zum Glück bin ich noch als Nebenklägerin aufgetreten. Der Richter mochte den Audifahrer glaube ich auch nicht und war mit dem Staatsanwalt nicht zufrieden. Dafür hat er mir dann ein sehr hohes Schmerzensgeld zugesprochen."

„Dir? Was hattest du denn?"

Kitty versuchte sich an die Situation zu erinnern. Es war alles sehr schnell gegangen, aber er hatte nicht mitbekommen...

„Schleudertrauma durch Sturz, mehrere sehr schmerzhafte Prellungen und irgendetwas mit der Psyche. Nico hat mir die Diagnosen ausgesucht und erklärt, wie ich mich fühlen und verhalten musste. Er selber war Zeuge. Der Fahrer hat ja nicht mitbekommen, ob er mich getroffen hat. Naja und Nico hatte bei einem Arzt im Krankenhaus noch etwas gut und der hat dann die passenden Atteste ausgestellt."

„Manchmal muss man der Gerechtigkeit ein bisschen auf die Sprünge helfen...", sagte Nico, ungewöhnlicherweise leicht errötet. „Der Richter hat ja selbst gesagt..."

„Also, bei uns brauchst du dich bestimmt nicht zu entschuldigen!"

„Steht zwar zu befürchten, dass die hunderttausend Euro..."

Kitty stieß einen anerkennenden Pfiff aus.

„...ihm noch nicht mal wirklich weh getan haben, aber für die angefahrene Seniorin war es sehr viel Geld. Wir haben sie im Krankenhaus besucht; eine wirklich nette Frau. Sie lebt jetzt in einem richtig gut besetzten Seniorenheim, in einer gemütlichen Wohnung mit Blick auf Grün und Teich und einigen anderen Annehmlichkeiten, die sie mehr als verdient hat."

- 32 -

Ein ruhiger Dienst heute, nach dem wunderschönen Abend im Rheinblick gestern und jetzt Feierabend in einem wirklichen Zuhause. Kitty schloss zufrieden und glücklich die Augen. Sein Kopf lag in Nadines Schoß und sie kraulte durch seine Haare. Ein perfekter Augenblick. Die Katze döste auf dem Teppich, Teddy lag hinter ihr und beschnupperte sie. Die Kinder hörten nebenan Musik und sangen mit.

Wie gemalt, dachte Kitty, der sich an keinen ähnlich idyllischen Familien-Augenblick in seiner Kindheit erinnern konnte. Was womöglich daran lag, dass er sich sowieso wenig an seine Kindheit erinnerte...

Das Lied nebenan war zu Ende. Für einen kurzen Moment herrschte völlige Stille... und dann brach das Chaos los:

Die Katze war aufgestanden und sprang auf den Tisch, Kitty fuhr hoch, Nadine sprang auf, aber Teddy sprang auch schon auf den Tisch, bzw. auf dessen Kante, so dass der Tisch kippte und Nadine, die versuchte ihn festzuhalten, mit umriss. Kitty wurde von dem fallenden Hund umgeworfen. Für einen Moment lagen alle vier auf dem Boden.

Die Katze rappelte sich als erste wieder hoch und sprang auf das Telefonboard, woraufhin das Telefon anfing zu klingeln. Mittens zuckte zusammen, sprang erschrocken wieder runter, ohne vorher zu schauen wohin und landete auf Teddys Rücken. Dieser sprang daraufhin erschrocken auf und schleuderte dabei die Katze von sich, direkt in die Arme von Nadine, die gerade mühsam wieder aufgestanden war.

Kitty und Nadine schauten sich an und prusteten vor Lachen. Das Telefon klingelte immer noch und Kitty hob ab.

„Moin. Britta... Was ist los? ... Nein! ... Das... Hier?!? Im...? ... Nein! Woher habt ihr denn die DNA-Probe? ... Von... Ich glaub das alles nicht!"

Kitty musste sich an die Wand lehnen, ihm war schwindelig.

„Ganz sicher? Hundert Prozent? ... Wirst du einen Durchsuchungsbefehl bekommen? ... Wow! Das war Glück! ... Wann seid ihr hier? ... Klar werde ich dabei sein! Bis gleich!"

Nadine schaute ihn besorgt und neugierig an.

„Alles in Ordnung? Was ist los?"

„Wahnsinn! Ein Fall von dem ich dir nicht erzählt habe, weil er so grausam ist. Ein Serienkiller, der Demente vor laufender Kamera foltert und teilweise auch umbringt. Seit Jahren gesucht und wo wohnt er? Hier im Haus."

„Frau Geißler?"

„Nein. Im Erdgeschoss, Herr Stiller. Kennst du den?"

„Ja, vom Grüßen. Erschien mir eigentlich nett, lebt aber eher zurückgezogen..."

„Das würde passen. Mir ist er noch nie aufgefallen..."

„Und woher wisst ihr das?"

„Tja, das ist das Erstaunlichste. Das haben deine Kinder herausgefunden."

Jetzt musste Nadine sich an der Wand festhalten.

„Ben? Katrin? Was haben die denn damit zu tun?"

„Die beiden zukünftigen Kriminalkommissare haben ein bisschen Detektiv gespielt."

„Nein."

„Ich fürchte unser Gespräch über DNA aus dem Erdgeschoss hat sie inspiriert. Sie haben Zigarettenstummel von Herrn Stiller an Nico gegeben, der hat irgendwelche Beziehungen zu der Leiterin eines Labors und hat die DNA testen lassen und sie ist tatsächlich von unserem Mörder."

„Ich glaube, ich muss mal ein ernstes Wort mit den beiden reden. Die können doch nicht einfach..."

„Warte! Bitte! Britta kommt gleich mit ein paar Kollegen und einem Durchsuchungsbefehl vorbei. Wäre mir lieb, wenn die Kinder das nicht mitbekämen. Bin mir nicht sicher, was wir da so alles in der Wohnung finden..."

„Na gut. Werde ich halt nachher..."

Ein Klingeln an der Tür unterbrach sie. Es war Rachel. Kittys Vater war mal wieder verschwunden. Sie hatte schon im Treppenhaus, auf dem Dach, auf der Straße und in der direkten Umgebung gesucht, vergeblich.

Kitty schaute etwas unschlüssig. Er wollte nur ungern weit vom Haus weg.

„Geh ruhig. Ich schau aus dem Fenster. Wenn sich was tut, ruf ich dich an."

Nadine schob ihn Richtung Tür.

„Okay. Bis gleich. Und bleib besser in der Wohnung und schließ ab und lass die Kinder nicht raus."

„Schon klar. Pass du auch auf dich auf!"

Kitty gab Nadine noch einen Kuss und ging dann mit Rachel ins Treppenhaus.

„Tut mir wirklich leid. Ich war nur ganz kurz auf Toilette..."

„Du brauchst dich nicht zu entschuldigen. Uns ist er in den vier Tagen ohne dich siebenmal entwischt und wir..., ah, Moment, ich muss mein Handy anschalten."

Kitty und Rachel blieben kurz vor dem Hausausgang stehen und Kitty schaltete sein Handy an. Rachel schlug sich vor die Stirn.

„Oh Mann. Das hatte ich ganz vergessen. Ich habe deinem Vater extra mein Smartphone in die Tasche gesteckt, damit ich in so einem Fall mit GPS orten kann, wo er ist."

„Das geht?"

„Ja, da gibt es ein Computerprogramm für, habe ich auf meinem Laptop, müssen wir also wieder nach oben."

„Moment. Ich versuche erst mal ihn anzurufen. Vielleicht ist er ja doch hier im Treppenhaus oder Keller. Irgendwo habe ich deine Nummer doch eingespeichert... Da."

Kitty wählte Rachels Nummer, ohne wirklich mit einem hörbaren Ergebnis zu rechnen, doch tatsächlich war da sehr laut ein Klingeln zu hören und direkt danach ein unterdrückter Schrei und dann ein dumpfes Husten...

„Scheiße! Dieses Schwein!"

„Was ist Kitty?"

Rachel sah besorgt zu Kitty, der hasserfüllt auf die Tür im Erdgeschoss starrte, hinter der jetzt ein Stöhnen und dann wieder gedämpfter Husten zu hören war.

„Das ist mein Vater. Moment. Bin gleich wieder da."

Kitty stürzte die Treppe hoch und kam wenige Augenblicke später mit seiner Dienstpistole und einer kleinen Tasche in der Hand wieder runter.

„Kitty, was ist?"

„Rachel, entschuldige. Ich habe gerade eben erst erfahren, dass hier ein Schwerverbrecher wohnt. Geh bitte in Deckung. Das könnte jetzt wirklich gefährlich werden."

Kitty öffnete hektisch die Tasche und begann mit Draht am Schloss zu hantieren.

„Dein Vater ist da drinnen?"

Rachel war blass geworden und begann sich die Treppe hoch zurückzuziehen.

„Ja."

Im Zimmer fiel ein Stuhl um. Kitty und Rachel hielten inne und lauschten einen Moment. Wieder ein Husten, eher ein

Würgen, dann ein Japsen nach Luft, als würde jemand ersticken.

„Scheiße!"

Kitty richtete sich auf und zielte mit der Dienstpistole auf das Schloss. Drei Schüsse und dann warf er sich gegen die Tür, die tatsächlich aufsprang.

Im Flur niemand. Kitty ging mit ausgestreckter Waffe in das erste Zimmer links und erstarrte. Außer seinem Vater war niemand zu sehen. Dieser stand am Fenster und zog an einem Joint, nur um gleich wieder zu husten.

„Meine Güte, ich vertrag das Zeug einfach nicht mehr..."

„Paps!"

Kittys Vater drehte sich um und riss erschrocken die Augen auf.

„Oh... Maximilian! Was machst du denn hier?"

Er errötete und versuchte, das Tütchen unauffällig hinter dem Rücken zu verstecken.

„Paps. Wo ist Herr Stiller?"

Kitty schaute sich, die Pistole immer noch schussbereit ausgestreckt, um. Irgendetwas stimmte hier überhaupt nicht.

„Stiller? Welcher Herr Stiller?"

„Ach, vergiss es! Rauch weiter."

Kitty drehte sich um und sah gerade noch einen jungen Mann mit einer Sporttasche aus der Wohnung laufen, hörte ihn schreien und einen dumpfen Aufprall. Kitty war schon bei der Tür und sah Rachel, die dem Flüchtenden offenbar ein Bein gestellt hatte und nun mit dem gezückten Pfefferspray über ihm stand.

„Wow! Gut gemacht, auch wenn ich, glaube ich, etwas von Deckung gesagt hatte."

Kitty zielte mit der Pistole auf den am Boden Liegenden.

„Herr Stiller, ich verhafte Sie wegen mehrfachen Mordes, Vergewaltigung und..."

Er bückte sich zur Tasche und pfiff erstaunt durch die Zähne.

„...und wegen Drogenhandels in großem Umfang, wie mir scheint auch noch."

Die andere Tür auf dem Flur war inzwischen aufgegangen und ein Mann schaute ängstlich heraus.

„Bitte gehen Sie sofort wieder in Ihre Wohnung! Das hier ist eine polizeiliche Ermittlung!"

Kitty kannte den Mann flüchtig vom Sehen. Er verschwand sofort wieder in seiner Wohnung. Der Mann auf dem Boden rieb sich stöhnend den linken Ellenbogen.

„Ich habe niemand ermordet oder vergewaltigt!"

„Tja, vielleicht hätten Sie das Ganze nicht filmen sollen!"

„Was?"

Rachel starrte den Mann hasserfüllt an und schien zu überlegen, ob sie das Pfefferspray nicht einfach so anwenden sollte.

„Ich bin nicht Herr Stiller!"

„Habe mir schon gedacht, dass Sie einen anderen Namen haben."

„Ich bin Herr Martens."

„Wie auch immer Sie wirklich heißen..."

„Könnte mir mal jemand helfen? Huch! Was macht ihr denn da?"

Alle drehten sich zur Wohnungstür um, in der nun Kittel senior stand. Seine Hose war nass und aus dem Zimmer links hinter ihm quoll dunkler Qualm.

„Oh, Scheiße! Papa, du..."

„Ich kümmer mich drum."

Rachel nahm Kittel senior an die Hand und ging mit ihm in die Wohnung.

Kitty nickte dankbar, zielte weiterhin auf den am Boden Liegenden und ärgerte sich, dass er eben nicht auch noch an die Handschellen gedacht hatte. Was nun? Nach oben, Richtung Handschellen, wollte er wegen Nadine und der Kinder nicht. In Stillers Wohnung hatte er Paketband gesehen, das würde auch erst mal gehen. Britta sollte ja bald da sein.

„So. Ganz langsam aufstehen, Herr Stiller! Und dann mit erhobenen Händen in ihre Wohnung zurück!"

„Ich bin nicht Stiller! Das ist..."

„Es ist mir scheißegal, wie Sie heißen!"

Kitty schubste ihn Richtung Wohnungstür und sah dort Rachel mit einem Eimer Wasser in das verqualmte Zimmer laufen.

„Okay. Da sind ein paar Drogen in der Tasche, aber die sind nicht von mir. Ich wollte sie gerade zur Polizei bringen. Ich habe überhaupt nichts getan und sie haben kein Recht, ohne Durchsuchungsbefehl..."

„Schnauze! Und rein in die Wohnung!"

„Ich hätte nicht übel Lust, Sie..."

„Du ahnst gar nicht, zu was ich alles Lust hätte, Freundchen, und vielleicht werde ich sogar..."

„Sie werden den armen Herrn Martens überhaupt nichts, Sie Grobian!"

Kitty sah sich verblüfft um, erhaschte noch einen kurzen Blick auf Frau Geißler, bevor sein gesamtes Blickfeld von einer Bratpfanne eingenommen wurde, die mit sehr hohem Tempo auf ihn zuka... PLONG!

Kitty fiel zu Boden und merkte, dass Herr Stiller, nein, wirklich Herr Martens?, jedenfalls den Boden neben ihm abtastete.

Zum Glück war Kitty auf seine Pistole drauf gefallen. Herr Martens stürzte zu seiner Tasche.

Kitty schüttelte einmal kräftig den Kopf, spürte dabei ein furchtbares Ziehen in der Nase, richtete sich auf, zog die Pistole unter sich hervor und richtete diese wieder auf Herrn Martens.

Herr Martens! Die Erkenntnis traf Kitty fast noch schlimmer als die Bratpfanne von Frau Geißler. Er hatte sich furchtbar vertan. Britta hatte doch Erdgeschoss rechts gesagt, aber als Kitty seinen Vater hörte, war alle Professionalität von ihm abgefallen. War das eben womöglich Herr Stiller gewesen, den er zurück in seine Wohnung geschickt hatte? Oh, Scheiße!!! Okay. Jetzt erst mal dieses Problem hier irgendwie lösen.

Denn Herr Martens hatte auch eine Pistole aus seiner Sporttasche geholt und richtete diese nun auf die Schläfe von Frau Geißler, die er vor sich festhielt. Kitty konnte nur mühsam dem Drang widerstehen, Herrn Martens zu erklären, dass es nicht eine wirkliche Drohung war, Frau Geißler erschießen zu wollen. In der Wohnung hörte er seinen Vater:

„Ich habe Hunger! Ah, hier ist der Vorratsraum..."

„Herr Kittel, warten Sie! Oh..."

Kitty sah sich ganz kurz um. Rachel stand mit erhobenen Händen im Flur und starrte konzentriert auf die Pistole, die Herr Martens jetzt auf sie gerichtet hatte.

„Du!", Herr Martens wedelte mit der Pistole. „Nimm den Autoschlüssel vom Board und schmeiß ihn zu mir!"

Rachel ging zum Board und suchte.

„Hier ist kein Autoschlüssel!"

„Verarsch mich nicht! Natürlich ist da mein Autoschlüssel! Spiel nicht die Heldin!"

„Ganz ehrlich. Hier ist kein Autoschlüssel!"

Rachels Stimme zitterte. Herr Martens blinzelte nervös, Schweiß glitzerte auf seiner Stirn und seine Hand zitterte stärker als Rachels Stimme. Kitty spürte die Stimmung kippen. Herr Martens war verzweifelt und völlig überfordert; gleich würde er losballern. Kitty stellte sich schützend vor Rachel. Höchste Zeit für einen Deeskalationsversuch. Er senkte die Pistole.

„Alles gut, Herr Martens. Keiner will hier Held spielen. Wir machen alles, was Sie wollen!"

Kitty legte seine Pistole auf den Boden und hob seine Hände.

„Ich schlage vor, Sie sperren uns in den Hauswirtschaftsraum ein. Dann können Sie in Ruhe nach dem Schlüssel suchen, wegfahren und wir können Sie nicht verfolgen."

Kitty spürte, wie sich Herr Martens deutlich entspannte.

„Okay. Okay. Dann aber auch her mit euren Handys!"

Rachel und Kitty legten ihre Handys auf den Boden. Herr Martens begann mit der freien Hand Frau Geißlers Taschen abzutasten.

„Finger weg, Sie Lustmolch! Ich besitze kein Handy! Wissen Sie, was die Strahlung mit dem Gehirn macht?"

„Was soll denn da bei Ihnen geschädigt werden, Frau Geißler?", fragte Herr Martens spöttisch, so dass Kitty ihn für einen winzigen Moment gar nicht so unsympathisch fand.

„Das ist eine Ungeheuerlichkeit! Glauben Sie nicht, dass das bei der nächsten Eigentümerversammlung unerwähnt bleiben wird. Sie wissen, ich habe..."

„Schnauze!" Herr Martens ließ Frau Geißler los, trat einen Schritt zurück, verpasste ihr eine schallende Ohrfeige und stieß Sie dann Richtung Hauswirtschaftsraum. „Das ist ja nicht mehr auszuhalten. Sofort rein da!"

„Aber... Aber... Sie haben mich..."

„Für all das, was ich die letzten Jahre von Ihnen ertragen musste, war das noch viel zu wenig! Los, Kittel, sperren Sie diesen Drachen ein!"

Kitty öffnete die Tür, doch Frau Geißler zeterte immer lauter, obwohl Kitty sie ernst ansah und energisch darum bat, in den Raum zu gehen. Es half nichts. Kitty schob die um sich schlagende Frau Geißler in den Hauswirtschaftsraum und schloss die Tür. Ihr Schimpfen war trotzdem noch sehr deutlich zu hören:

„Das wird Konsequenzen haben, Herr Kittel! Ich werde dafür sorgen, dass sie und dieses rothaarige Flittchen..."

Herr Martens und Kitty schauten sich einen Moment wie Verbündete an, die einen Erfolg gegen einen gemeinsamen Gegner errungen hatten.

Jetzt erst mal hinsetzen und zusammen ein Bier trinken?

Kitty wurde durch einen lauten Schreckensschrei aus dem Hauswirtschaftsraum aus seinem skurrilen Traum gerissen.

„Ah!!!! Oh Gott! Wer sind Sie denn? Was machen Sie da? Unterstehen Sie sich dahin zu pinkeln! Hilfe!!! Lassen Sie mich sofort raus, Herr Kittel! Herr Kittel!!!"

Frau Geißler hämmerte gegen die Tür.

„Ist ihr Vater da schon drinnen?"

„Scheint so."

„Sehr gut, dann ihr beiden auch noch da rein!"

Kitty reagierte nicht, da er von einer Bewegung hinter Herrn Martens abgelenkt wurde.

Teddy?

Teddy!

Doch leider stürzte sich dieser nicht auf Herrn Martens, sondern lief zur auf dem Boden liegenden Bratpfanne von Frau

Geißler. Nachdem er enttäuscht festgestellt hatte, dass dort keine Reste drinnen waren, ging er weiter zu Herr Martens Sporttasche und begann interessiert an den Drogen zu schnuppern.

Träume ich immer noch?

„Kittel! Hallo! Würden Sie dann bitte, zusammen mit Ihrer Freundin..."

Wieder eine Bewegung hinter Herrn Martens.

„Das ist nicht seine Freundin!"

Ein harter Schlag mit der Bratpfanne traf Herrn Martens am Hinterkopf, so dass ihm die Pistole aus der Hand flog und er taumelte. Er drehte sich halb nach hinten um und der zweite Hau mit der Pann traf ihn frontal ins Gesicht.

„ICH bin seine Freundin!"

Nadine stand, mit immer noch zum Schlag bereiter Bratpfanne, über dem jetzt am Boden liegenden Herrn Martens und funkelte ihn böse an, so als wäre es wirklich das Wichtigste in dieser Situation, mit wem Kitty zusammen sei.

Kitty nahm seine und Herr Martens Pistole und kontrollierte, wie fit Herr Martens war. Fürs erste benommen genug, um keinen Unfug zu machen. Kitty umarmte Nadine und drückte dann Rachel seine Pistole in die Hand.

„Ich hol mal gerade meine Handschellen. Wenn er frech wird, dürft ihr mit Pfanne, Pistole und Pfefferspray machen, was ihr wollt..."

Als Kitty eine halbe Minute später wieder runter kam, regte sich Herr Martens schon wieder, traute sich aber, angesichts der beiden äußerst gewaltbereit aussehenden Damen über ihm, nicht, sich ernsthaft zu bewegen. Kitty legt ihm Handschellen an und alle entspannten sich... Aber nur für einen winzigen Moment, bis sie Teddy und Mittens sahen, die beide voller Appetit aus einem Beutel mit weißem Pulver fraßen.

„Aus! Teddy! Aus!"

Kitty zog Teddy schnell von Herr Martens Tasche weg. Nadine nahm Mittens auf den Arm.

Ach du Scheiße! Kitty wusste sowieso wenig über Tiere, aber das hier war so speziell, dass womöglich nicht mal Britta... Apropos Britta: Kitty sah blinkendes Blaulicht vor dem Haus vorfahren.

Oh, Mist! Die Erleichterung, dass diese Situation gut ausgegangen war, war wie weggeblasen. *Scheiße!* Was hatte er nur veranstaltet? Den wirklichen Schwerverbrecher hatte er nicht festgenommen, sondern in seine Wohnung zurück geschickt und von da war er nun selbstverständlich längst geflüchtet.

„Herr Stiller, Sie sind verhaftet!" Deutlicher hatte er ihm nicht vor Augen führen können, wen er wirklich meinte. Wie viel Zeit war seitdem vergangen? Zehn Minuten vielleicht? Jedenfalls hatte er einen enormen Vorsprung.

Sollte er Britta gleich alles gestehen? *Tut mir leid, ich hab deinem Massenmörder zur Flucht verholfen, kann dir dafür aber diesen kleinen Drogendealer schon fertig verpackt anbieten...*

War das irgendwie zu umgehen? Flüchten? Ach nein, das Haus war ja umstellt. Keine Zeit mehr zum Überlegen. Britta kam mit mehreren Kollegen ins Treppenhaus und schaute Kitty verblüfft an:

„Oh, du hast ihn schon festgenommen?"

„Tja..., äh..., leider nicht. Das hier ist der Nachbar von Herrn Stiller. Ich hatte..."

„Das ist nicht Herr Stiller? Aber warum... Habt ihr viel Lärm gemacht bei der Festnahme?"

„Ja. Und nicht nur das. Ich fürchte, ich habe Herrn Stiller versehentlich gewarnt."

Britta holte tief Luft, schloss die Augen und schüttelte den Kopf. Kitty war froh, dass Nadine mit der Katze schon nach oben verschwunden war.

„Okay. Irgendwas ist furchtbar schiefgelaufen, scheint mir. Weißt du denn...?"

„Hilfe! Lassen Sie das! Hilfe!!!"

Ein hysterischer Schrei kam aus dem Hauswirtschaftsraum. Kitty hatte Frau Geißler und seinen Vater ganz vergessen.

„Und da? Hat das was mit Herrn Stiller zu tun?"

Britta sah immer noch erstaunlich gefasst aus. Kitty nahm sich vor, sie wegen ihrer Professionalität ausführlich zu loben, falls all dies einigermaßen gut ausgehen sollte und Britta hinterher noch mit ihm sprechen würde...

„Nein. Das gehört hierzu. Nichts wobei wir die Hilfe eines SEK benötigen würden. Ich kümmere mich darum und ihr könnt ja schauen, ob ihr wenigstens verwertbare Spuren findet und..."

„...schnellstens eine Fahndung einleitet. Die Tür da?"

„Ja."

Britta gab kurze Anweisungen und klopfte dann an die Tür.

„Herr Stiller? Aufmachen! Polizei! Wenn Sie nicht öffnen, müssen wir die Tür gewaltsam öffnen!"

Kitty wollte gerade seine Hilfe beim Öffnen der Tür anbieten, seine Tasche lag noch auf dem Boden im Flur, als sich völlig überraschend die Tür öffnete und Herr Stiller ängstlich herausschaute:

„Was ist denn los?"

Kitty war gleichzeitig ungeheuer erleichtert, dass er doch nicht alles verdorben hatte und bestürzt, weil es ganz offensichtlich war, dass Herr Stiller nicht ihr gesuchter Serienkiller war.

„Herr Stiller, wir haben hier einen Durchsuchungsbefehl für Ihre Wohnung. Wenn Sie die Kollegen bitte rein lassen würden? Tragen Sie eine Waffe oder befindet sich eine Waffe in Ihrer Wohnung?"

„Nein. Ich besitze keine Waffe! Was soll das alles?"

Britta drückte ihm den Bescheid in die Hand.

„Wenn Sie sich das vielleicht durchlesen mögen? Es besteht der Verdacht, dass sie mehrere Menschen brutal gefoltert und ermordet haben."

„Was?"

Herr Stiller wurde leichenblass und setzte sich auf einen Stuhl. Britta sah ihn an und warf dann Kitty einen fragenden Blick zu. Der schüttelte den Kopf. Britta kam zu ihm.

„Ich nehme an, ich brauche nicht nach Waffen zu suchen?"

„Ja."

„Und er ist auch nicht der, den wir suchen?"

„Ich glaube es nicht."

„Du weißt, dass nicht."

„Ja. Aber ich bin nicht unfehlbar."

„Hilfe!!!!"

Frau Geißlers Stimme überschlug sich.

„Das lassen Sie an! Hilfe!!!"

„Was ist hier los?"

Herr Geißlers Stimme eher ein Flüstern. Womöglich hatte er schon mehrmals gefragt, aber keiner hatte ihn bemerkt. Er stand auf der Treppe und traute sich nicht in die Menge im Flur.

„Was ist mit meiner Frau?"

Kitty nahm ihn am Arm und führte ihn in Herrn Martens Wohnung.

„Es geht ihr gut. Sie war kurzzeitig eine Geisel, aber ihr ist nichts passiert. Sie ist bloß noch eingesperrt. Eine komplizierte Geschichte. Ich erzähle Sie Ihnen, wenn mehr Zeit ist. Hier ist Ihre..."

Kitty hatte die Tür zum Hauswirtschaftsraum geöffnet und erstarrte, spürend, wie Herr Geißler hinter ihm versteinerte.

„Der ist aber wirklich sehr groß!", sagte Frau Geißler gerade beeindruckt.

Kittys Vater sah die Dazukommenden und winkte ihnen fröhlich zu. Er war komplett nackt. Frau Geißler drehte sich erschrocken um und ließ dabei das steife Glied von Kitty senior los. Immerhin war sie komplett bekleidet. Sie sah ihren Mann, wurde knallrot, fiel in Ohnmacht und dabei mit dem Hinterkopf gegen die Waschmaschine.

Herr Geißler verließ wortlos die Wohnung und ging nach oben. Kittys Vater kam erfreut auf Kitty zu:

„Gut, dass du kommst. Ich habe wirklich großen Hunger!"

Rachel nahm in lachend bei der Hand:

„Dann gehen wir jetzt mal nach oben und essen was. Vorher musst du dich aber anziehen!"

Frau Geißler regte sich nicht und blutete aus der Kopfplatzwunde. Kitty überlegte, ob er hinter Herrn Geißler hergehen sollte. Mit einem sehr schweigsamen Mann ein Bier zu trinken, erschien ihm jetzt sehr verlockend. Britta schaute ins Zimmer rein.

„Sieht aus, als könntest du den Krankenwagen gebrauchen, den wir mitgebracht haben."

„Ja. Danke. Wie sieht es bei euch aus?"

Britta konnte schon wieder lächeln.

„Tja. Herr Stiller hatte tatsächlich ein dunkles Geheimnis, welches er bis jetzt erfolgreich vor euch verborgen hatte..."

Vielleicht doch?

„Er ist schwul und hatte gerade seinen Lebensgefährten bei sich, von dem hier im Haus keiner erfahren sollte."

Frau Geißler richtete sich völlig überraschend etwas auf und fragte mit glasigen Augen:

„Wer ist schwul in diesem Haus?"

Kitty ging zu ihr:

„Ihr Mann meines Wissens nach nicht und alles andere geht Sie nichts an!"

Frau Geißler verdrehte die Augen und fiel wieder in Ohnmacht.

Teddy kam wedelnd in den Hauswirtschaftsraum, sprang in den Wäschekorb, mit dem er umfiel, rappelte sich wieder hoch, nieste, stellte sich neben Frau Geißler und hob das Bein.

„Teddy, nein!"

Teddy drehte sich zu Kitty um, lächelte ihm freundlich zu und pinkelte trotzdem.

Kitty wusste, dass er eigentlich dringend eingreifen musste, aber seine Beine versagten und er setzte sich auf einen Wasserkasten. Britta schaute ihn und Teddy beunruhigt an.

„Ich muss heute Abend nicht alles verstehen, aber was ist mit Teddy?"

„Oh! ...Ja. ...Das hatte ich ganz vergessen in dem Chaos. Er hat eine unbekannte Menge Drogen, vermutlich Kokain, zu sich genommen."

„Er hat..."

Auch Britta setzte sich nun, mit nicht mehr diensttauglichen Beinen, auf eine Kiste.

„Habt ihr schon den Tierarzt gerufen?"

„Nein. Er hatte es gerade erst gefressen, dann kamt ihr schon und... Kann ihm was passieren?"

„Keine Ahnung. Ich hab an meine Tiere nie Drogen verfüttert, das würde ich eher... Moment!"

Britta zückte ihr Handy.

„Nico! ... Hallo! ... Äh, ich weiß es ehrlich gesagt nicht. Hast du Erfahrungen mit Hunden, die Drogen genommen haben? ... Wahrscheinlich Kokain ... Ja? ... Ja, das wäre prima! ... Nein. Bei Kitty. ... Ja. Bis gleich!"

Britta steckte ihr Handy wieder ein.

„Wieso nur überrascht es mich noch, dass ihn so eine Frage nicht überrascht?"

Sie starrte mit gleichzeitig verliebtem und beunruhigtem Blick vor sich hin, als sie von draußen gerufen wurde. Sie ging raus und Kitty folgte Teddy, der Britta in Herrn Stillers Wohnung nachlief, sich dort vor den Kühlschrank auf die Hinterpfoten stellte und versuchte, ihn mit dem Mund zu öffnen, dabei aber hintenüber fiel.

„Kitty! Woher hatten deine Detektive die Zigarettenstummel, an denen die DNA unseres Mörders waren?"

„Keine Ahnung. Ich geh mal fragen."

„Ach, und was machen wir mit dem Mann in Handschellen hier?"

Kitty hatte Herrn Martens schon vergessen.

„Shit, ja. Mit der Tasche in U-Haft und Spusi für die Wohnung."

„Die dürften viele spannende Spuren zu sichern haben...", grinste Britta. „Besonders im Hauswirtschaftsraum."

„Also, ich bin mal kurz oben nachfragen."

Kitty ging nach oben, Nadine umarmte ihn hinter der Tür. Schon nach zehn Sekunden fühlte Kitty, wie er ruhig wurde. Die Beine und die Intuition waren wieder funktionsfähig.

Kitty befragte kurz die sehr aufgeregten Kinder und ging dann wieder ins Erdgeschoss. Auf der Treppe begegnete er Rachel und seinem Vater.

„Wir gehen mal kurz nach draußen, ein bisschen spazieren. Das sollte ihm gut tun."

„Danke. Danke für alles!"

„Gerne! Wie sieht es bei dir aus?"

„Erzähl ich dir später."

Kitty würde noch viele längere Gespräche führen müssen, wenn dieses Chaos vorbei war...

Herr Stiller saß mit seinem Lebensgefährten zusammen am Küchentisch, Britta stand daneben und sah Kitty erwartungsvoll an.

„Die Kippen sind aus dem Aschenbecher auf der Terrasse."

„Wer nimmt denn Kippen aus unserem Aschenbecher. Dürfen..."

„Entschuldigen Sie, Herr Stiller. Das erklär ich Ihnen später. (Kitty hatte keine wirkliche Ahnung, was er erzählen würde. Die Kinder würde er nicht verraten.) Das ist jetzt sehr wichtig! Von wem, außer von Ihnen beiden, könnten da noch Zigarettenstummel drinnen gewesen sein?"

Herr Stiller und sein Freund sahen sich ratlos an.

„Wir haben eigentlich nie Besuch hier. Wann soll das gewesen sein?"

„Vor knapp einer Woche."

Herr Stiller überlegte und schüttelte den Kopf, als sich sein Partner das erste Mal überhaupt zu Wort meldete:

„Am Montag war doch der Hausmeister hier. Er hat die defekten Heizungsventile gewechselt und zwischendurch zwei Zigaretten geraucht."

„Wissen Sie zufällig, welche Marke er geraucht hat?"

„HB. Ich dachte noch, das passt zu ihm. Er sah aus wie ein HB-Männchen, das leicht mal in die Luft geht."

„Und Sie rauchen nie HB?"

„Nein. Lucky Strike, sonst nichts."

Kitty schaute Britta an und nickte. HB passte. Hausmeister? Gut möglich. Wer wusste besser, wo es einen günstig gelegenen, leer stehenden Keller gab?

Teddy begann zu würgen und Kitty konnte ihn noch gerade auf den Flur schieben, bevor er sich übergab.

Kurz darauf traf Nico ein. Er untersuchte Teddy, der sich inzwischen auf eine Stufe im Treppenhaus gelegt hatte und tief eingeschlafen war.

Nico lächelte Britta und Kitty beruhigend zu.

„Alles gut. Jedenfalls nichts Lebensbedrohliches. Bist du dir sicher, dass es Kokain war?"

„Nein. Weißes Pulver halt... Da, in der Tasche."

Nico schaute sich das Pulver an, roch und schmeckte.

„Definitiv kein Kokain, irgendein Designermist. Hm... Das macht eine Prognose deutlich schwerer. Ich nehme eine Probe mit zum Analysieren, aber das dauert. Ich würde sagen: Lass ihn schlafen. Wenn er aufwacht und Schmerzen hat, gibst du ihm das hier..."

Nico holte ein kleines Fläschchen aus seiner großen Tasche.

„...und im Zweifelsfall rufst du mich natürlich sofort an. Wo ist die Katze?"

„Oben bei Nadine und den Kindern. Sie schlief eben auch tief und fest."

„Hört sich gut an. Hier, noch ein Fläschchen für die Katze, aber bei ihr höchstens die Hälfte... Dann wären also alle versorgt, obwohl..., hattest du nicht was von Frau Geißler gesagt?"

„Ach Gott, dauernd vergesse ich die."

„Was durchaus eine adäquate Maßnahme bei ihr ist", lachte Britta. „Sie wurde aber inzwischen von den Sanitätern versorgt, ist wieder auf den Beinen und muss ihrem Mann jetzt eine Menge unangenehme Fragen beantworten..."

„Geht es denn jetzt los zum Hausmeister? Wie heißt der?"

„Stephan Schmidt, wohnt drei Straßen weiter. Ich warte noch auf das Okay vom Staatsanwalt. Er ist nicht ganz glücklich damit, wie der Abend bisher abgelaufen ist, will aber gleich zurückrufen."

Kitty überkam plötzlich ein ungutes Gefühl.

„Nicht, dass ich bisher irgendetwas richtig gemacht hätte heute Abend..."

„Sag es trotzdem!"

„Ich glaube, er ahnt was."

„Der Staatsanwalt?"

„Nein. Der Hausmeister."

Britta fragte nicht nach:

„Auf zum Hausmeister! Jetzt!"

Britta und das SEK fuhren sofort los. Kitty und Nico wollten gleich hinterher, mussten aber erst noch den laut schnarchenden Teddy nach oben tragen. Als sie danach wieder im Erdgeschoss vorbeikamen, hob Nico die Bratpfanne, über die er beinahe gefallen wäre, vom Boden auf.

„Von wem ist die eigentlich?"

„Frau Geißler."

„Die hat also nicht mehr alle Pfannen im Schrank."

„Und noch so einiges andere nicht... Nimm die Pfanne mit."

„Warum?"

„Keine Ahnung; ich hab so eine Ahnung."

Sie sahen sich einen kurzen Moment an, grinsten und liefen dann zu Nicos MX5.

- 33 -

Die Besitzerin der Bratpfanne war inzwischen ärztlich versorgt worden, stand vor ihrer Wohnungstür und kam nicht rein. Ihr Mann hatte die Tür zugeschlossen und hörte in ohrenbetäubender Lautstärke Deutsche Märsche.

Sie klingelte bei den Meiers gegenüber und fragte, ob sie mal das Telefon benutzen könne.

Stephan Schmidt saß mit einem Bier vor dem Computer als das Telefon klingelte.

„Schmidt?"

„Herr Schmidt! Frau Geißler hier!"

Herr Schmidt verdrehte die Augen.

„Sie müssen sofort kommen. Ich kann nicht in meine Wohnung!"

„Was ist denn passiert?"

„Das geht Sie überhaupt nichts an! Kommen Sie einfach und bringen Sie den Universalschlüssel mit!"

„Es gibt keinen Universalschlüssel für..."

„Es ist mir völlig egal, wie das heißt, was sie da machen! Ich weiß genau, dass Sie das können und..."

„Ist ja gut."

„Ach ja und bringen Sie Teppichreiniger mit und wir brauchen eine neue Tür im Erdgeschoss links. Wenn Sie das schon mal aufschreiben können?"

„Aber Sie wohnen doch in der zweiten Etage."

„Ja, aber bald im Erdgeschoss und da hat Herr Kittel heute die Tür zerstört."

„Kittel? Der Polizist?"

„Ja, genau. Er hat dort Herrn Martens festgenommen. Stellen Sie sich vor: Der war Drogendealer! Der ist jetzt in Untersuchungshaft und ich werde dort in die Wohnung einziehen."

„Drogendealer?"

„Sag ich doch. Und es kommt noch schlimmer! Gegenüber Herr Stiller... Sie werden es nicht glauben!"

„Ja?"

„Ein Einsatzkommando der Polizei war da und hat die Wohnung durchsucht."

„Nein!"

„Doch!"

„Warum?"

„Er ist schwul!"

„Er ist... Was?"

„Ja! Unglaublich, oder?!"

„Aber deswegen kommt doch kein Einsatzkommando!"

„Nein? Naja, ursprünglich dachten sie nur, er habe irgendwas mit alten Menschen gemacht. Eingesperrt...? Oder hat er...? Ich weiß es nicht. Jedenfalls haben sie dann rausgefunden, dass er sogar..."

„Und wo ist das Einsatzkommando jetzt?"

„Keine Ahnung. Sie sind eben weg, aber das ist doch auch völlig egal! Sie kommen jetzt sofort... Herr Schmidt? Herr Schmidt? Hallo!"

Nico hielt gerade an einer Ampel, als sein Handy brummte; eine Kurznachricht von Britta: Schmidt sei geflüchtet, aber eben erst, der Zigarettenstummel im Aschenbecher glühe noch.

Nico drehte sich zu Kitty, um ihm Bescheid zu sagen, aber dieser zeigte gerade auf einen Mann auf dem Bürgersteig:

„Frag mich nicht warum, aber ich glaube..."

„Das ist Herr Schmidt?"

„Ja. Ich weiß nicht..."

Nico hatte bereits die Scheibe runtergelassen und grüßte freundlich:

„Hallo, Herr Schmidt!"

Der Mann schaute sich spontan um, begriff dann, dass er sich gerade verraten hatte und begann zu laufen. Mit dem Auto konnten sie ihn nicht lange verfolgen, da er in einen schmalen Fußgängerweg einbog; Nico und Kitty liefen zu Fuß hinterher.

Es schien eine sehr lange Verfolgungsjagd zu werden, da keiner entscheidend schneller lief. Drei lange Straßen waren sie bereits hinter ihm hergelaufen, kamen nicht wirklich näher, aber verloren ihn zum Glück auch nicht aus den Augen.

Nico blieb plötzlich stehen, ging zurück zur Pizzeria, an der sie eben vorbeigelaufen waren und rief Kitty zu:

„Ich bin mal kurz beim Italiener. Jag du ihn weiter!"

Kitty verstand kein Wort, ahnte aber, dass Nico nicht wegen Tiramisu stehen geblieben war.

Knapp fünfzig Meter weiter begriff er, was Nico vorhatte. Herr Schmidt musste wegen eines Häuserblocks rechts abbiegen und kurz darauf blieb ihm wieder nichts anderes übrig, als rechts abzubiegen, so dass er jetzt auf der Parallelstraße von eben zurücklief, wo seinem Kopf, in Höhe der Terrasse eines italienischen Restaurants, mit hoher Geschwindigkeit eine Bratpfanne entgegenkam...

Kitty spürte die Erleichterung darüber, dass sie Herrn Schmidt doch noch bekommen hatten, schwinden, als er auf sein Haus zuging. Hier war noch einiges abzuarbeiten. Er hatte inzwischen etwas den Überblick verloren. Ein Gespräch mit Herrn Geißler, Entschuldigung bei Herrn Stiller und hoffentlich war sein Vater vom Kiffen ähnlich müde, wie er es immer gewesen war und war nicht schon wieder...

„Kitty! Gut, dass du wieder da bist!" Nadine umarmte ihn stürmisch und lang. „Es ist ein Alptraum! Habt ihr wenigstens euren Serienkiller gefunden?"

„Ja, und festgenommen. Und das auch noch dank Frau Geißlers Bratpfanne."

„Dank Frau...? Apropos Frau Geißler. Sie und ihr Mann sind verschwunden. Da käme ich noch ganz gut mit zurecht. Aber dein Vater ist auch weg und Rachel sucht ihn und die Kinder suchen Teddy und Mittens, das schon fast eine Stunde lang und inzwischen suche ich auch nach den Kindern, denn da wo sie sein sollten, sind sie nicht..."

Das hörte sich nicht so an, als wäre der ersehnte Feierabend in Nadines Armen sehr nah...

Die, die am wenigsten gefehlt hatten, tauchten als erstes wieder auf. Dass Geißlers eisig schweigend an ihnen vorbei gingen, war nicht neu; dass Herr Geißler zufrieden und Frau Geißler zerknirscht aussah, war hingegen eine Premiere.

Nadine und Kitty wollten gerade aus dem Haus gehen, als ein kurzer kräftiger Regenschauer begann. Sie blieben in der Haustür stehen, warteten ab und überlegten.

„Ich bin ja eigentlich nicht wirklich Mutter, aber die Instinkte kann ich perfekt. Dass die Kinder alleine durch die Stadt laufen, ist schlimm genug, aber dass sie jetzt womöglich nass und durchgefroren sind, macht mich völlig fertig."

„Aber sie sind..."

„Ich weiß alle Fakten, Naturwissenschaft und Medizin zu dem Thema, weiß, dass ich früher auch halb nackt durch Schnee gelaufen bin, ohne dass mir kalt war oder es mir gar geschadet hätte, aber es nützt nichts, jetzt frieren sie in meiner Vorstellung..."

In Kittys Vorstellung hingegen war es eher heiß, als er Nadine halb nackt durch den Schnee laufen sah...

„So, wo sollen wir suchen?"

Nadine schaute Kitty erwartungsvoll an, doch Kittys Intuition war ratlos.

„Keine Ahnung, wo warst du schon?"

„Die üblichen Spaziergangsstrecken und auf der Hundewiese."

„Hundewiese... Weißt du, wo Baschka wohnt?"

Nadine nickte anerkennend.

„Gute Idee! Das ist in der Tat eine Möglichkeit, aber ich weiß nicht mal, wie Baschkas Frauchen mit Nachnamen heißt."

Kitty seufzte enttäuscht.

„Nicht dass Mittens jetzt doch noch zu ihrem ursprünglichen Frauchen zurückgekehrt ist und Teddy gleich mitgenommen hat."

„Habt ihr nicht Suchhunde für solche Fälle, die uns helfen könnten?"

„Die haben schon alle Feierabend und ihr Chef ist eher unflexibel, was nicht bestimmungsgemäße Einsätze angeht."

Die beiden gingen recht unsortiert durch die Stadt, Nadine pfiff ab und zu laut durch die Zähne, und tatsächlich kamen mehrmals Hunde wedelnd auf sie zugelaufen, die aber weder Teddy waren, noch ihn gesehen hatten.

Kitty hatte nach zwanzig Minuten völlig die Orientierung verloren und sehnte sich mal wieder ins übersichtliche Friesland zurück. Da hätten sie Teddy noch in ein paar Kilometer Entfernung sehen können; hier sah Kitty zu beiden Seiten endlose vierstöckige Wohnblöcke. Er wusste nicht mal, wie die Straße hier hieß, und in welche Richtung es nach Hause ging, war er sich auch nicht sicher. Das ließ nicht unbedingt hoffen für die Kinder.

Nadine und Kitty standen gerade unschlüssig an einer Kreuzung, als Kittys Handy klingelte.

„Rachel! Hast du meinen Vater gefunden?"

„Nein, aber eure Kinder und sie haben eine Spur von Teddy und Mittens."

„Oh, wunderbar! Wo seid ihr?"

„Wir sind gleich beim Fröbelplatz. Bist du in der Nähe?"

„Ich habe ehrlich gesagt weder eine Ahnung, wo der Fröbelplatz ist, noch wo wir hier gerade sind. Warte. Ah, da: Ecke Mechternstraße und Barthelstraße. Sagt dir das was?"

„Mir nicht, aber meinem Smartphone. Moment... Oh, prima! Das ist ganz in der Nähe. Geht die Mechternstraße, ihr müsst gegen die Einbahnstraße laufen, bis zur Vogelsanger Straße, dann links und dann kommt schon bald der Fröbelplatz, da steht ein... Ja!!! Da sind sie tatsächlich!"

Kitty hörte im Hintergrund die Kinder jubeln.

„Beeilt euch, dann könnt ihr vielleicht auch noch etwas von der Show sehen und uns dann helfen, sie einzufangen."

Ohne den Hauch einer Vorstellung davon, was sich da für eine Show abspielen sollte, rannten Nadine und Kitty Richtung Fröbelplatz. Sie waren fast angekommen, als sie einen Hund langsam, geduckt und leicht humpelnd von dort weglaufen und in einer Nebenstraße verschwinden sahen.

„War das Teddy?"

„Also, wenn er es war, sah das nicht wirklich gesund aus."

Schnell liefen sie auch zu der Seitenstraße und sahen gerade noch, wie der Hund hinter einem Baum zusammenbrach.

„Oh nein!"

Sie liefen hin, knieten sich beide neben den Hund, der tatsächlich Teddy war, aber doch nicht zusammengebrochen war, sondern sich nur hingelegt hatte, um jetzt zufrieden an einem sehr großen Steak zu kauen... Als er Frauchen und Herrchen bemerkte, wedelte er kurz zaghaft und versuchte das Steak unter seinen Pfoten zu verstecken.

„Schau dir seinen Bauch an! Der ist ja völlig aufgebläht. Kein Wunder, dass er so komisch läuft. Ob das von den Drogen kommt?"

„Keine Ahnung."

Nadine hatte Teddys Leine mitgenommen und band ihn am Baum fest.

„Wir gucken jetzt erst mal nach Rachel und den Kindern. Vielleicht wissen die mehr. Dann können wir immer noch zum Tierarzt."

Sie liefen die fünfzig Meter bis zum Fröbelplatz, blieben abrupt stehen und starrten verblüfft auf die Szene vor ihnen:

Ein mobiler Imbisswagen mit großer Bratwurstwerbung auf dem Dach, davor ein Dutzend Menschen, die sich um etwas in der Mitte hockten und diskutierten. Etwas abseits sahen sie Rachel und die Kinder. Dann ein erstaunter Aufschrei aus der Gruppe und eine rotbraunbunte Katze flitzte, im Tempo eines überdurchschnittlich begabten Blitzes, ebenfalls in die Seitenstraße, in der Teddy lag.

Rachel und die Kinder saßen lachend auf dem Bürgersteig und Kitty ahnte langsam, was die beiden Tiere hier trieben.

Rachel sah Nadine, stand auf und kam zu den beiden.

„Ihr seid nicht drauf gekommen, stimmt's? Ich zugegebenermaßen auch nicht; aber die Kinder hatten den richtigen Riecher. Wohin zieht es Teddy immer am meisten?"

„Tja, ich hatte ja zuerst an seine Freundin Baschka gedacht."

„Eine Hündin? Du bist wirklich ein Romantiker, Kitty. Warte mal ab, wenn ihr zehn Jahre verheiratet seid, zieht es dich auch mehr zum Kühlschrank als zu Nadine."

Sie gingen zusammen in die Seitenstraße und Rachel und die Kinder erzählten aufgeregt:

Bei ihrer Suche nach Kittys Vater hatte Rachel die Kinder getroffen, die direkt auf die Idee gekommen waren, dass es Teddy zum *Fressnapf* ziehen würde, wo sie immer sein Hundefutter kauften und wo sie ihn schon mehrmals mit hingenommen hatten. Dort hatte er jedes Mal ein Leckerchen bekommen.

Tatsächlich ließ der Bericht eines aufgeregten Mitarbeiters darauf schließen, dass sogar beide vermissten Tiere da gewesen waren.

Mittens war in den Fressnapf geschlüpft, als die Tür gerade offen stand, war direkt vor der Kasse zusammengebrochen und hatte wild zuckend, maunzend und röchelnd sterbende Katze gespielt. Während sich Verkäufer und Kunden um sie versammelt hatten, war Teddy unbemerkt reingekommen und hatte eine große Tonne mit Leckerchen halb leer gefuttert, bevor er entdeckt wurde. Beide Täter konnten unerkannt flüchten.

Einen ähnlichen Tatablauf gab es in einem weiteren Tierbedarfsladen, einem Schnellimbiss und bei zwei privaten Grillgesellschaften. Beute: Ein Putenschnitzel, ein Rinderfilet, zwei

Frikadellen, eine große Anzahl von Würstchen, eine Schüssel Kräuterbutter und ein riesiger Kauknochen.

Die Kinder mussten nur von einer aufgeregt und amüsiert diskutierenden Gruppe zur nächsten ziehen...

Als sie bei Teddy ankamen, hatte der sein Steak aufgegessen und war schon wieder aufgestanden. Die Katze stand direkt vor ihm, als würden sie sich gerade darüber unterhalten, wohin sie jetzt gehen wollten.

Die fünf Menschen hockten sich um die zwei Tiere, die ausgiebig gestreichelt und gekrault wurden.

Irgendwann mahnte Kitty zum Aufbruch, schließlich hatten sie noch nicht alle Vermissten gefunden. Teddy war traurig, dass das schöne Abenteuer vorbei war; als ihm aber einfiel, dass zuhause jetzt gerade die übliche Zeit für sein Abendessen war, kam er doch willig mit.

Mittens ließ sich abwechselnd von den Kindern tragen, wollte dann irgendwann runter und lief noch eine Weile nebenher, bis sie kurz vor ihrem Haus in einem Garten verschwand. Da die Katze offensichtlich fit war und sich hier auskannte, machten sich selbst die Kinder keine Sorgen.

Teddy war auf dem Rückweg immer langsamer geworden. Mit viel Mühe schaffte er es bis ins Haus rein, die Treppe schaute er nur kurz verzweifelt an, dann legte er sich davor, schlief im Bruchteil einer Sekunde ein und fing an zu schnarchen. Rachel und die Kinder lachten laut, Herrchen und Frauchen sahen sich betreten, ob des Benehmens ihres Wedlers, an und lachten dann mit.

Das Lachen verstummte, als die Wohnungstür links aufging und Herr Stiller rausschaute. Unerwarteterweise sah er gut gelaunt aus.

„Oh! Gott sei Dank, dass Sie da sind! Herr Kittel, Ihr Vater ist bei uns gestrandet. Wir haben versucht, Sie zu erreichen, hatten aber keine Handynummer."

„Maximilian!"

Kittys Vater sah ertappt aus, dabei saß er brav am Tisch im Wohnzimmer. Allerdings hatte er Kleidung an, die Kitty nicht kannte.

Herr Stiller bemerkte seinen Blick und sagte breit grinsend:

„Ich habe ihm ein paar Sachen von mir gegeben. Als wir ihn gefunden haben, war er eher leicht bekleidet."

„Wenigstens ein bisschen bekleidet?"

Kitty ahnte die Antwort schon. O weh! Hoffentlich war nicht auch noch sein Vater durch die Straßen gezogen und straffällig geworden. Erregung öffentlichen Ärgernisses, womöglich sogar unsittliche Handlungen? Was würde da neben den Entschuldigungen und Zahlungen für die Diebestour der Tiere noch dazukommen? So üppig war sein Konto zurzeit nicht gefüllt.

„Wir haben einen Spaziergang gemacht und als wir am Residenz-Kino vorbei kamen, sahen wir ihren Vater in den Brunnenanlagen, unter einer der Wasserfontänen, stehen. Es schien noch niemanden gestört zu haben, dass er nichts anhatte. Wir haben ihn mitgenommen, ihm meine Jacke und Schal als Lendenschurz angezogen. Was ist eigentlich mit Ihrem Hund passiert?"

„Der hatte auch einen ziemlich abenteuerlichen Abend und ist jetzt erschöpft und sehr satt."

„Da hatten wir ja alle einen ungewöhnlich aufregenden Tag. Vielleicht erzählen Sie mir später mal alles in Ruhe. Sie sehen so aus, als müssten Sie sich erst mal etwas erholen."

„Danke. Ja, wirklich."

„Wenn es bei Ihnen passt, kommen wir morgen Nachmittag mit einem Kuchen vorbei", schlug Nadine vor.

„Mit einem großen Kuchen", ergänzte Kitty. „Das ist nämlich eine längere Geschichte."

Rachel brachte Kittys Vater nach oben und die Kinder halfen Kitty den tief schlafenden Hund in die Wohnung zu tragen.

Katrin und Ben waren anfangs noch sehr aufgeregt und erzählten ohne Unterlass, bis sie, bei einem heißen Pfefferminztee, ganz plötzlich die Müdigkeit übermannte und sie innerhalb von einer Minute beide auf dem Sofa einschliefen.

Nachdem sie die Kinder ins Bett getragen hatten, setzten sich Nadine und Kitty mit einem Baileys auf den Balkon, genossen die Ruhe und versuchten zu begreifen, was da eben abgelaufen war.

„Deine Kinder haben wirklich das Potential für Kriminalbeamte..."

„Das scheint mir auch so. Dabei hätte ich es eigentlich lieber, wenn sie einen anständigen Beruf erlernen würden."

„Ich verhafte dich gleich!"

„Oh prima. Mit Handschellen und so?"

„Mist. Die hat noch Herr Martens um."

„Ich glaube, ich bin sowieso zu geschafft von diesem Abend."

Es fing wieder an zu regnen und sie gingen rein. Nadine schüttete ihnen noch ein Glas Baileys ein und als sie beide auf dem Sofa saßen, erzählte Kitty von der Verfolgungsjagd mit Herrn Schmidt.

Nadine lehnte ihren Kopf an Kittys Schulter und erzählte, wie Mittens und Teddy in Teamarbeit die Haustür aufbekommen hatten.

„Ich hoffe nur, dass sie das ohne Drogen nicht schaffen. So einen Abend wie heute brauche ich nicht noch mal. Ich war vorher schon urlaubsreif. Gibt es da eigentlich eine Steigerungsform von? Urlaubsreifer? Überreif? Ich bin wahrscheinlich längst gegoren... Komm, lass uns ins Bett gehen. Ich schlaf sonst gleich hier ein."

Von Kitty war als Antwort nur ein leises Schnarchen zu hören.

Nadine legte ihn sanft hin und deckte ihn zu. Sie räumte die Gläser weg, putzte Zähne, gab Kitty einen Gute-Nacht-Kuss und ging dann ins Bett.

Eine halbe Stunde später lag sie neben ihm auf dem Sofa. Es war eigentlich zu eng, aber nicht so zu eng, wie es zu leer in ihrem Bett war.

Mittens tauchte erst spät am nächsten Tag wieder auf, mit einem sehr zufriedenen Grinsen im Gesicht. Sie legte sich aufs Sofa, schlief sofort ein und hatte offensichtlich sehr angenehme Träume.

Kitty hatte für das Kaffeetrinken bei Herrn Stiller einen Bienenstich besorgt und Zutaten, damit die Kinder einen Nusskuchen backen konnten.

Teddy stand sehr interessiert wedelnd daneben und staunte von Zutat zu Zutat immer mehr, was da alles rein kam:

300 g gemahlene Haselnüsse - *Warum haben die mein Futter geschreddert?*

Je 1 Packung Backpulver und Vanillinzucker - *Flohpulver gehört nicht ins Essen!*

250 g Mehl und 200 g Zucker - *Schnee schmeckt ja gut, aber der schmilzt doch im Ofen!*

1 Fläschchen Bittermandel-Aroma - *Frontline gehört ins Fell!*

Als die Kinder, nachdem sie alles verrührt hatten, auch noch 250 ml Milch in die Backschüssel schütteten (*Ihgitt! Sowas trinkt doch nur die Katze!*), bis der Teig reißend vom Löffel fiel, lief Teddy aufgeregt zu Nadine und Kitty:

Könnt ihr denen mal helfen, bitte! Die haben offensichtlich keine Ahnung, wie man einen Hundekuchen backt!

Teddy bekam ein großes Leckerchen, verzog sich damit auf seine Decke und als er es aufgegessen hatte, versuchte er vergeblich sich zu erinnern, worüber er sich eben so aufgeregt hatte.

Was sagten die Kinder da? Für 30 Minuten bei 190 Grad? Ach, was interessierte ihn das Wetter von morgen?

Er legte sich gemütlich auf seine Fussballdecke, schloss die Augen und träumte angenehm von den Abenteuern des letzten Abends.

Die Kinder überreichten Herrn Stiller den Kuchen und entschuldigten sich, dass sie die Kippen von der Terrasse gestohlen hatten. (Kitty hatte sich eine Geschichte ohne sie ausgedacht, aber die Kinder hatten darauf bestanden, die Wahrheit zu sagen.)

Die Entschuldigung wurde fröhlich lächelnd angenommen und auch der Rest des Nachmittags war sehr locker.

Nadine und Kitty berichteten, was gestern Abend alles passiert war und Herr Stiller erzählte, wie sie Herrn Kittel gefunden und wie gut sie sich mit ihm unterhalten hatten.

„Er hat mich übrigens dauernd mit Piet angesprochen."

„Oh, das war ein sehr guter Freund von ihm, in seiner Jugendzeit."

„Ah, deswegen kamen wir so gut zurecht. Wenn ihr mal jemanden braucht, der auf ihn aufpasst, er kann gerne öfter hier vorbeikommen. Also, falls das für seinen Ruf hier im Haus nicht schädlich ist, jetzt wo Frau Geißler über meine sexuelle Ausrichtung Bescheid weiß..."

Das Stichwort war gefallen. Sie erzählten sich über eine Stunde lang ihre schlimmsten Erlebnisse mit Frau Geißler und hatten dabei so viel Spaß, dass sie hinterher fast das Bedürfnis hatten, bei ihr vorbei zu gehen und sich zu bedanken.

Und wie das bei Menschen, deren Ruf sowieso schon ruiniert ist, und die gerade sehr gut gelaunt sind und eventuell auch schon den ein oder anderen Likör zum Kuchen hatten, so ist... Sie taten es auch.

Sie gingen alle zusammen mit dem Rest vom Nusskuchen in die zweite Etage und klingelten bei Frau Geißler. Diese öffnete und erstarrte.

„Hallo Frau Geißler! Wir wollten Ihnen etwas Kuchen bringen, als Dank für die viele Freude, die Sie uns in den letzten Jahren bereitet haben und als kleine Entschuldigung für..."

Die Tür wurde so kräftig zugeschlagen, dass das ganze Haus erbebte. Dann wurden hektisch zwei Türschlösser zugeschlossen und mindestens drei Ketten vorgelegt.

„Also, ich weiß ja nicht, wie es euch so geht...", sagte Nadine. „...aber ich hab schon wieder Hunger. Wie wäre es mit einem kleinen Picknick hier auf dem Flur?"

Eine Tischdecke von Kitty erhielt eine Beförderung zur Picknickdecke und dann aßen sie alle zusammen, Rachel und Kittys Vater kamen auch dazu, vor Frau Geißlers Tür den Rest vom Kuchen und sangen ihr zum Abschluss noch ein Dankeslied, dass allerdings schon nach wenigen Sekunden durch laute Volksmusik aus der Wohnung übertönt wurde.

„Wieso nur haben wir alle einzeln so viele Jahre unter ihr gelitten, statt uns gegen sie zu verbünden?", fragte Herr Stiller ungläubig.

„Tja, wie im Großen so im Kleinen...", grinste sein Freund.

„Ne, heute will ich keine tiefgründigen Andeutungen zur politischen Lage! Heute ist mal Leben! Wir haben noch Nudelsalat und Frikadellen von gestern und Würstchen im Tiefkühl. Hättet ihr noch Lust zu grillen?"

Aber so was von hatten sie das alle. Also weniger wegen Hunger, mehr so wegen Freude am Leben. Sie aßen nur noch wenig, dafür tranken, sangen und lachten sie umso mehr, bis tief in die Nacht.

Gut, einer hatte wirklich Hunger gehabt. Doch selbst Teddy musste zugeben - nachdem Mittens auf den Grill gesprungen, verbrannte Pfötchen gespielt und damit alle solange abgelenkt hatte, bis der Hund die Schüssel mit Kräuterbutter, zwei Würstchen und den Rest vom Nudelsalat gegessen hatte... - dass es sowas wie einen kurzen Moment ohne Hunger geben konnte.

Dass Frau Geißler diesen Abend ohne Beschwerde bei der Polizei oder beim Bürgermeister über sich ergehen ließ, erklärte sich aus einem stillen Gefühl des Triumphes. Sie wusste, dass Nadine und Kitty an der Erdgeschosswohnung interessiert gewesen waren; doch sie hatte ihre Beziehungen spielen lassen und war nun schon als Nachmieterin vorgemerkt.

Ihr Triumph war allerdings deutlich kleiner als sie glaubte. Die beiden hatten zwar wirklich kurz sehr konkret überlegt, ob sie zusammen in die Wohnung im Erdgeschoss ziehen sollten, diesen Traum dann aber doch schweren Herzens aufgegeben. Vieles wäre wunderbar gewesen, insbesondere, dass in der deutlich größeren Wohnung Platz für zwei Kinderzimmer gewesen wäre, Mittens endlich eine Katzenklappe bekommen hätte und Nadine damit deutlich mehr Schlaf. Den Wermutstropfen einer fehlenden Terrasse hätten sie gut verkraftet, aber ihr Geld reichte einfach nicht aus. Die laufenden Kosten für die Wohnung unten wären noch gerade so zu bewältigen gewesen, aber sie brauchten ja eine weitere Wohnung für Kittys Vater, weil der und Teddy sich immer noch spinnefeind waren. Und auch die Übergangszeit während der Kündigungsfrist, mit mehreren Monaten Mietzahlungen für drei Wohnungen und Renovierung der alten Wohnungen, Kaution für die neue... Nein, das war für sie nicht zu schaffen.

Dass Kittys Vater kurzfristig wieder zu Sandra zurück könnte, war ausgeschlossen und auch die langfristigen Aussichten waren eher schlecht. Der bisherige Verlauf der Reha ließ zwar darauf hoffen, dass Kittys Schwester sich bald wieder komplett selbständig versorgen können würde, aber eine anstrengende Pflege und Betreuung rund um die Uhr leisten... Eher nicht. Schon gar, wo die Versorgung ihres Vaters immer aufwendiger wurde. Er hatte einen ungeheuren Bewegungsdrang entwickelt und benötigte jeden Tag mindestens eine Stunde Ausgang, sonst war er abends unruhig und lief bis in die Nacht in der Wohnung hin und her.

Am liebsten mochte er es, wenn er ganz alleine durch die Stadt ziehen konnte. Selbstverständlich lief immer jemand unauffällig hinter ihm her, um bei Bedarf einzugreifen und ihn am Ende den Weg zurück zu begleiten.

„Ein Heim kommt für ihn nicht in Frage, eher ein Freilaufgehege..."

Eine kleine Erleichterung für Nadine gab es dann aber doch, als Britta auf die Idee kam, eine Funkklingel für Mittens an der Bank in Kittys Garten anzubringen. Nach einer kurzen Fortbildung durch Britta wusste Mittens bereits am ersten Abend, dass sie auf die Klingel drücken musste, wenn sie rein wollte.

Ansonsten verliefen die weiteren Wochen bis Weihnachten erfreulich ereignislos und ruhig.

Rachel und Herr Stiller wechselten sich mit Kittelsitting ab,

Teddy und Mittens hielten sich an sämtliche Paragraphen des Bürgerlichen Gesetzbuches

und Nadine und Kitty bereiteten sich gewissenhaft auf das Fest der Liebe vor.

- 34 -

Den Tag vor Heiligabend hatte Kitty frei.

Der Weihnachtsbaum war aufgebaut, die Geschenke eingepackt und Kitty lag am frühen Nachmittag auf dem Sofa, sein Kopf in Nadines Schoß, die bis eben in einem Buch gelesen hatte und nun mit geschlossenen Augen vor sich hin träumte. Die Kinder packten nebenan ihre Geschenke ein und sangen dabei *O du fröhliche*. Mittens stand auf den Hinterpfoten und spielte mit den Kugeln am Weihnachtsbaum und Teddy saß schon eine Stunde bewegungslos vor dem Wohnzimmerschrank, in dem sein in Geschenkpapier eingepackter Kauknochen lag.

Familienidylle. Doch, so konnte womöglich sogar Weihnachten Spaß machen. Kitty kannte es von zuhause und aus seiner Kindheit nur als sehr hektisches und lautes Fest, an dem sich früher oder später die Eltern in den Haaren lagen, geschrien und später sehr viel getrunken wurde.

Plötzlich hatte Kitty Gänsehaut und ein starkes Gefühl der Beunruhigung überkam ihn.

War da nicht neulich auch so ein perfekter Augenblick gewesen?

Die Kinder waren gerade mit *Leise rieselt der Schnee* fertig; Mittens überkam der Übermut, sie nahm Anlauf und sprang los, offensichtlich mit der ambitionierten Absicht, auch die Kugel auf der Spitze des Baumes wenigstens einmal zu hauen; Teddy schaute irritiert zu ihr hin und machte Anstalten, auch in den Baum zu springen. Nadine und Kitty sprangen auf, Nadine konnte den Hund noch gerade zurückhalten und Kitty den Baum vor dem Umkippen bewahren. Im gleichen Augenblick klingelte es an der Wohnungstür und wenige Augenblicke später das Telefon.

Nadine und Kitty schauten sich an: *Nicht schon wieder! Vielleicht einfach nicht dran gehen und nicht aufmachen?*

Kitty ging ans Telefon.

„Moin. ... Hallo Sandra! Wie geht's? ...Echt? Oh, das ist ja erfreulich!"

Kitty wandte sich kurz zu Nadine, die auf dem Weg zur Tür war:

„Vaters Haus ist verkauft und es ist ein kleines Weihnachtsgeld übrig geblieben."

Nadine blieb gespannt stehen, als Kitty fragte:

„Und, für wie viel ist es jetzt verkauft worden? ... 151.000? ... Oh..., das ist..., naja immerhin etwas mehr als gedacht..."

Nadine ging zur Tür. 150.000 hatten Sandra und Kitty gebraucht, um das Haus schuldenfrei zu verkaufen. Demnach würden nun für jeden der beiden 500 Euro übrig bleiben... Gerade sie sollte wissen, wie viel Geld das war! Was hätte sie sich über so einen Betrag gefreut und doch... Ach, es war halt ein schöner Traum gewesen...

„Oh, hallo Max, hallo Ludwig! Waren wir verabredet?"

Sie hatten sich die letzten Wochen häufiger mit Herrn Stiller und seinem Lebensgefährten getroffen und Kuchen gegessen. Seit dem spontanen Grillen neulich im Garten duzten sie sich.

„Nein. Heute ausnahmsweise ein Überraschungsbesuch. Ich hoffe, wir stören nicht. Wir wollten euch nur kurz etwas Wichtiges mitteilen..."

„Ihr wollt etwas Wichtiges mit uns teilen? Ah, ich sehe: Apfelstrudel. Der ist wirklich wichtig! Kommt rein!"

Kitty telefonierte noch und die drei gingen in die Küche, eine Kanne Kaffee kochen.

Zehn Minuten später saßen sie alle zusammen um den Tisch und Kitty fragte:

„Und? Wie lebt es sich so gegenüber von Frau Geißler?"

„Also, mit einem Drogendealer war es ein deutlich angenehmerer Umgang", grinste Herr Stiller. „Ist er jetzt wirklich im Knast?"

„Ja. Die Menge, die an dem Abend sichergestellt wurde, war zwar nicht dramatisch, aber er war auf Bewährung und er hat an Minderjährige verkauft und jetzt muss er wohl wirklich zwei Jahre brummen."

„Und das Bedrohen eines Polizisten... Kurzfristige Geiselnahme?"

„Naja, die Geisel war ja nur Frau Geißler", grinste sein Lebensgefährte.

„Genau. Ansonsten ein üblicher Deal zwischen Anwälten. Dafür kam dann nicht zur Sprache, dass ich ohne Durchsuchungsbefehl eine Tür zerschossen habe... Keine Ahnung, was genau die ausgekungelt haben. Viel bekommen wir von den Gerichtsverfahren meistens nicht mit und noch weniger von den Verhandlungen in den Hinterzimmern."

„Wie war denn dein Vater überhaupt in die Wohnung gekommen?"

„Das habe ich mich damals auch gefragt. Mein Vater konnte allerdings nichts Verwertbares dazu sagen. Aus Herrn Martens kurzem Geständnis habe ich mir das ungefähr so zusammengereimt: Er hatte sich gerade ein Tütchen geraucht, als es bei ihm klingelte. Er schaute aus dem Fenster, sah das Postauto, ging raus, nahm das erwartete Päckchen entgegen und ließ dabei die Wohnungstür aufstehen. In dem kurzen Moment muss mein Vater da rein geschlüpft sein. Jedenfalls hörte Herr Martens, als er zurück kam, ein Husten in der Küche und sah meinen Vater sein Tütchen rauchen. Er machte die Tür zu, packte schnell alles was ihn belasten konnte in seine Tasche und wollte flüchten, da hörte er mich an der Tür. Er versteckte sich, wartete, bis ich meinen Vater fand und versuchte unauffällig zu flüchten. Zum Glück hat ihn Rachel dann gestoppt."

„Wenn ihm das unauffällige Flüchten gelungen wäre und er Pistole und Drogen hätte verstecken oder entsorgen können, hättet ihr nichts gegen ihn in der Hand gehabt, aber du eine Menge Ärger."

„Aber sowas von..."

„Wenn ich die Kinder richtig verstanden habe, hattet ihr darauf gehofft, die Wohnung übernehmen zu können, wegen der Katze?"

„Ja, in der Tat. Wir hatten eine Weile überlegt..."

„Also. Deswegen sind wir nämlich gekommen: Wir wollten es euch als erstes mitteilen: Ab Februar könnt ihr im Erdgeschoss wohnen, wenn ihr wollt. Wir ziehen zusammen nach Hamburg; und bevor das sonst jemand, insbesondere Frau Geißler, erfährt: Wollt ihr unsere Nachmieter werden? Wir haben sogar schon eine Katzenklappe in der Terassentür..."

Nadine und Kitty waren fast sprachlos.

„Das... Wir..."

„Danke! Das wird etwas... Wir müssen erst..."

„Haben uns schon gedacht, dass ihr etwas Bedenkzeit braucht, deswegen wollten wir es euch unbedingt noch vor Weihnachten sagen. Offiziell wird das erst nächste Woche. Überlegt in Ruhe über die Feiertage und sagt uns bis Montag Bescheid. Feiert schön!"

Als die beiden gegangen waren, setzten Nadine und Kitty sich auf die Couch und sahen sich mit großen Augen an.

„Das war mal eine bessere Kombination als beim letzten Mal...", sagte Kitty, ungläubig den Kopf schüttelnd.

„Meinst du denn... Wenn wir direkt kündigen, haben wir nur einen Monat mit drei Mieten. Vielleicht können wir bis dahin noch selber etwas renovieren... Aber..., werden die 500 Euro reichen?"

„500 Euro?"

„Ja. Hattest du nicht gesagt, es wäre für 151.000 verkauft und ihr brauchtet doch..."

„Oh... Nein. Sandra hatte die Frage falsch verstanden. Naja, sie war auch sehr aufgeregt. Das Weihnachtsgeld ist schon etwas höher..."

Nadine schluckte und rechnete wild im Kopf, während sie fragte:

„Meinte sie 151.000 nach Abzug von Makler und so, also Netto, also 15.500 für jeden?"

Die Tränen traten ihr in die Augen. Sie wollte nicht schon wieder zu viel gehofft haben, aber wenn wirklich..., das wäre sogar noch besser als ihr Traum...

„Nein. Auch nicht..."

Kitty nahm Nadines Hände.

„Sie meinte 151.000 Euro Weihnachtsgeld, für jeden 75.500. Der Käufer zahlt über 300.000 für das Haus."

Nadine starrte Kitty einen Moment lang ungläubig an, fiel dann gleichzeitig halb in Ohnmacht, schrie laut, ballte die Fäuste und hüpfte einmal in die Höhe und dann in Kittys Arme, so dass sie beide umfielen und lachend liegenblieben, oder weinend? Das machte in diesem Moment keinen Unterschied.

Nachdem ihr Kitty noch dreimal die Summe versichert hatte und dass die Bonität des Käufers außer Frage stand und ein Notartermin schon ausgemacht sei, wagte Nadine langsam, es zu glauben. Sie krabbelte von Kitty runter und beide setzten sich wieder hin.

„Aber, wie... Ich dachte, der Makler hat mit höchstens 150.000 gerechnet?"

„Ja, in der Tat. Mehr war es laut Gutachten nicht Wert. Der Käufer ist ein Neureicher aus Westfalen, der unbedingt nach Varel, und da halt am liebsten nach Moorhausen, wollte. Viel ist dort grade nicht zu kaufen und man kann ja auch einiges aus dem Grundstück machen... Wieso es dann so hoch ging, ob da noch ein Bieter war oder der Makler nur so getan hat, ich habe keine Ahnung. Sandra wusste auch noch nicht viel mehr."

„Aber alles ganz sicher?"

„Ja, er hat direkt eine Anzahlung gemacht, damit es ihm auf keinen Fall jemand wegschnappt. Der meint es ernst."

„Ich bitte dich jetzt schon mal um Entschuldigung. Ich muss dich heute Nacht bestimmt ein paar Mal wecken, damit du mir versichern kannst, dass ich das nicht geträumt habe..."

„Ich weiß gar nicht, ob ich schlafen kann..."

„Ach, wir feiern einfach die ganze Nacht durch! Was haben wir noch alles zu Trinken?"

Zum Glück hatten sie noch eine Flasche Freixenet kaltgestellt. Das war auf jeden Fall ein würdiger Anfang. Sie prosteten sich zu und strahlten sich an.

„Das war noch nicht alles, was mir Sandra erzählt hat", fuhr Kitty fort. „Es gab wieder eine anonyme Großspende und zwar diesmal in Friesland."

„Oha. Wie viel diesmal?"

„3.333.333 Euro."

„Nein!"

„Doch."

„Wahnsinn! Das ist ja... Was soll damit gemacht werden?"

„Auf dem ehemaligen Bundeswehrgelände in Varel entsteht ein Dorf für Demente. Die Bauarbeiten haben schon begonnen."

„Ein Dementendorf?"

„Ja, Sandra sagte, sowas gäbe es schon einmal in Deutschland, irgendwo im Süden."

„Ja. Ich habe davon gelesen. In Alzey glaube ich. In Holland gibt es sowas schon lange. Finde ich eine gute Sache."

„Oh, du weißt mehr darüber? Sandra wusste kaum Einzelheiten vom Konzept."

„Also, soweit ich mich erinnere, ist das im Süden ein kleines neu erstelltes Dorf mit vielen Bungalows, ich meine da können über hundert Demente wohnen. Es gibt Einkaufsläden, ein Café, Frisör und alles Mögliche, was so ein kleines Dorf halt normalerweise hat, viel Grünfläche, so ein bisschen wie Center Parcs kam mir das vor. Und halt eben rund um die Uhr Betreuungs- und Pflegekräfte vor Ort. Eigentlich ein Pflegeheim, bloß halt nicht ein enger Wohnbereich, sondern ein Dorf, Bewegungsfreiheit, das Gefühl, als sei man noch ganz normal im Leben drin. Die Dementen werden mitgenommen zum Einkaufen, kochen mit und machen all das was sie noch können. Das Dorf ist von einem Zaun umgeben, damit sie nicht unbemerkt weglaufen können, aber es ist ja auch ein großes Areal, da haben sie..."

Nadine schluckte.

„...viel Platz um spazieren zu gehen. Das ist sozusagen..."

„...das Freilaufgehege, von dem wir für meinen Vater geträumt haben. Ja, genau."

„Und die Kosten?"

„Ein Teil übernimmt die Pflegeversicherung, wenn er in eine Pflegestufe eingestuft wird. Nico meinte, das würde er ganz sicher. Eigenbeteiligung dann noch knapp 2000 Euro im Monat. Dafür Vollverpflegung, Betreuung und Pflege. Wir bringen Vaters Rente mit ein und den Rest teilen Sandra und ich uns, das haben wir eben so ausgemacht. Ich zahle dann deutlich weniger als jetzt für Miete, Verpflegung und..."

„Bitte, kneif mich mal ganz feste! Und dann sag mir, dass das alles wahr ist."

„Es ist wahr! Es ist zwar noch der Dreiundzwanzigste, aber heute ist Weihnachten, frohes Fest und schöne Bescherung! Wir können es wirklich machen! ...Wenn wir wollen..."

„Ja, ich will...", hauchte Nadine.

„Ja, ich will...", grinste Kitty mit Tränen in den Augen. „Und ich weiß etwas viel Besseres als kneifen!"

- Epilog -

Nadine spielte Klavier, Rachel Gitarre, Frau Tietze Saxophon. Britta, Nico, Georg, Herr Moning und Chris sangen laut und schön; Kitty, Herr Bäumer und Annika brummelten leise mit:
Those Were The Days – Frau Kochems Lieblingslied.
Ihren Lieblingswein hatte sie schon getrunken. Genauer gesagt, hatte Nico ihre Lippen und die Wangen innen damit benetzt, trinken konnte sie schon seit einigen Tagen nicht mehr richtig..., aber es war deutlich zu sehen gewesen, dass sie den Geschmack erkannte.
Herr Moning und Frau Tietze hatten ihre Lieblingswitze erzählt und ihr Lieblingsgedicht – Tucholskys „Augen in der Großstadt" – hatte Kitty vorgelesen.
Alle hatten Tränen in den Augen, vor Rührung, Freude und Lachen. Auch Frau Kochems Augen schimmerten feucht.
Annika hatte einige Räucherkerzen angezündet, hatte zu jeder gesagt, wofür der Geruch gut sei; da hatte Kitty aber nicht so genau aufgepasst. Der Rauch war angenehm und tatsächlich war die Atmosphäre im Raum danach noch entspannter, tiefer, intensiver geworden.
Seit über drei Stunden sangen sie, lasen vor, erzählten und lachten. Eine fröhliche Abschiedsfeier, bei der jeder Ire anerkennend mit dem Kopf genickt hätte.
Falls da tatsächlich der Film ihres Lebens in Frau Kochem ablaufen sollte... - Die Freunde taten alles dafür, dass die Filmmusik, die Atmosphäre, selbst der Geschmack und der Geruch dazu perfekt waren...

Mit einem entspannten Lächeln im Gesicht sah Frau Kochem zur Decke, Nico hielt ihre Hand.

Kitty war sich nicht sicher, ob Nico womöglich etwas mehr Schmerzmittel gegeben oder sogar irgendwas in den Wein gemischt hatte oder ob Frau Kochem gerade einfach so friedlich und schmerzfrei einschlief. Das war in diesem Moment völlig egal. Hier saßen sie zusammen, Befürworter und Gegner der Sterbehilfe, vereint in der Fürsorge für einen lieben Menschen. Liebevolle Begleitung, jedem so, wie er es brauchte.

Frau Kochem schloss die Augen und ein entspanntes Lächeln breitete sich auf ihrem Gesicht aus und blieb dort, auch nachdem sie aufgehört hatte zu atmen...